中 阿 典 籍 互 译 出 版 工 程

مشروع تبادل الترجمة والنشر بين الصين والدول العربية

日落绿洲

واحة الغروب

[埃及] 巴哈·塔希尔 著

邹兰芳 张宏 译

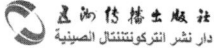

五洲传播出版社

دار نشر التركونتينتال الصينية

图书在版编目（ＣＩＰ）数据

日落绿洲 / 巴哈·塔希尔著 . -- 北京 :
五洲传播出版社，2016.10
ISBN 978-7-5085-3539-5

Ⅰ．①日… Ⅱ．①巴… Ⅲ．①长篇历史小说—
中国—当代 Ⅳ．① I247.5

中国版本图书馆 CIP 数据核字 (2016) 第 221598 号

出 版 人：荆孝敏
策划编辑：郑　磊
责任编辑：姜　珊
助理编辑：杨　雪
装帧设计：管　斌
内文设计：高　洁

日落绿洲

作　　者：巴哈·塔希尔（埃及）
译　　者：邹兰芳　张　宏
出版发行：五洲传播出版社
地　　址：北京市海淀区北三环中路 31 号生产力大楼 B 座 6 层
邮　　编：100088
网　　址：www.cicc.org.cn www.thatsbooks.com
电　　话：010-82005927，010-82007837
印　　刷：北京天正元印务有限公司
开　　本：710×1000mm 1/16
印　　张：21
印　　次：2017 年 1 月第 1 版第 1 次印刷
书　　号：ISBN 978-7-5085-3539-5
定　　价：56.00 元

译 者 序

一

有"阿拉伯的哈代"之称的埃及当代著名作家巴哈·塔希尔（Bahaa Taher，1935～）生于开罗郊区的吉萨省，毕业于开罗大学历史系。他是8个子女中最小的一个，随父母回到家乡上埃及卢克索，在附近的一个村庄里度过了自己的童年。他父亲是当地的阿拉伯语教师，母亲是家庭主妇。17岁时，他的父亲去世。在卢克索乡下，不识字的母亲给他讲述了许多关于神殿、法老、古埃及诸神的神秘传说，以及当地族裔间充满爱恨情仇的故事。母亲的这些"失乐园"的故事却成为日后他充满历史性思考的文学创作的灵感源泉。

1958年大学毕业后不久，塔希尔就参与创作了埃及广播电台文化频道的节目，并开始从事戏剧研究，对古希腊悲剧、当代塞缪尔·贝克特的荒诞剧以及埃及戏剧进行了深入的分析和研究。20世纪70年代萨达特执政时期，他因被指控为"赤色分子"、政见不同者而被迫流亡海外，先后去了罗马、新德里、巴黎、内罗毕等地的多个国际组织从事翻译工作。

从 1981 年起，他在日内瓦担任过 14 年的联合国译员，后回到开罗，常住至今。

塔希尔是位学者型小说家，著有文学、文化类专著《埃及戏剧——回顾与批评》《雷法伊的子孙们——文化与自由》。以研究历史、戏剧起家的塔希尔并不是个多产作家，却是位优秀的现实主义小说家。他目光敏锐，具有非凡的勇气和社会责任感。在艺术创作上，他手法独特，具有高超的叙事能力，想象力丰富，文笔清新优美。从 20 世纪 60 年代开始发表小说至今，已出版 5 部短篇小说集，6 部中长篇小说。其中为他赢得显赫声名的是短篇小说《昨夜我梦见了你》（1984）、长篇小说《朵哈在诉说》（1985）、《我的姨妈索菲亚和修道院》（1991）、《爱在流亡地》（1995）以及《日落绿洲》（2007）。

作为"二十世纪六十年代辈作家群"中还健在的重要左翼作家，塔希尔的作品大多涉及异质文化间因缺乏了解和沟通而发生的嫌隙、误读、敌意和冲突，以及由此引发的难以调和的社会政治矛盾、族裔矛盾、宗教矛盾和异性间的矛盾。"爱、流亡、真相、毁灭"是其作品的主旋律。

短篇小说《昨夜我梦见了你》给塔希尔带来了"叙事大师"的称号，小说揭示了族裔之间的误解是导致人间悲剧的主要原因。《我的姨妈索菲亚和修道院》是一部备受关注的小说，已被译成 10 种文字。小说讲述了埃及穆斯林和科普特基督徒之间的宿仇新恨和血腥冲突，最终以穆斯林小伙子跑到修道院避难、逃脱追杀结束。该小说大胆触及了埃及敏感的社会和宗教问题——占人口大多数的穆斯林与少数族裔科普特基督徒之间的相处和冲突。作者以神奇的创作天赋唤醒了上埃及的乡村生活，揭示了穆斯林和基督徒在和平相处几个世纪后，随着传统价值观的日渐式微，宗教矛盾、族裔矛盾日益凸显的现实。该小说于2000年获得具有国际声望的意大利"朱塞佩·阿切尔比文学奖"（Guiseppe Acerbi Prize），并被改编成电视连续剧。作者呼唤不同宗教间的对话，认为只有互相理解、消除恐惧、和谐共存，才能推动人类的共进共荣。他说："这样做是历史的智慧。当你了解他人时，便能包容；恐惧产生于对他者的不了解。"①

《爱在流亡地》则是他的另一部现实主义力作，1995年出版后获得当年的开罗国际书展最佳长篇小说奖。这部小说被认为是作者的自传性小说。男主人公的经历与作者的经历十分相似，讲述了一位离婚的开罗记者在流亡于欧洲某座城市时邂逅的一段未果的忘年恋情。在欲哭无泪的感伤的故事背后，作者以知识分子罕见的胆识、良知和清醒的头脑揭露了1982年以色列对贝鲁特萨布拉和夏蒂拉两个巴勒斯坦难民营进行的血腥屠杀；反思了纳赛尔时期的国有化政策以及这位领袖去世后带来的阿拉伯社会的政治真空状态，尤其是知识分子阶层的分化，甚至夫妻之间的反目；还反思了1968年发生在捷克的"布拉格之春"和1973年智利前总统阿连德政府的倒台。冷战后期两大阵营（社会主义阵营和资本主义阵营）的敌对是该小说涉及的核心政治问题，表现在意识形态

---

① Maya Jaggi: "Cario' sgreateset literary secret"，见 http://www.pwf.cz/en/authors-archive/bahaa-taher/2935.html，上贴时间：2008年11月2日，访问时间：2010年8月19日。

上的博弈、军事上的竞争和人道主义上的坚持等方面。在作者看来，"遥远的过去死了"，阿拉伯民族主义思想和阿拉伯统一的崇高理想信念像凄美的忘年爱情一样业已凋零。

塔希尔是纳赛尔埃及民族发展计划的积极支持者，是阿拉伯统一的忠实信徒。他称自己为"最后仅存的纳赛尔分子"，他说："年轻的时候我根本不喜欢革命，当时是个自由主义者，还参加过反对独裁政权的示威活动。"[①]但是当萨达特1970年上台后，"我发现纳赛尔所做的那些积极的事情被破坏了。尽管他犯下过一些严重的政策性错误，但都是为了寻求社会公正，帮助被统治了几世纪的穷人们赢得自由的权利。我相信在当时的背景下，当农村广大百姓在饥饿线上挣扎时，他所做的事情曾是个奇迹"。[②]

20世纪70年代初萨达特执掌埃及政权后，他认为萨达特终止了纳赛尔的发展计划，为埃及带来了灾难。作为一个作家兼社会评论家，他常在作品中针砭时弊，揭露西方殖民的恶果，批判阿拉伯世界在当代政治上的右倾问题。1975年，他因持不同政见被开罗广播电台解雇，并勒令禁止出书。塔希尔对萨达特政府的党同伐异感到愤懑，在记者访谈中说："我们被指控为开罗电台的'红色'细胞，虽然我们代表的是双方的声音，萨达特却认为'那些与我们不同路的便是反对我们的人。'之后我变得身无分文，甚至不能再为报纸投

---

① Maya Jaggi："Cario'sgreateset literary secret"，见 http://www.pwf.cz/en/authors-archive/bahaa-taher/2935.html，上贴时间：2008年11月2日，访问时间：2010年8月19日。

② 同上。

稿或从事翻译了。"①他进一步阐释自己的民主化政治观："你不能通过把人们送进监狱或流放来打败一种意识形态——这只能增加他们（穆斯林兄弟会）的信徒，即使我反对他们的观点，我也会站出来保护他们的人身——虽然我肯定他们不会保护我的人身。"②

海外流亡的生涯非但没有使塔希尔沉沦，反而让他得到了思想解放。坎坷的人生经历、深厚的历史素养和广阔的国际视野，赋予了他能够驾驭宏大、复杂、深刻的历史题材以进行文学创作的能力，加上作者擅于捕捉人性中自我和他者的细微心理变化，具有高超的复调式叙事天赋，2007年迎来了其文学创作生涯的巅峰，出版了优秀小说《日落绿洲》，受到阿拉伯文坛和国际文坛的一致好评。次年，作者凭借该小说在来自18个阿拉伯国家的131部小说中脱颖而出，荣获首届"阿拉伯小说国际奖（IPAF）"（也被称为阿拉伯小说"布克奖"），获奖理由是"通过丰富的艺术表现手法，深刻的主题内涵，思索始终缺失的人性真谛，最终凝聚为一位小说家的言说：坚持对话，坚持认同，反对宗派主义，反对思想封闭"。③小说甫一获奖，便被译成英语，在英国、法国、德国、挪威、希腊、加拿大等地畅销并受到好评，埃及《金字塔周刊》《开罗时报》，英国《观察家报》《独立报》《卫报》等一

---

① Maya Jaggi："Cario'sgreateset literary secret"，见 http://www.pwf.cz/en/authors-archive/bahaa-taher/2935.html，上贴时间：2008年11月2日，访问时间：2010年8月19日。

② 同上。

③ 邹兰芳：《不堪承受的历史之重—埃及作家巴哈·塔希尔及其小说〈日落绿洲〉》，《外国文学动态》，2010年第05期。

些阿拉伯、欧洲的著名媒体对作者进行了大量报道并将其作品译介，甚至推选塔希尔为诺贝尔文学奖候选人。

英国《观察家报》对他的评价是："当新生代作家关注开罗习以为常的都市生活时，跨代际作家巴哈却四十年如一日地关注爱、毁灭、流亡这样深刻的人性话题。"[①]该小说还被译成了挪威语和希腊语出版。

二

《日落绿洲》是一部历史小说，作者将目光回溯到19世纪后半叶的埃及社会。彼时，作为奥斯曼帝国的一个省份，埃及刚迈入现代化的门槛，奥拉比反英反封建民族爱国运动遭遇失败，傀儡政府赫底威统治下的埃及负债累累，民族企业濒于破产；欧洲人在埃及政府各个部门中安插他们的顾问和职员以便全面控制埃及的政治、经济、军事、文化，埃及社会深陷内忧外患。小说的空间是埃及西部边陲小镇锡瓦绿洲，一个远离开罗中心、需穿越茫茫沙漠才能抵达的绿洲，以法老时期的古迹阿蒙神庙闻名于世。马其顿国王亚历山大大帝曾在这里接受阿蒙神的启示，被埃及大祭司们拥戴为"解放者"而加冕为阿蒙神之子——法老，并开始了古埃及的希腊化历史时期（公元前332～前30年），一直延续到托勒密王朝结束。锡瓦绿洲也是通往利比亚的必经之路、来往商队的集散地。这里居住着贝都因人，分为东西部两大家族，他

---

① 《观察家报》，见 http://www.guardian.co.uk/books/2009/nov/01/sunset-oasis-bahaa-taher，上贴时间：2009 年 5 月 17 日，访问时间：2010 年 8 月 2 日。

们因袭着部落社会的传统，淳朴而迷信、热情而好斗，因信奉不同的教派和其他一些鸡毛蒜皮的小事，两大家族世代厮杀、血亲复仇、冤冤相报。在埃及总督穆罕默德·阿里[1]军事扩张时期，埃及政府出兵入侵绿洲，结束了几百年来锡瓦自治局面，将其囊括进埃及的版图，要求当地向开罗中央政府交纳沉重的课税，由此引起了当地土著和政府间的持续性对抗，暴乱不断发生。比这种对抗更严重的是，当地人最恨到此地进行考古、旅游、寻宝的洋人。

男主人公——中年军官马哈茂德·阿兹米上校是个真实的历史人物，他正是在上述时空中登场的。这位城市小商业主出身的"反英雄"式的小人物在家道中落后聆听了现代伊斯兰复兴运动领袖阿富汗尼的演讲，萌发了革命意识，支持同情奥拉比反英民族运动，又因为运动失败后为了自保站错了队，两边不讨好，被开罗政府机构边缘化。内政部任命他为政府专员前往锡瓦绿洲催收当地拖延的税赋。这份名为提拔、实为发落边远地区的苦差事让他本来已经不济的命运雪上加霜——受英殖民者压迫的马哈茂德却要以"入侵者"的身份去跟难缠的西部少数族裔打交道，让他们驯服的向开罗政府称臣纳贡，完成"中心对边缘的内殖民"，其艰难程度不言而喻。

锡瓦绿洲是埃及最西边的地平线，古埃及神话中日落的地方，是冥神奥西里斯统治的冥国。这个地区因拥有古埃及

---

[1]　穆罕默德·阿里（Muhammed Ali, 1769-1849），阿尔巴尼亚人，1805 年率军参加反对奥斯曼帝国统治的起义，被推为埃及总督。他在位时实施了一系列改革，并出兵占领了汉志和苏丹，1848 年传位给他的儿子易卜拉欣。

辉煌的法老文明和遗留下来的举世瞩目的阿蒙神庙以及关于亚历山大大帝、波斯王大流士、冈比西斯等古代帝王征战的传说而吸引着19世纪末20世纪初的欧洲旅行家、考古学家等东方主义者纷沓而至。"日落绿洲"暗示着马哈茂德一经踏上去锡瓦的征程便注定踏上了去冥国的不归路。小说以马哈茂德炸毁绿洲的阿蒙神庙,与之同归于尽而结束,意味着只有彻底打破往昔辉煌的幻影、回应落日的呼唤,才能结束这喧嚣的世界,回归死亡的宁静。诚如作者在《爱在流亡地》中借男主人公易卜拉欣之口所说的那样:"死亡抹去了我们之间的一切怨愁!""日落绿洲"不仅意味着马哈茂德和凯瑟琳的婚姻关系走到了尽头,也暗合着肇始于奥拉比反英爱国运动的埃及民族民主革命在经历了一个多世纪的风风雨雨后,随着20世纪70年代阿拉伯民族主义的衰竭,尤其是90年代海湾战争的爆发而彻底落下帷幕,形同坠入西部地平线的落日。

与塔希尔前几部重要的小说一样,《日落绿洲》也是一部爱情小说,贯穿小说的重要线索是马哈茂德与爱尔兰考古学家凯瑟琳之间的跨国籍、跨宗教、跨阶层婚姻的危机和情感波折,并由此引出了其他一系列扣人心弦的人物的命运和事件。受父亲影响酷爱古埃及文化、掌握埃及象形文字的凯瑟琳在爱尔兰有过一段不幸的婚姻,前夫亡后,对埃及古迹的痴恋和立志投身于考古学研究的雄心驱使她只身来到开罗,在去往卢克索的游船上邂逅了年轻警官马哈茂德并一见钟情。对共同的殖民者英国佬的痛恨使两人产生了共鸣,后来两人结了婚。正在凯瑟琳为自己的男人在外面拈花惹草烦恼不堪时,赶上了丈夫受命去绿洲的差事,她欣然愿意随夫奔赴九死一生的锡瓦绿洲，一是可以双双远离纸醉金迷、红粉散漫的开罗，在感情上独占丈夫；二是为了探明绿洲的阿蒙神庙古迹，证明亚历山大大帝之墓坐落于此，从而发表令世人震惊的学术论文，既可以在欧洲考古界稳住自己的学术地位，又可以弥补自己在婚姻上的不如意。然而事与愿违，绿洲的孤寂和荒凉、文化的陌生和隔阂、男女在理性和感知上的差距、当地土著对洋人的仇视、科学研究和当地奇风异俗的冲突最终葬送了两人的爱情和婚姻。

作者的高明之处在于通过从小说目录中就能看得到的几个不多的主要人物却能把人性中所有的矛盾都聚焦于文本——征服者和被征服者，东方人和西方人，政府和地方少数族裔，男人和女人，人与神，本我、自我和超我，继而阐释作者文学创作的一贯主题：爱、死亡、真相、毁灭。

该小说可以从多个角度进行解读，比如用后殖民文学批评的方法分析其写作意图和策略，或用女性主义文学批评的方法来分析女主人公的事业心和性取向，等等。这里，笔者着重分析作者关于"爱的真谛"和"死亡意识"的写作核心。

三

在作者看来，"爱的真谛"就是对话的能力，而对话能力又建立在打开胸怀、真诚倾听的基础上，这一能力可超越一切语言和种族的界限。小说中凯瑟琳的姐姐法尤娜便是具备这种感召力的人物，虽然凯瑟琳说着一口地道的阿拉伯语，还懂几门冷门语言，又是个考古学家，当地人却对她"闭门不见"，要杀了这个企图在"祖先遗产中偷宝的洋人"。一心想得到考古新发现的凯瑟琳尽管一再声明自己不是"盗墓贼"，却百口难辩，她的考古执念引起了当地人对她和她丈夫马哈茂德长官的敌视，由此引发了地方和官方、绿洲人和洋人之间的强烈对峙，以致剑拔弩张。相反，初来乍到的法尤娜虽不懂阿语，但她的微笑和亲和力却深得当地人的好感，当地妇女祖贝黛来拜访她时"总带些椰枣、核桃什么的礼物，那个老太婆操着一口掺杂着一点点标准阿拉伯语的方言，听起来令人费解，可是跟她完全不懂阿拉伯语的姐姐讲起来，连语调带比画，两人谈得很投机。"①当凯瑟琳一靠近，想听听她俩的谈话时，"那个狡猾的老太婆就不言语了，也不看我一眼，让我好尴尬"。②由此可见，语言并不能消除不同文化间的障碍，从根本上消除文化误读和偏见靠的是人心，法尤娜相信人同此心、心同此理。在得知长老叶海亚掌握的当地秘方可以治愈自己的肺痨时，法尤娜便与妹妹一同勇敢地前往长老住地求医讨教。当愤恨洋人的长老拒绝接见和提供治疗时，法尤娜通过凯瑟琳的翻译传递了不同宗教中人性的共同价值观："长老您潜心膜拜真主，而对真主的最好膜拜就是帮助需要帮助的人。"③"无论哪个宗教，拒绝敲门求助的人就是犯罪。"④法尤娜以真诚的对话消除了长老的仇视，得到了长老的秘密药方。

凯瑟琳对当地的"陋习"不屑一顾，她相信西方医术，

---

① 〔埃及〕巴哈·塔希尔：《日落绿洲》（阿拉伯文版），舒鲁格出版社，2007，第286页。

② 同上。

③ 同上，第247页。

④ 同上，第248页。

鄙视沙漠居民的"沙疗法"、"药草法"和"灼烧法",然而正是灼烧法而不是锯腿手术,保住了易卜拉欣被石头砸伤的大腿。对当地妇女纹手背的习俗,姐姐法尤娜抱着十分欣赏的态度,甚至让当地妇女也在自己手背上纹上了美丽的"海娜"[①]。凯瑟琳也不得不佩服姐姐能很快融入陌生土地的能力。对于当地姑娘玛丽卡的自杀,法尤娜认为是他杀,是群体对她的犯罪,是当地"克夫"的迷信、族人们无谓的争执、凯瑟琳过度防卫而拒绝了玛丽卡的求救、马哈茂德的误解和偏见等外来因素共谋的结果。当姐妹俩讨论应持什么样的态度对待当地习俗时,作者借法尤娜之口道出了自己的观点:

"这里的习俗本来是怎样就怎样,当地人自己对此满意就行,跟我们喜不喜欢毫无关系……这是他们几百年来一直延续的生活,并没有因此死过人,直到洋人来到这里。"[②]

由此,小说揭示出爱的真谛就是一种能力,一种尊重、倾听、融入、平等对话的能力,由此才能消除人与人之间、不同族裔之间、不同文化之间的疑虑和隔阂,避免冲突升级,甚至流血。

死亡激起我们对存在和人生的思考,"死亡是真正激励哲学、给哲学以灵感的守护神"。[③]"死亡意识"贯穿着塔

[①] 按照古埃及的传统习惯,姑娘出嫁的前一天晚上要在双手和脚趾、脚背上用特殊的植物染料纹上花卉、植物等图案,打扮得花枝招展,称之为纹"海娜",婚礼的前一天晚上也便被称为"海娜之夜"。

[②] 〔埃及〕巴哈·塔希尔:《日落绿洲》(阿拉伯文版),舒鲁格出版社,2007,第242页。

[③] 叔本华:《叔本华美学随笔》,上海人民出版社,2004,第204页。

希尔的整个文学创作，前面提到的《爱在流亡地》《我的姨妈索菲亚和修道院》等无不如此，在《日落绿洲》中，这种悲剧色彩更加鲜明，贯穿着作品的始终。从篇头马哈茂德回忆中的"母亲之死"，篇中穿插着的"亚历山大之死"，即"伟人之死"，还有"美丽少女玛丽卡之死"以及"圣洁的法尤娜之死"，到篇尾的马哈茂德与神庙一道同归于尽的"自我毁灭"，一个个美好的事物以不可逆转和猝不及防的方式逝去，读后令人掩卷唏嘘，死亡之谜和对死亡的恐惧以感性的方式冲击着读者的肉体和灵魂。然而，跟其他作家不同的是，塔希尔在作品中对死亡表现出的是一种深深的理解和眷恋。在塔希尔笔下，死亡有一种"解脱之美""宁静之美"，面对沙漠风暴的袭击，马哈茂德没有感到畏惧，反而召唤死神的来临："来吧，死神！它虽然令人痛苦，但不令人恐惧，快点来吧！在难以承受的重压下死去就像是一次舒适的憩息。"[①] "当死神走进我的内心时，被我触摸到了。我发现它很温柔，挺和善，还在我耳边轻轻呼唤：来吧，越快越好……在沙漠中与死神的邂逅总有一种莫名的感觉，一种诱惑和召唤的感觉。"[②]正如海明威所说的那样："死自有一种美，一种安静，一种不会使我惧怕的变形。"

仔细思考塔希尔对"死亡"的"快感"，发现其与日本文化中的"物哀"美学传统不同。日本文学中的风雅抒情诗咏叹恋爱的烦恼和人生的悲哀，告白并歌咏刹那间的、发自

---

① 〔埃及〕巴哈·塔希尔：《日落绿洲》（阿拉伯文版），舒鲁格出版社，2007，第39页。

② 同上，第43页。

个人内心的死亡、欢乐，认为那才是最美的、感人至深的情感。其与中国的"中和"美学传统也不一样。中国的主流文化总是以天人合一为本质特征，人们总是从现实中、从人和自然的统一中寻找美，死亡也因此而失去它的恐怖和神秘，形成了中国人乐生避死的审美传统，即便咏诵死亡，也认为是一种自然的生命循环节奏。当然，与西方主流文化中关于死亡的审美价值也迥异，表现在生与死、天与人的"二元对立"关系上。自古希腊文明开始，西方文化就高扬人这个理性本体，在与死亡的对峙和蔑视中回应文明的挑战，在人与自然的对立中尽力张扬个体的生命意识，即便咏吟死亡，那也被认为是一种人之不朽的悲剧性力量。

在笔者看来，塔希尔对"死亡"的"快感"首先源于古埃及文化中对亡灵的崇拜。埃及人是崇信灵魂不死的民族，亡灵崇拜的主要观点是笃信人死后确有灵魂离开躯体而他往。[①]他们深信人和万物都拥有一种超自然的、永恒存在的灵魂，他们把死亡看作是生命的中断，而非生命的终结；是身体的变化，而非彻底消亡。人的肉体可以死去、毁坏，但是灵魂则是永生不灭的。因此，他们认为冥世是现世的延续，现世与冥世具有相似性。古埃及人认为，人死后灵魂是不会消失的，它会在肉体周围飘荡着，为了让亡灵能顺利地对付冥世的凶险，古埃及人创作了极力赞美自我德行的、在冥界备用的《亡灵书》。换言之，古埃及人并不惧怕死亡，死亡仅是人从今世走向来世的过渡阶段；然而他们却惧怕亡灵，

---

① 邱紫华：《东方美学史》（上卷），商务印书馆，2003年，第225页。

他们认为亡灵与现世中的人是一体的，因此他们敬奉祖先、供奉亡灵。他们企图通过对亡灵的供奉来达到一种心理安慰，认为自己死后亡灵也会如生前一般。小说的结尾，马哈茂德炸毁了阿蒙神庙，自己也玉碎其中，他要去追逐刚刚离世不久的法尤娜的灵魂，他催促自己"快走吧，不要浪费时间。太阳已经开始西沉，将要坠入瓦斯菲咏诵的永恒的地平线下，我绝不能让她独自一人离去！"①在灵魂脱离肉体的瞬间，马哈茂德听见了一个低沉而颤抖的声音在呼唤他的名字，像是在哭泣，那个声音或许就是法尤娜。因此，马哈茂德正是通过死亡冥界赶上了法尤娜的亡灵，与神圣的法尤娜同行。

其次，塔希尔的死亡意识还体现在当今阿拉伯世界内外交困的现实面前，有识之士愿玉石俱焚的勇气。死亡带来"舒适的绝望和终极的妥协"②"死亡抹去了我们之间的一切怨愁！"③马哈茂德这个"半个好人，半个坏人；半个爱国者，半个叛国者；半个勇士，半个胆小鬼；半个教徒，半个好色鬼，……从未在心中成为一个完整的人"④的"中间分子"终于明白了，"必须把神庙炸得一点不剩，所有关于祖先的故事必须结束，让子孙后代们从这些伟大的幻想和虚假的自满中觉醒"。⑤马哈茂德从爱国到毁灭的一生折射出，自穆罕默德·阿里的民族改革至今，近两个世纪以来，满怀民族

---

① 〔埃及〕巴哈·塔希尔：《日落绿洲》（阿拉伯文版），舒鲁格出版社，2007，第338页。

② 同上，第322页。

③ 巴哈·塔希尔：《爱在流亡地》，向培科译，世界知识出版社，2004，第14页。

④ 同注释①，第235页。

⑤ 同注释①，第339页。

振兴梦想但最终化为泡影的埃及中产阶级分子的命运。面对全球化浪潮的冲击，阿拉伯人更是遇到了前所未有的挑战。2003年发生的伊拉克战争是塔希尔写这部小说的主要诱因。他在采访中说："两世纪以来一直存在着一种东西，我称它为埃及梦——它不同于美国梦，因为这是一个集体的梦，这是一个寻求更好生活的梦。两个世纪以来埃及人民都在积极地创造一个民主、公正、自由的社会，但在他们的道路上，挫折和倒退比胜利要多得多。为什么我们不能实现这个梦？有人说这是因为总遭遇西方的占领或支配——你想怎样叫它都行。而西方欢迎本国的独裁者们，给予他们支持和鼓励。"[1]

四

还值得一提的是《日落绿洲》的写作技巧。首先，塔希尔在小说的结构上是颇下了一番工夫的。各章节的标题以主要人物的名字来命名，并循环排列；每章节以该章人物的第一人称"我"为叙事主体，由此，每章主人公从各自不同的角度展开对情节的重述或推进，以便更好地展现出"本我"的内心世界。同时，这种复调式的小说结构引领读者站在不同立场、不同时空看待发生的同一事件，体谅每个人物所处的立场，使作品呈现出多元化、立体感的架构。由此，作者创作出了一个独具特色的文本世界和文化意象，这不仅加强了小说的真实性，同时也表现出了后现代主义强调的相对性。

---

① RaissaKasolowsky："Egyptian writer BahaaTaher grateful for accolade"，见 http://www.reuters.com/article/lifestyleMolt/idUSL14489875 20080514，访问时间：2008年7月29日。

其次，文本的"后记"也是小说的艺术特色之一。历史专业出身的塔希尔在小说文本中以"历史反书写"方式，通过主人公马哈茂德的回忆，向读者呈现出了埃及殖民化过程中自己亲历的的几个历史片段，又通过他与年轻军官瓦斯菲关于殖民历史的争论，揭示了年青一代因本民族历史的断层和殖民者的妖魔化，竟站在殖民者一方叙述的"假造的历史"，由此在历史书写与反书写之间构成了一种抵抗，以此"瓦解了殖民帝国关于殖民历史的书写霸权"。[①]这种揭示并不是作者个人凭空杜撰的，在"后记"中，作者说明了自己为写这部小说所做的前期功课——他阅读了已故考古学家艾哈迈德·法赫里博士的论著《锡瓦绿洲》、罗马史学家科提乌斯的《亚历山大传》、阿卜杜·拉赫曼·拉菲义的《奥拉比革命和英国的占领》以及艾尔弗雷德·布伦特著的《英国占领埃及秘史》等历史论著，以此补充说明小说文本中提到的有关历史事件和风土习俗是有文献依据的。

再次，作者的语言清新优美，格调庄重典雅，表达时而宁静，时而激越，既擅于描写内心独白，又能驾驭不同派别之间充满火药味的唇枪舌剑。这里不妨摘选几段作者对沙漠和绿洲的精湛描写以飨读者：

> 书上没有告诉我，白天的沙海在不同时段呈现出千奇百怪的姿态；也没有什么文字详细描述，云影时而像浅灰色的华盖在黄色的沙丘顶部滑动，时而又像洞开的

---

① 任一鸣：《后殖民：批评理论与文学》，外语教学与研究出版社，2008，第265页。

玄色大门在沙丘间慢移；没有告诉我，高远的小云团返照在沙丘上的阴影，犹如急速飞翔的灰色群鸟；更没有谈到黎明。正是沙漠的黎明，它由地平线上一丝纤细的白线变幻成红色的晨曦，悄悄地驱散黑暗。随着第一束霞光的升起，沙漠化为一片金色的燃烧着的沙海。此时此刻，平生从未感受过的、一股夹杂着沙漠黎明的潮润气息迎面扑来。

这会儿，山丘、高坡都消失了，我们走在一览无余的柔软的沙地上，只有地平线处影影绰绰闪现出蓝色的蜃景。走在这平坦的黄沙上，有时眼前会突然出现白色的沙湖，或浑圆的沙丘，像小小的穹顶，又像沙漠胸脯上的乳房。

一进绿洲，我的目光立刻被泉眼边茂密的枣椰树吸引。的确，我先前看见过枣椰树潜入湖中，湖面上只浮现出树尖的倒影；而现在，我们登高望去，目及之处，满眼葱绿，一眼望不到边的枣椰树叶构成了如织的森林，墨绿色的林海波涛翻滚，城镇像个岛屿般从林海中拔地而起，灰色的墙和黄色的民宅矗立在一个金字塔形的高坡上。

最后但并非不重要，特别感谢陆孝修先生，他作为我们译文的第一读者，给予了耐心的修正和指点。从他深厚的中文功底和丰富的翻译经验中，我们收获良多；还要感谢五洲传播出版社的编辑杨雪女士，她在译文的校对工作以及该书的顺利出版方面花费了不少心血。

译者：邹兰芳

2016 年 11 月 24 日

目录

献给

斯特芙卡·艾纳斯塔苏娃[①]

———————————

① 艾纳斯塔苏娃是小说作者巴哈·塔希尔的妻子，有希腊、斯洛文尼亚血统，从事俄语翻译工作。

上　部

　　作者提示：马哈茂德·阿兹米是 19 世纪末锡瓦绿洲地方长官的真名，其在绿洲的业绩至今仍给人留下深刻印象。读者通过小说，将对这个人物的形象逐渐清晰起来。另外，查遍所有已出版的历史文献，都找不到有关这位长官生平纪事的任何记载。

1. 马哈茂德

他居然跟我说："你妻子确实是个敢作敢为的女人。"弄得我反倒像连自己的老婆都不了解似的！说到底她不就是欣然愿意随我闯一回险境吗？可话也得说回来，虽说我了解她，但目前我对凯瑟琳究竟是怎样的女人还是有一点儿说不清道不明。是的，应该说还不到火候。令人纠结的是，他提及她时，听得出来不完全是出于随口一说，倒像是话里有话。看来凯瑟琳应该不是问题的核心，我也从不需要去解决她的什么问题。

跟哈里菲先生的这次见面令人沮丧，此时的我正在内政部大楼黑暗的走廊里来回踱步。方才哈里菲的一番话，除了让我听出一些似懂非懂的暗示外，其他实在是了无新意。

说实话，在见哈里菲之前，我早就知道事情已成定局，是陆军准将赛义德贝克①先一步给我透露了底细：内政部

---

① 贝克：奥斯曼土耳其帝国时期（1517~1798 年）素丹封赠给埃及马穆鲁克头领的爵位，次于帕夏。

检察官早把推荐我的公函上报给部长帕夏①，部长也立时批下调令，要求限期执行，前后只给几天的准备时间，要求必须赶上从库尔达塞来的驼队。作为朋友，赛义德准将劝我放弃让妻子随行的念头，因为他认为绿洲之行并非易事，而任务本身也颇为艰巨。他还说，万幸的是我终于获得了自由身。赛义德一再叮嘱我旅途多险，一定要格外小心。比较让人宽心的是至少有两周行程路况较为理想，而且还有一名有经验的向导随行。我相信赛义德没有吓唬我，也知道他肯定已经尽力为我推辞。我俩一向交情笃深，尽管随着时光的流逝来往渐疏，有段时间甚至只维持着上下级的关系，但是上个时代的故事和秘闻把我们牢牢地拴在了一起。这些陈年往事虽有两年不曾谈起了，但彼此心照不宣，也明白对方仍记忆犹新。

再就是同事们，他们半带同情地提醒我路上千万要当心。他们中有人庆幸任务没有落在自己头上；另一些则极力掩盖着幸灾乐祸的心理，告诉我许多驼队迷失在沙漠中、被沙暴吞噬的故事，驼只少的队伍很多没了踪影；有人说古代进攻绿洲的波斯大军也落败于茫茫大漠中，永远被掩埋在沙砾之下。他们还说，能在暴风没有改变路标，忽然堆起没见过的沙丘覆盖饮驼的水井，以及水尽粮绝之前走出沙漠，这支驼队就算交上了好运。又有人说如果营帐不遭野狼或鬣狗袭击，队伍中没人被毒蛇咬伤，那就更是万幸了。

---

① 帕夏：奥斯曼土耳其帝国时期的素丹封赠给帝国各行省省督的爵位。

对他们的说黄道黑，我没太在意。与其对能否平安抵达目的地放心不下，不如说我更担心的是驼队会不会在途中迷路。我深知自己正往黄泉路上奔，弄不好凯瑟琳也要随我共同赴死。这难道正是哈里菲先生今天见面时暗示的结局？我走进他的办公室时，便横下心来准备挑衅他。……到了这步田地，我还有什么输不起的？

这是我有生以来第一次踏进顾问的办公室，这可是掌握整个内政部大政方针的人物。谈话中我发现他的待人处事方式尤为做作，其人也惯于装腔作势。矮矬的身材缩在一张庞大的办公桌后面，略小的毡帽边上露出一绺金发。说话时，不像是在跟眼前的人对话，而像是两眼直视着办公室右边角落里一个虚拟的物体。他重复着赛义德早就告诉我的那些事儿，揣摩着我的弱点。他认定我一定会在心里窃喜，"嗬，马哈茂德·阿卜杜·扎希尔上尉，对不起，现在应该称马哈茂德少校，你已被任命为绿洲地方长官了"。他佯装翻阅着我的服役履历表，继续说着类似我本来还要等很长时间才能得到这一晋升机会的鬼话。

我以彬彬有礼的微笑打断他的话："顾问阁下，如果部里很少有人关注如此升迁的话……"

他没说什么，甚至也没看我一眼，只是翻阅起另一份卷宗，卷宗上面用英文写着"锡瓦"两个大字。他似乎饶有兴趣地读着什么，时不时嘟囔着："Interesting, very interesting！"①最后抬起头看着我，嘴角上挂着一丝微笑说："马哈茂德少校先生，你的任务只需要跟绿洲的族长们

---

① 原文为英语，意为"有意思，很有意思"。

打交道。"当然是这样。赛义德已经给了我必要的提醒。

看我没说什么，他又叮嘱我："不要和当地的农民发生瓜葛，他们叫……"他回看卷宗寻找该词的读法，我提醒他，"扎杰莱人"①。

他快速扫了一眼卷宗，连连说："是的，是的，那些扎杰莱人，只要他们不反对现行制度，我们与他们有何相干？他们有点像斯巴达人，你知道古希腊的斯巴达人吗，阿卜杜·扎希尔先生？"

我说知道，他脸上似乎露出失望的表情，但决心继续给我上课："还是有些区别的。当时斯巴达是座军事城池，孩子们从小受训，成为士兵后便与城中居民隔离，由此，斯巴达城全城皆兵，成为亚历山大大帝出现以前希腊最强大的军队。绿洲的那些……扎杰莱人被征去耕地，接受军事化管理，直到满四十岁。四十岁以前他们不允许结婚，太阳落山后不准翻越城墙进城。"他个人认为这种社会制度值得深思，甚至值得钦佩。"扎希尔先生，你看看我们在非洲和西班牙的殖民地一片混乱，因为那儿的工作……"

我再次笑着打断他："哈里菲先生，我们在非洲和西班牙没有殖民地。"我克制住自己没有说出"我们这里是殖民地"。

他皱了皱眉，打住了关于殖民地的话题，转而又去看卷宗，然后抬起头，忽然奸笑地对我说："当然，当地青年

---

① 此处为音译。该词的原意是民间歌手。在小说中专指当地闲时为农、战时为兵的年轻人。他们居住在城外自己的果园里，劳作时唱着当地的民间歌谣，能歌善舞。

男女授受不亲的制度与我们无关，我们不会干涉他们古老的习俗……"

我明白他想说什么，但没有回应他。他只好又跟右边那个虚拟物体说起来。当然，这些话题我也听赛义德说起过。"绿洲的部落分为互相敌对的两大家族，萨比尔家族几乎要完蛋了，是的，是的，两个家族战争不断。"他再次把脸朝向我，加重了语气，说着一些与我们无关的话题，"那些部落间的战争是他们生活的一部分，他们各行其是。当然，要尽可能通过某种形式与其中一个家族结盟，这是保证我们控制局面的途径。这个联盟策略可以考虑一下，内涵丰富，前提是不要与任何一方结盟太久，应该与一方结盟一阵儿，转而再与它的对手结盟一阵儿，你明白吗"？

"阁下，我试试看吧，我明白这个策略，但以前没有尝试过。"

他第一次用幸灾乐祸的口气说："长官先生，别忘了你的首要任务是征集税收，你知道的，此任务艰巨，很艰巨啊！少校先生，求生的本能会教会你如何使用这一策略。"

他说着说着戛然而止，再次微笑着说："尽管如此，有件事倒是很滑稽，这些人在山上修建城堡，在城堡后面修建城镇，以抵挡贝都因人的袭击。事实上，贝都因人也只是在城外杀人越货。"他认为这让他很吃惊，很富有东方特色。

我一时头脑发热，冲动地说："类似这样的内战东西方都有，哈里菲先生，这与西方人对我们的入侵有区别。"

他长久地注视着我，然后意味深长地说："看来马哈茂德少校仍深受旧思想的影响。我当然不能同情逆贼。"

我无法控制自己，再次冲动地说："我也没有同情逆贼，只不过履行义务，我为这两次无辜的陷害付出了代价。"

他点了点头。考虑到我现在是受审查的对象，这是我最后的工作机会，便用缓和的口气说："我希望我的工作在审查时令人满意。可是如果我没能通过呢？"

他简明地回答："要知道，你自己将为此付出代价。"

他好像看出了我的心思，继续说："无论结果如何，把你调回开罗绝不可能了。"

话题就是这会儿忽然转移的，此时，哈里菲一边说内政部不干涉军官的私生活，一边却开始对我妻子发表看法了。我知道赛义德曾反对我带上妻子同行。

他停顿了一会儿，犹豫地措辞："夫人是个敢作敢为的人。"他点点头重复道，"是的，一个敢作敢为的人。"

我什么也没说。他忽然站起来，我随之起立。他郑重其事地说："你将随库尔达塞驼队出发，他们已准备就绪，必须立即启程。我会发送一些马匹随两周后出发的马特鲁港①驼队一起抵达，但愿马匹能活着到达目的地。"他嘴角上掠过一丝笑意。

从他办公室出来，我心里很郁闷："英国佬再次打败了我！哈里菲先生，我恨你！我恨你们所有的人！恨这个内政部！可是我无路可逃。"

现在我必须马上回家，准备行囊。可是有什么好准备

---

① 马特鲁港（MarsaMatruh）：埃及西部地中海沿岸的一个重要港口，位于亚历山大以西约250公里处。

的呢！自从我告诉凯瑟琳，所有免去我担当此任的努力均告失败后，她已打理好必备的行李，也收集了图书馆里所有研究或提及绿洲的书籍，什么也没落下。前几天，她跟我谈起防蛇蝎噬咬的一剂妙方，我把它拿给里法伊教派①的一位长老看了，并努力让妻子相信这位长老在疗毒方面颇有经验。可见她也是害怕此行的。但为什么她又有着满腔热情呢？我曾经使出浑身解数说服她留在开罗，均未奏效。她明知旅途凶险，却满不在乎。如果我天真地想，这会不会是爱情的力量，她不想让自己的丈夫独自丧命。我知道她是爱我的，但她还不至于痴恋到这般地步。

从内政部出来，穿过政府办公厅大街，拐进阿比丁区，迎面就是警察局。这所警察局离我出生的老宅不远，它成就了我的一生，也让我失去了一切。少年时我怎么也没想到会干上这一行。

无论怎么说，如今已追悔莫及，再说，后悔药又有什么好吃的？我儿时的志向是什么呢？其实当时对未来没有什么设想，只希望好景能一直延续下去。童年很幸福，少年过得更称心。父亲对我和弟弟从不吝啬，让我们尽享欢乐。他管教不严，对教育不太上心，让我们过早的结束了学业。弟弟苏莱曼喜欢跟父亲在他的慕斯基商铺里学习手艺，度过大部分时光。至于我，不曾让任何事情耽误我的

---

① 里法伊教派（ar-Rifā'iyyah）：由逊尼派神秘主义者艾哈迈德·里法伊（1106~1182）在伊拉克创立，教法上属沙斐仪学派，信徒曾有10余万人。

大好时光。当时正值赫底威伊斯梅尔①执政末期，整个国家沸腾不已。我年届二十了，还拖拖拉拉地在补习班学习。但是我谙熟女人，惯常与舞女们厮混，或者和朋友们在咖啡馆和酒肆里度过良宵。我家的大宅子就在阿比丁街区，家里盛宴不断，几乎每天晚上都高朋满座，而且经常请来最有名的歌手助兴，因此晚会高潮迭起。除周五外，每晚都是如此。每逢周四的白天，仆人们就把一楼大厅的家具摞起来，腾出空地，铺上地毯，点上熏香，角落里摆上盛满蔷薇水的铜壶。那是苏非信徒——那些讲经诵道人的夜晚，父亲和我也不去外面寻欢作乐了。我和那些诵经家们摇头晃脑、吟诵经书，直至大汗淋漓、四肢乏力，然后睡上个安宁深沉的好觉。第二天一大早，必定随父亲和苏莱曼去侯赛因清真寺②做聚礼。一到晚上，又恢复了老样子。直到有一天晚上，我和一帮朋友信步来到阿特巴广场的一家叫"玛泰提亚"的咖啡馆，在那里邂逅了一位缠着头巾、说阿拉伯语时带点土耳其口音或叙利亚腔的男人。我之前没听过他说的那些话题，也有可能听到过但没在意。然而，那天阿富汗尼长老③的演讲和他的追随者们的热情促使我

---

① 赫底威伊斯梅尔（Ismail，1830~1895）：早年留学法国，1863~1879 年任奥斯曼帝国埃及总督，被称为"赫底威"（khedive）。1879 年被废黜后流亡意大利。

② 侯赛因清真寺（Jami 'Husayn）：1153 年建立于埃及开罗，埋有先知穆罕默德的外孙侯赛因的头盖骨。

③ 哲马鲁丁·阿富汗尼（Jamal an-Din al-Afghani，1838~1897）：近代伊斯兰哲学家、社会活动家，泛伊斯兰主义的倡导者。1871~1879 年曾定居埃及。1892 年应聘到伊斯坦布尔，被冠以"伊斯兰长老"的称号。

开始倾听此类话语。因此我便在沉溺于酒色的同时，醉心于长老的聚会和阅读其弟子们办的报纸上，比如《埃及报》《商务报》《梦想报》。每当一家报纸被赫底威政府查封，便有新的报纸随之出现，继续被查封的姊妹报的言论。所有报纸的矛头都指向让埃及负债累累、濒于破产的统治者。对欧洲人在埃及政府各个部门中安插他们的顾问和职员以便控制埃及的行径，个个怒火中烧。这段时期，我还听说长老和他的追随者们皈依了共济会，信徒来自不同的宗教，信仰自由和四海之内皆兄弟的理念将他们联结在一起。我渴望自己也能加入共济会，期待着有一天地球变成弟兄们和自由者们的大盛会。我还听说出现了一个秘密爱国党派。自从读了他们写的题为"埃及是埃及人的埃及"的文章，我被这股爱国热情点燃了，决意加入他们，可又不得其门。正在此时，家里衣食无忧的生活戛然而止：父亲的生意破产了。生活第一次背叛了我，改变了我的生活轨迹。至今我也没弄明白当时怎么会毫不犹豫地做出那些事情。之前，一切都顺理成章地进行着：无忧无虑，没有良心责备，喝得酩酊大醉，经常出入共济会的聚所，睡睡女人，听听阿富汗尼的演讲，和父亲与信徒们参加苏非诵经家们的讲座，甚至我还想过，抓紧学习，拿上高中毕业文凭，像大部分学生梦想的那样，考入法律系。我相信那是水到渠成的事，因为中学里最吸引我的课程是演讲和文学。可惜，父亲破产了。一个希腊商人诱惑他花大价钱进口了一批橄榄油，导致父亲深陷债务和债息的危机中，终于不得不将慕斯基的商铺抵押出去。舞女、仆人成群的大宅子一下子断了财源。但是父亲还是想尽办法让我进了警察学校。按照当时的学历再有几个月的培训我就能提升为军官，这样每月的薪水就够赡养母亲、兄弟，也能留住老宅子了，父亲放下心来，却因忧郁成疾，终至卧床不起。之后，家里断了笙歌宴请，也不见了布道诵经，门庭冷清，客人们大都裹足不入了。记得多年后，我才受到陆军准将赛义德的邀请，参加过一次他信奉的教义讲座，但那时的我已心灰意冷，不再有丝毫的波澜，早已没了当年的风发意气。

尽管遥远的过去已销声匿迹，可直到现在我仍扪心自问：是那个精神涣散的年轻人已捏合了自己生活的碎片，还是岁月使其更为支离破碎？犹豫了很久之后，我终于娶了凯瑟琳，一颗梦想未来的心才算落定下来。这不，有了一个家，一幢房子，一个聪慧、勇敢的妻子，可是为什么还是总感到不踏实？为什么内心安宁这东西总是闪烁游离，遥不可及？唯一可信的就是这身制服和这份我不喜欢的职业，尽管多年来它给我带来了不少麻烦，但我不知道除了这一行自己还能干什么。

而现在，就是这个绿洲了。

2. 凯瑟琳

我很清楚，马哈茂德舍不得离开这所大房子。在大漠的孤寂中，他会思念街区里行人的喧嚣和商贩的吆喝。他一准想不起来住家附近赫底威的王宫，更别提我们喜欢却又从未踏进过的那个郁郁葱葱的花园。它从老王宫围墙后面露出满园绿色。马哈茂德无法想象远离了那生于斯、长于斯的老宅后该如何生活。而我，搬过三次家后，房子本身，我已无须依恋，只有当街坊邻里出现在记忆中时，地域的概念才会闯进我的脑海，我才想得起故土那熟悉的气息和一个个被遗忘的角落。说实话，记忆的游戏着实让我吃惊。

马哈茂德去部里办些手续，回家有点晚了。他说了办完事回来帮我捆扎行李。其实也没什么可收拾的了，一切都已准备就绪，眼下只差他回来。这个人没个准信儿，我早已习惯了。一开始我也很惊讶，说完了又不照着去做，要不就是整个事情都跟你拧着来。但这一次情况不同，我看他越来越伤感。

记得我俩邂逅那天，他看上去有点闷闷不乐，我也郁郁寡欢，但双方还是能找到些许欢愉，度过了一段幸福时光。那次初会是在去阿斯旺途中的达哈比亚游船上①，引起我注意的是他那颀长的身材、一脸的青春洋溢和那一身戎装。呢军帽下露出一绺花白头发，总之最吸引人的是他那英俊潇洒的气度。但并非只是这英俊的外表让我动心。甫一接触，就觉得这个人和我在开罗遇到的那些军官不一样，事实上，他也确实和我在这里认识的男人们大不一样。就说对话吧，这帮人对我这个外国人——一个英国女人说话时，眼里流转的是色迷、企求的目光，活像乞丐淌下的泪花。而当我靠近马哈茂德时，他头上的军帽在我眼里就像是法老的王冠；严肃的脸上长着一双黑亮的大眼睛；端正的五官，俨然是一张活生生的从神庙壁画上移到了游船甲板上的法老脸庞。我问他还有多长时间到阿斯旺，他没有像别人那样点头哈腰，而是用警惕的目光快速瞥了我一眼，再看看四周。周边除了两岸一色的农田和田边几处相似的农舍，什么也没有。他回过头来盯着我的眼睛，用当时还很蹩脚的英语回答道："不知道还有多远，我是游船的军士长，部队正护送一位亲王或一位部长去南方。"看我站在面前还不走，他不冷不热地建议我可以去问船员，我顺着他的口气说："那我就跟你走吧。"

事后，在船上，在阿斯旺的大街小巷，在卢克索的神庙里我都跟着他，直到回开罗，我们订了婚。他犹豫了很

① 达哈比亚游船：专载游客沿尼罗河南下到卢克索、阿斯旺旅行的船只，类似中国的水上人家。

长时间后才对我有点意思，大部分情况下都是我在找话茬。直到有一天当他知道我是爱尔兰血统时，我发觉我俩的关系发生了根本性的转变。那天我说我恨英国人，他们侵占了我的祖国，也占领了他的祖国，我为自己持有英国国籍而感到羞耻，总有一天爱尔兰人要独立，摆脱耻辱。就此之后，马哈茂德和我之间的防线崩塌了，他对我的抗拒也随之消散。之前每每见到这种抗拒的，我也能窥见他眼里流露出的爱意。至于那是不是我自作多情，抑或仅仅出自喜欢，当时的我没太在意。我俩刚发生关系时他提醒过我，说他发过誓，永不结婚，可是他的誓言坚守了没多久。

我们可把开罗办理结婚证的长老难倒了。在他眼里，一个受人尊敬的穆斯林军官立意要娶一个异教徒，还是外国女人，问题可谓多多。他简直不敢相信，那女人竟然不是处女而是个寡妇？比男的还要大上两岁？既没有父辈又没有兄长代她出面订婚……她自己把自己嫁了出去！？随着问题一一被证实，他益发露出惊恐的眼神。

马哈茂德口口声声解释这桩婚姻没有一点违背伊斯兰教义，可我看见证婚人埋头翻阅材料，笔录有关信息，竭力不让我们看到他眼里的愠怒。也是，清真寺长老的表现跟后来英国人的无耻相比，应当算是相当有涵养的了。后来当我去英国驻开罗领事馆办理结婚注册手续时，他们竟然如此盘问："你要跟一个埃及人结婚？居然还按他们的教义，嫁完了才来我们这儿注册？你已经没有这份权利了，懂吗？"我以其人之道，还治其人："他们的教法比英国在爱尔兰的律法更吸引我，在这里至少我的婚姻我做主，没

15

有人能强迫我 。"领事馆的人一听我这么说，赶紧给我办手续，好让我快点离开。

马哈茂德估计，内政部的英国顾问不会同意我和他一起前往绿洲，而我认为他们一定会欣然同意，他们巴不得我赶快死在那里。

燕尔新婚，我和马哈茂德享受了不曾想过的幸福，之前和前夫迈克尔的悲惨经历曾让我对这个世界不存奢望。一开始，我发现马哈茂德接受不了任何温存抚慰的话语。他既不善表达，也不喜欢听甜言蜜语。爱情对他而言就是做爱本身，他在这方面可是个高手，随时准备好给予对方，也常常能唤起我的欲望。他自小谙熟各种经验，而我仅凭本能试着与他并驾齐驱——从迈克尔那里学来的那点经验早已忘得光光。或许我也教会了马哈茂德一些东西，比如，我让他明白我不喜欢蛮劲和动作粗鲁，而他原以为这才是男人的标志；我喜欢温柔的抚摸，两个身躯相互感应，悄悄地、滑润地感受互相贴近和摩挲的快感，直至到达陶醉和满足的顶峰。

渐渐地，共鸣来了，接连好几个月，我们生活在禁日的节庆里，他毫不惜力，我也"祖裼裸裎"，不加掩饰。我从未想过自己居然也能接受对生活和爱情如此这般的理解，可还是心满意足地随着他，全身心陶醉在幸福之中。是不是正是因为这样的开始，使日后我的许多臆想幻灭了，还是我原本就应该准备接受这样的结局，马哈茂德在撕下了禁欲的面具后一发不可收拾？

和他在一起的那些日子里，我还接受了过去无法想象的、以前不可能接受的现实。那是新婚才几个月后，我发觉他的生活中不只我一个女人。有一次在床上，我闻到了别的女人的体味和汗味，凭直觉我感觉我和他之间还有另一个女人，但当他对我的给予有增无减时，我又自欺欺人地否定了自己的猜疑。然而，自己的身子骗不了自己，我确定确实有个女人在与我共享他的躯体。我醋意大发，难以控制，花了一整天的时间养足精力，理清思路，准备对付他。可当他下班回到家，两人一照面，我先前梳理好的思路全部化为乌有，只剩下两人面对面站在门厅里。我问他："你背叛了我？"他回应："你是指我结识了除你之外的女人？"我点了点头。他平静地回答："是的。"我浑身颤抖，终于爆发了："那好，如果我也交往了除你之外的男人呢？"他简简单单一句话："我立马杀了你。"我扯直嗓子大喊："那我为什么不现在就杀了你？"他略一沉吟，想了想，慢慢从枪套里拔出手枪，伸直胳膊递给我，笑着说："这样就公平了，你完全有权这么做，拿着，我不拦你。"我推开他的胳膊，冲进自己的房屋，大喊道："我绝不跟疯子一起生活。"我摔了门，开始收拾衣物，准备离开。

　　冷战僵持了整整四天。第五天我们又同床共枕了。他抱着我说："撒谎是最容易的，但我不撒谎。这个问题出在我身上。看来一个女人满足不了我。离婚挺简单，说走就走，随时可以离开。可你没那么做。说明我俩彼此需要，婚姻把我们拴在了一根绳上。"我嘟囔了一句："可爱情去哪儿了？"他埋进我身子里亲吻起来。

　　如此爱情，如此婚姻，我接受了，我们是生活在真理中还是谎言中？他确实没说错：我俩彼此需要。那为什么又彼此需要呢？这种需要又该持续到何年何月？现在我感到就连这种关系都已经变了味。眼下马上就要出发，这次可是跟女人搭不上任何关系了。马哈茂德内心是想全身而退，这种心态是我过去从不曾见过的。难道这一切都是因为这桩叫他腻味的任务？他使尽了浑身解数想脱身却无济于事。我知道什么样的危险在等着他，可马哈茂德不是个懦夫，他定能像往常那样履行任务，不管喜不喜欢。这一点我完全相信，他常常忍住臂骨被子弹打伤而反复引发的剧疼，冬天的寒冷会加剧臂膀的疼痛，我从他强摁住臂膀时脸上的痛苦表情就明白了，但他不吭一声。我开玩笑说，到绿洲就无须忍受寒冷了，他摇摇头："万一问题出在热上了呢！"

去绿洲的麻烦我并非一无所知。我早就通读过历史学家、旅行家留下的有关锡瓦绿洲的著述，谙熟绿洲的古今，也许对它的历史了解更多些。我还专门研究过自埃及总督穆罕默德·阿里①派遣军队入侵绿洲以来那里发生的种种，包括总督帕夏结束了几百年来锡瓦绿洲的自治局面，并将其囊括进埃及的版图。我也读过当地土著如何反抗埃及的统治，不断发动暴乱进行抗击，埃及驻军残酷地镇压他们的反抗，导致新一轮的暴乱发生。我和马哈茂德都知道绿洲差官始终是当地土著攻击的靶子，起先，他们杀掉开罗

---

① 穆罕默德·阿里（Muhammed Ali，1769~1849）：阿尔巴尼亚人。1805年率军参加反对奥斯曼帝国统治的起义，被推为埃及总督。在位时实施一系列改革，并出兵占领汉志和苏丹。1848年传位给他的儿子易卜拉欣。

从锡瓦人里选命的地方官，目的是警告派到绿洲的差官，他们已离死不远了。在最后两次暴乱中，他们居然处死了两名差官。政府派去大军平乱，待局面稳定后撤了军。现在那个地方安宁吗？希望如此吧。去沙漠旅行是我梦寐以求的夙愿，唯独没想到会以这种方式实现。我做梦也想见到亚历山大大帝走过的绿洲，在那儿他书写了自己的传奇人生。直到现在，我还有其他不敢细想的梦想，该来的都会来的。如今最关键的是，那儿只有我和马哈茂德两人，再没有别的女人跟我争夺他了。只是还有什么能比为找回我们昔日恬静美好的生活付出的代价更昂贵的呢！

马哈茂德确实回家晚了。

也许他还在部里，也许他在告别老城的街巷，像我一样在左思右想。他在盘点自己的人生，思索如何走到了今天这一步，又何以要携手那个在自己人生旅途中偶遇的爱尔兰女子共赴未知的前途。

我也是。多少个偶然带着我走到了今天……不，也不全是偶然，一切都是我自己造成的，我无怨无悔。也许一开始是父亲把我搁在了岔路口，后来，纯粹是个人的意志引领我走到今天这一步。

要是父亲还活着，他会认为我和马哈茂德走到今天这一步完全是咎由自取。父亲是个激进的天主教徒，要他同意这桩婚事是绝对不可能的。然而，也正是父亲教会了我喜欢东方，痴恋东方的古迹。是的，正是他让我对古希腊、古罗马遗留在埃及的神秘古迹倍感好奇。只有一点，他叮嘱我必须远离活着的东方人，他说埃及只是历史的仓廪，他让我始终要牢记自己是个爱尔兰天主教徒。

我永远忘不了有那么一次他大动肝火，记得当时的话题是关于宗教和古希腊人，这是他最喜欢的话题。当谈到他们的神灵时，我说古希腊人和古埃及人一样，也和之前、之后的其他民族一样，都崇拜他们想象中的造物主。也许无论是什么时代、什么地域都只有一个神祇，这个神祇定能接受所有人对他的顶礼膜拜。那时我还小，大概十四五岁，父亲既不想跟我讨论此类观点也无意开导我，当时他气得满脸通红，吼道："你能把膜拜一个真神的信徒和崇拜偶像、树木或什么伪神灵的人相提并论吗？你能把虔诚信主的和只为狩猎和战争才去祭神的野蛮的多神教徒混为一谈吗？"当时，尽管我怕父亲发火，但还是顶嘴道："我不是这个意思，我是说，人们都是出于善意和信仰寻找他们膜拜的造物主，尽管人们的选择有误，但造物主相信人们的诚意，造物主是全知的。"父亲再不听我辩论，坚持叫我去向神父忏悔，求得主的宽恕。作为一个虔诚的天主教信徒，我还是听了父亲的话去了教堂。

争执归争执，我现在多需要他啊！如果父亲今天还活在世上，我会求他帮我研究古迹。是他教会了我希腊语、拉丁语；是他夸我有语言天赋，应该好好加以利用，我觉得他没看走眼。我自学了古埃及的象形文字及其分支语言。和马哈茂德结婚后，我又学会了阿拉伯语，在这方面父亲肯定会为我自豪的。父亲原来常给我读他的论文和他从希腊文那里翻译过来的作品，常鼓励我多翻译，他还对我写的文章充满热情，给予鼓励。但有一点我敢肯定，我无法说服他同意我跟马哈茂德结婚，绝不可能。自来埃及后，我再没见过母亲，不知她现在是怎么想的。有时她简短地给我写上几句算是应付了差事。她不满意我的第一桩婚姻，对我的第二次婚姻我想她会更不满意。只有姐姐法尤娜能理解我，就像她当初很快地接受了我和迈克尔的结合一样，她祝福我跟马哈茂德幸福，也原谅了我和迈克尔的事，这事连我自己都没有原谅自己，难怪父亲称她为"圣徒般的法尤娜"。家人中只有她始终充满爱意地给我写长信，但能否如她答应的那样有一天来埃及？可又怎么来？即便到了开罗，而我们却又要到远离都市的绿洲，怎么办？我已写信告诉她推迟行程。

一切顺其自然吧，我是真希望她来，还是尽管嘴里念叨心里却觉得离得远点好？说不清楚。我不希望她一来又让我想起那段内心好不容易才平复的心酸往事，我当然相信见面时她不会旧事重提，甚至可能连"迈克尔"的名字都不会提的。她没事，心里有鬼的是我：我总感觉是我把他从姐姐手里偷来的。要是法尤娜能明白过来她是多么幸运没有遭受那个家伙的折磨，该多好！

迈克尔是我家的邻居，爸爸的朋友，也是他年轻时的同学，和爸爸一样干了教师这一行。他长着一张天使般的脸庞，说起话来轻声细语，在研习希腊语及希腊文化方面与爸爸是绝对的志同道合。然而爸爸此生对此只是略有爱好，不像迈克尔，还在一家地方小杂志上发表过几篇文章，有时，一份史学月刊也会接纳他的投稿。我和大家一样，明白他常来家里转悠就是为了法尤娜，来了就习惯和她去家里的花园里待着，两人唧唧咕咕说个没完。这不奇怪，法尤娜比我更漂亮，更娇小，更温柔，仅仅看上一眼她那光艳的脸蛋就够幸福的了。我清楚自己的身材还过得去，可一张脸实在是平平。但让我没想到的是，父亲过世才一年，我还没从失去父亲的打击中走出来，订婚的帖子就已经摆在了我面前。

一个阳光明媚的早晨，我走进父亲的书房，发现他趴在正读着的书上。之前他没有病，也没听说哪儿不舒服，那天早晨他甚至比平日里更快活。

马哈茂德对我说，他也经历过类似的打击。我没弄明白死亡意味着什么，也不明白死亡的任何含意。但是我想只要死亡是人之宿命，那就让我们活着的时候做点什么，为生存找个理由吧，在离开这块大地时，能留下点印记。

我在花园里问迈克尔："你为什么选择了我？"他回答："我爱你。""那法尤娜怎么办？"他只是反复强调他爱的人是我。母亲大怒："他明明暗示大家他要娶的是法尤娜，现在却要和你订婚？太丢人了。你和他之间到底发生了什么见不得人的事？"我指天发誓我和他没有发生什么事，我也没有撒谎，更从不曾想到他会忽然转而向我来求婚。再说，我也不想接受他。可是法尤娜本人表了态：她只是把迈克尔看作是父亲和家里的一个朋友，即使迈克尔向她表白，她也会婉拒的。

法尤娜如果真是这么想的，那她不仅比我漂亮，更比我有头脑。

她肯定比我更了解他，也说过她怎么也不可能接受这个人，让我自由选择，或接受，或拒绝。我想了想便同意了，还自我安慰说美丽的法尤娜会找到更好的。

为什么我没有在意妈妈当时的坚持呢？她说不管姐姐法尤娜怎么说，这桩婚事怎么都是对她的背叛。我应该像妈妈一样意识到迈克尔是个不靠谱的人，他的其他秉性当时我还真的一点都不了解。婚后我才尝到他那疯狂的嫉妒心，我们不得不离群独居，既不去串门，也不待客，几乎从不一起出门，最后发展到他对我的书也不放过。

父亲在世时，迈克尔习惯看着我和父亲一块学习，在父亲面前表现出他不断鼓励、关注我进步的一面；婚后他一见我拿书就来气，对我的阅读和翻译冷嘲热讽。他笑话我没有工作，看书、翻译有什么用？多关注点家务活不是更好？他口口声声说我无知，对我朗读的希腊语和拉丁语总是横挑鼻子竖挑眼。

刚结婚那阵子，我试着夸他的工作，对他和他的文章以及对别人的作品稍加篡改后写就的论文表示激赏，但一切都无济于事。至少，他觉得我虚伪，认为我的欣赏是装的。他不承认剽窃，固执地认为我跟其他读者一样，看不懂他文章的中心思想，于是问题还是出在我身上，他的思路高深莫测，我等无知之辈难以理解。

才结婚不久，我还发现他特别吝啬。不是对钱吝啬。对一个低收入、不能大手大脚花钱的爱尔兰人而言，省着花钱不是毛病。但他对什么都吝啬，甚至感情也是一样。

他很少跟我做爱，哪怕是就位了也像在为我做出巨大牺牲似的，盼着早早完事。和迈克尔在一起我从没快活过，直到后来跟了马哈茂德，才算真正了解了自己的身体需求，才知道做爱就是要那惊心动魄的瞬间，一双躯体共同遨游于天外，来到天堂，得到重生。这是一种无与伦比的恩泽降临，每一次都如同初夜，那最后的嘶喊像是新生，像是复活。但跟迈克尔在一起时从不曾有这种体验。当时的情形与现在相比判若两个世界：妻子大汗淋漓，却又心生厌恶，紧张焦渴的躯体希望得到甘霖的浇灌。一旦从撕扯的折磨中得以摆脱，却又平添了几分对自身的厌烦和对床笫配偶的憎恶。

在我几次表示，自己正在努力，希望他满意之后，他终于发现我不是他想象中的女人，我不懂逆来顺受。于是我只好跟他以冷酷对冷酷，以仇恨对仇恨。一开始，我建议我们两个去埃及旅行。古埃及一直让我心驰神往，而且我希望通过去远方旅行来拉近我们的距离，达成互谅互解。我提议各自分担旅费，爸爸给我留下的钱足够这次旅行的了。可是迈克尔认为光是这种想法就够疯狂的，这完全是毫无意义的挥霍浪费。最终我妥协了。不去也罢，我可以通过阅读来了解埃及的一切，我自认为我的智力可以达到这一点。我向他挑战了！我开始学习古埃及语言，自学了象形文字和书写规则。可是他连我这么做都不满意。他从我手里夺过书去撕烂，认为我把时间都浪费在了那些毫无裨益的琐事上，耽误了家务。但我想，我学一门语言，起码得试着去掌握它。我不能这样罢休，便悄悄站起来，也从他书房里抓过一本书来，开始撕他的书，他扑过来不让我撕。我便一边操过更多的书朝他砸去，一边奋力撕扯着书页，俩人打成一团。这样的仗后来又干过好几次，终于成了一桩丑闻。要不是出于对母亲和法尤娜的怜悯，另外他的吝啬和固执最终导致他送命，我当时真想离家，远走他乡。

迈克尔一直认为引起他胸疼的咳嗽只是由于受了点风寒，无甚大碍。他认为这点小毛病自己就能治，喝点草药、热饮、暖胃的朗姆酒，洗个热水澡，把听来的办法都试了一遍。后来我们见他日益消瘦，轻微的咳嗽变成了狂咳，咳嗽时的声音让人悚然。我、法尤娜还有母亲坚持要他去看医生，他不听。就连最后一剂方子——他最后喝下去的汤药，也是专治他妄想中的风寒的。直到最后，他咳嗽时吐出了血块，这才同意去看大夫，但为时已晚。

他躺在医院病床上的模样让我骇然，脸色煞白得像粉笔，喘吁吁的，连咳嗽的力气都没有了。我很害怕，然而，检视一下自己内心，却又丝毫不见发自肺腑的哀伤，甚至当他用惶恐的眼神看着我，似乎在乞求一点点我无力的援助时，我也没有伤感。他咽气的时候，我的内心竟然生出一丝快意，感到释然。我发现，这一切尽管均非我之所愿，但确实从心底里发出一声愉快的长叹：总算结束了！

我说了，那并非出于我的内心，我没有杀他，也不希望他死。但该发生的还是发生了，我有过错吗？居丧期间我尽了义务，该做的都做得很到位，而法尤娜却是真正地伤心了。这其中的隐情我并不是很清楚。也许她尽管嘴上否认实际却真心爱着他，也许她的一颗心对谁都同情。这些谁又能说清楚？看来我的阅历还不足以理解生活中的繁复纷杂。

　　跟迈克尔一起的四年毁掉了我心中的很多梦想，与马哈茂德相处了两年之后，我又重生了。是的，至少重新做了一回女人。当我拿着迈克尔一分分攒起来的钱踏上埃及之旅时，我的心情慢慢舒展了；当我徜徉在古迹的海洋里，凝视着壁画和雕塑，读出刻在石柱和墙壁上的文字并记录在本子上时，我感受到连做梦都不曾有过的欣喜。后来，又遇上了马哈茂德，这是上天的恩赐。他与迈克尔截然相反！他慷慨地给予，对什么事都没有尺度，甚至连我们之间的矛盾和他多变的脾性也没有个底线！

　　哦，他终于回家了。

　　楼梯上传来熟悉的脚步声。

　　来呀，马哈茂德，一起去沙漠旅行吧！我们将在大漠中重生。在这次的浴火重生中，我绝不怠慢你，你将只属于我一个。

3. 马哈茂德

这就是赛义德所说的精神乐园！也许只是他的精神，不是我的。这黄褐色的乐园引不起我内心的任何波澜，钩沉出来的或许只是愤怒。

眼前的沙漠浩瀚无垠，除了沙粒、沙包、石头以及地平线上闪烁的蜃景，什么也没有。白天晒死人，晚上又寒冷刺骨。眼前时不时出现一连串灰色山脉，像是一座大山的残余，经霹雳雷击后变成了这些凌乱不堪的断山残壁。

我和凯瑟琳各骑一匹骆驼走在前面。她身着马裤，大腿部的裤围鼓胀。只有她的驼鞍上有粗布支起的遮盖，像是敞开的驮轿。向导和驼队的贝都因人对我们很照顾，晚上为我们支起营帐过夜，而他们就睡在野地里，借跪倒的骆驼挡风。驼队里还有我随身带的十个士兵，除了受准将赛义德的派遣在我身边随时效力的通讯兵易卜拉欣·琼迪军士长以外，其他人都走在队伍的后面。

时间一天一天过去，驼队越来越沉默，所有的眼睛只往前看，凝视着那无边的空虚。他们每天在想什么？我不知道。我只知道空寂袭来，引起我内心的喧嚣，勾起对往事的一幕幕回忆，生者，死者。也许出发前就开始了，我浮想联翩，尤其想到了结局。

我怕死吗？当然怕。谁不怕？我会不会死于非命？在绿洲里被子弹射中？或大病一场，不治而亡？或死于意外？或窒息在浴室中？抑或食物中毒？也许死期突降，未见任何先兆。一路上黑暗的角落里可能隐藏着种种杀机，一旦冲出，我必死无疑。我努力想忘记过去，然而唯独忘不了母亲。记得那天晚上我看见她坐在床边的大椅子上等我回家，照料她的保姆却躺在地上呼呼大睡。我知道母亲只有等我回家，习惯性地问了我弟弟苏莱曼是否已从沙姆寄来信后，才能安睡。而大部分情况下弟弟都不会来信。为了安慰她老人家，我常常只好编个谎，说弟弟和侄子们都很好。那天晚上我像往常一样吻了吻她的头和手，问她需要什么，她说要杯水，但又不忍心叫醒保姆。我走到房门口时，她还提醒我，"要倒那个褐色水罐里的水"，又叮嘱，"别忘了用铜杯子"。我来到放水罐的客厅，褐色水罐就在窗台上的一个托盘里，用一块柔软的镂空绣花布蒙着。母亲常用阿拉伯树胶来熏罐，这是专门用来盛凉水的，这个罐里的水确实比别的罐凉得快。我拿起水罐，把水倒入有着彩色植物枝蔓雕饰的铜杯里，然后朝房间走去，边走还边想待会儿要逗逗母亲，笑她偏偏只用父亲送给她的这个杯子。我端着水这么想着走着总共不过一两分钟，打开房门，只见母亲的头耷拉在胸前，我快步走近大声呼喊，她没有应答，我发现她那时已经停止了呼吸。

　　足足两个月，我弄不明白究竟发生了什么。我对所有让我节哀的人不断重复着那段细节：从走出母亲房间到回来的短短一会儿时间里发生的事，似乎这一情节隐含着一个秘密或其本身就是个哑谜，里面蕴含着我永远弄不明白的事。那几天我双腿颤抖，来回踱步，始终不得其解，至今也没搞清楚。

　　是的，我怕死。尽管如此，有一段时期我却义无反顾地随时准备好与死神相遇。那时，死是有意义的。然而，时过境迁，只有臂骨里子弹伤口留下的隐隐作痛，才让我忆起那段时光。现在，我为何要待在这被人遗忘的绿洲里，在那讨厌的贝都因人中了却一生呢？凯瑟琳说绿洲居民不是贝都因人。其实所有沙漠居民都是贝都因人，我太了解他们了，凯瑟琳注定会对她坚持此次旅行后悔的。这一点我多次提醒过她，但她固执地认为对自己的选择不会后悔。我到今天也没搞明白她为何如此渴望此次旅行。我觉得这一次她还是为了考古。上次在卢克索神庙、上埃及、萨卡拉金字塔①和达哈舒尔法老墓②游览时，她可是要了我的命，最后我只好不管，让通讯兵跟着，她想去哪就去哪。现在，她痴迷地谈起亚历山大大帝，谈起他去过的绿洲，她不相信自己就要去他去过的地方！她要穿越大漠，追寻着他的足迹，查找他的墓址，哪怕豁出命去也在所不惜。真是一

---

　　①　萨卡拉金字塔：位于开罗以南约25公里的萨卡拉（Saqqara）。金字塔高约60米，呈6级阶梯，为古埃及早期法老昭赛尔王金字塔。

　　②　达哈舒尔法老墓（Pyramid of Dahshur）：位于开罗以南约30公里处。

个勇敢的女人！一个疯女人！我费老大力气去说服她放弃这种想法，告诉她我们临行前要打蛇毒疫苗，以便对沙漠爬行类动物的噬咬具有免疫力！我劝她采纳里法伊教派长老的意见，带上他们给她的我也不明其功效的药水瓶。也许正是她的这种疯狂劲把我们结合在一起，以往任何一个理性的女人都没让我动过心，或者萌生跟她结婚的想法。在她之前，我爱过尼阿玛·萨马拉，可是我把她甩了，我压根就没想过跟她结婚。嗨，别提了！

无论怎么说，我这次远行不是为了凯瑟琳，也不是为了哈里菲一再提醒的那个晋升。如果不是赛义德暗示我，可能会有军事审判这一耻辱，如果还有其他职业可做，我一定会拒绝这一升迁和远行。算了！该发生的就让它发生吧。记得在学校时读过一句古诗，是这么说的：

今昔往事我明了，
明日之情不知晓。

我多希望今天的情况正好相反，对昨日发生的事我最好愚钝无知，对明日的事应了然于心，甚至如果让昨日能消失的前提是，必须对未来充耳不闻的话，我也没意见；如果天亮的时候脑海中所有的回忆都消失了，条件是只能活一天，我也心甘情愿。生活中，假若只活在今天，没有昨天和明天的烦恼，该有多好啊！可是在这片沙漠里，我脑海里除了不喜欢的昨天，全是一片空白。

白天的景色千篇一律，只有那远处的风景打破了这单调的色彩：黄赭色的沙子变成红色或变成白色；有时碰到沙丘，骆驼往上爬很费劲儿，只得放慢脚下的节奏。每隔两三天，向导会大声喊着向大伙报喜：我们快到一口水井或一处废弃的绿洲啦，可以休整一下啦，让骆驼喝个饱。

我快速地扫视着周边的景色，也偷偷地瞄两眼凯瑟琳，只见她稳坐驼背，左看看，右瞧瞧，眼里不时闪出惊奇的目光。难道她也看见了准将赛义德的精神乐园？有什么新奇事物一直吸引着她？有天晚上，我们坐在营帐前，她全神贯注地盯着满天星斗，我抛出了这个问题。她回答道：

"你自己不会看吗？比如这星星，我在城里从来没有见过这么多、这么亮的星星。"

我抬眼看看夜空说："因为现在仍然是新月。"

她回答："我知道。可是这儿的星星比城里的更大，更近，我看见它们一闪一闪的，好像不停地向我走来，几乎触手可及。它们宛如在苍穹里快速翱翔，随时准备落进凡尘。"

我轻轻一笑，说我知道爱尔兰人都是诗人，而沙漠改变了我们对事物的理解。

"那怎么改变你的呢？"轮到她发问了。

"我内心里延展着另一片沙漠，它跟我们天天穿行的寂寥的沙漠不一样，那是一片充满喧嚣、行人、画面的沙漠。"

"这也很美啊。"

"倘若那些画面不像眼前的沙漠一样了无生趣，那就更美了，眼前的画面总是让人回到死气沉沉的一直纠缠着我的过去。"

她叹了一口气，说："也许沙漠并没有过错，错就错在你赋予了它你自己的理解。"

我嘀咕了一句"也许吧"，便起身走了。

一路上我们之间的交谈一天比一天简短。

但是沙漠本身给我们带来了新鲜的话题。第九天夜里，驼队伏卧下来，周围连一块小绿洲都没有。次日清晨，天光惨淡，不见一丝阳光，天空里只剩一个被雾气或尘埃罩住的橙色圆球。向导一脸愁容，神经质地催促手下赶紧把行囊放上驼，拴紧绳子。这时，一股轻轻的南风伴随着微弱的呼啸刮了过来，扬起白色的沙尘，又飞转成一股小旋风，落在沙漠上。

向导跑到跟前叮嘱我们戴上面罩，保护好鼻子和眼睛。驼队像往常一样继续前行，甚至加快了速度。我看见沙漠中被大风驱赶的骆驼犹如水中的小舟，男人的大袍被风吹得鼓胀起来，大家低着头避开风头和沙粒。骆驼开始嘶鸣，它们跑一阵停一阵。远处地平线上出现一大团白云，像座螺旋形山丘向我们慢慢移动。向导大声喊叫，命令大家抓紧驼鞍，准备让骆驼跪伏下来。此时，意外发生了：两匹骆驼抖落背上的辎重，朝着相反方向狂奔，落地的行囊包裹被风刮散，衣物在空中飞扬，像一张张彩色风帆，金属器皿相互撞击，铮铮作响，夹杂着骆驼的嘶鸣和鼎沸的人声。那座螺旋形的山丘推动着滚滚沙砾向我们急速移近，沙砾击打在我们的面罩上如同支支利箭。随着云团的临近，飓风的呼啸变成了震耳的雷鸣，谁也听不见向导的喊叫了。

凯瑟琳投入我的怀中，我和其他人一样跟跟跄跄，跌倒又爬起来，围着跪伏的骆驼继续挣扎，试图在阴云蔽日、沙尘暴整个把我们围住之前，保护自己和凯瑟琳不被飞沙走石击倒。我再也听不见凯瑟琳的叫喊，只觉得她紧紧抓着我。沙石铺天盖地涌来堆在我们身上，我越试着推开，压得越严实，它们压住了我的头和肩，我心想："完了，我们将永远埋在这里了。"

就一会儿工夫，我已无法呼吸，胸腔受到强烈的挤压，真希望一死了之。此时抱着哆哆嗦嗦的凯瑟琳，脑海里闪过一个念头：来吧，死神！它虽然令人痛苦，但不令人恐惧，快点来吧！在难以抗拒的重压下死就像是一次舒适的憩息。来吧。

可是死神没来……

一切都戛然而止。

追逐我们的风暴云团让我们在沙地上四分五裂后，迅速消散，不知去向，大地重归平静，太阳出来了。我们咳嗽不止，呛出喉咙、嘴巴里的黄沙。我听见向导上气不接下气地命令手下拾起能捡到的七零八落的行李，一个贝都因人在大声喊叫……我们还是丢了两匹骆驼，向导说如果它们还活着的话，自己会回来的。他们把丢下的行囊放在别的驼背上。一直把头埋在我胸前的凯瑟琳这时才抬起苍白的、满是沙尘的脸蛋，揭下面罩，咳了一阵后，勉强挤出一丝笑容。

我惊魂未定地说："没那么可怕。"

"什么？"她哆哆嗦嗦地问。

"死神。"

她向后退一步，抬眼望着我："你是说死神离我们很远？"

我想了想，回答道："相反，它离我们很近。"

她不再听我说什么，兀自大咳起来，仔细抖落脸上和衣服上的沙砾。我无法解释死神的临近如何使死神本身变得亲切，甚至令人向往。这时，我看见军士长易卜拉欣·琼迪站在面前，脸上还戴着只露出两眼和双唇的金黄色面具。

他急切地问道："阁下和夫人没事吧？"

"没事，你呢，易卜拉欣？"

"长官阁下，正如你所见，一个老朽，当阴云蔽日时，我诵读了证词①。赞美真主，让我们重生。"

易卜拉欣是我士兵中唯一一位曾经去过绿洲的老兵，他年轻时参加过一次去锡瓦平叛的军事行动。正因为如此，准将赛义德批准他与我同行。

凯瑟琳听见了我们的谈话，用手指指易卜拉欣，说："你都看到了吧？"我没有问她这话什么意思，也没时间细问。这时整个驼队已经行动起来，骆驼也起身准备继续赶路。

驼队又在万籁俱寂中行进。风声、驼声已经悄然隐退，队伍在柔软的沙地上静静穿行，似乎沙漠中从未出现过什么风暴。疲惫的骆驼慢腾腾走着，驼夫不想催促，他们的脸上也露出倦意。正午时分，我们见到一口小井，井边长着几棵打蔫的树，一匹丢失的骆驼跪卧在那里呻吟，身上

---

① 即念诵证词，这是伊斯兰教义中规定的每个穆斯林必须履行的五功之一，内容是：万物非主，唯有真主，穆罕穆德是真主的使者。

拉了个长条形的口子，像受了鞭笞。

向导轻拍着它的脖子，对它说："老伙计，风暴来的时候你应该冷静，别乱跑去找死啊，沙漠和驼队没教会你这一点吗？"

接着他弯下腰，取出一个小金属瓶，倒出一点油抹在骆驼的伤口上。我在边上观察着他的一举一动。他像是在为自己申辩，对我说："时间还不到，今年的风暴季比往年至少提前了一个月。我一辈子都在跟沙漠打交道，对它了如指掌，谙熟它的条条道路和季节变化，可它还是背信弃义了。沙漠呀！无论你怎么陪伴它，对它如何忠心耿耿，到头来它还是会背叛你的。"

"那也比不上人类的背叛。"

他全神贯注地给骆驼包扎伤口，问了一句："长官阁下，您说什么？"

"我问你，还要在这里待多久。"

"骆驼必须休息，我们要在这里过夜。"

向导拦住了驼队的其他人员，让我和凯瑟琳先用井水。我们洗完、换完灌满沙粒的衣服后离开了水井。男人们一哄而上，欢呼雀跃地奔到水井边的浅水池子里。我们站在一棵枣椰树下，耳边传来他们戏水时的叫喊和嬉笑声。凯瑟琳笑笑说："有人会说，那帮人因躲过了死神而兴高采烈，他们发现死神真的很可怕。"

"也许有人还会说，我也会像他们一样地怕它。可是当死神走进我的内心时，被我触摸到了。我发现它很温柔，挺和善，还在我耳边轻轻说道：来吧，走得越快越好。我与死神相遇不是第一次了，可这次在沙漠中的邂逅，总有一种莫名的感觉，一种诱惑和召唤的感觉。"

凯瑟琳生气地喊道："够了，你知道我不怕死，死神该来时就会来的，我既不渴望，也不自作多情。生活就是这样：我们活着，并赋予它意义。事实上，现在让我害怕的正是你。"

"你也别太介意，这过程也许就是转瞬即逝的一刹那。我一踏上旅程，就不停地在思考过往的生活，感到乐少悲多，沉重压抑。好像沙漠在问我是否这就是现实。我说死亡来得越快就越好，这句话不对吗？"

"我跟你说过，错不在沙漠，你刚才对死亡的悲观念头并没有让我烦恼，在危机和悲伤来临时刻不仅你会有这个念头，大部分人都会这么想。但是……比这更严重的兆头早已伴随着你，这跟风暴和沙漠无关。马哈茂德，你到底遇到了什么危机只有你自己知道。我所知道的就是，这片沙漠将跟我们作对，还有就是绿洲以及我们知道和不知道的敌人。人终有一死，谁也逃脱不了，但是我们不能因害怕失败而寻死。"

"谁说我想自杀？"我笑着说，"绿洲的居民会保证我们完成任务的！你怎么会想到我要自杀？我们除了一条命还有什么？应该好好活着，直到生命的最后一刻。"

凯瑟琳无奈地举起双手，睁大眼睛说："为什么直到现在我还没疯呢？"

这时，易卜拉欣过来了，头发上的水滴顺着褐色的脸颊往下淌。他问我："长官阁下，我能为你做点什么？"

我微笑着反问他：“易卜拉欣，这种地方你能为我做什么呢？”

　　易卜拉欣把头转向空旷处，指着一棵干瘪的枣椰树说：“我们已进入枣椰收获季节，这棵树若能结出一颗枣椰，我都会为阁下爬上去……”

　　“得了，易卜拉欣，别装了！你要爬上去，我就拧断你的脖子。这对我有什么好处，你也想活下去，不是吗？”

　　易卜拉欣摊开两手，说：“长官阁下，为了孩子们我也得活下去呀。”

　　凯瑟琳说：“树就别爬了，还是给我们讲点关于绿洲的事吧。”

　　“夫人，我知道的都讲给你听了。它和其他地方就是不一样，那里的人也与众不同。你怎么说他们都行，但有一点，他们是我见过的最勇敢的人。二十年前，我随大军去平乱，我们用大炮轰，他们只用一些简陋的步枪从城墙后面还击，尽管死伤无数，弹尽粮绝，但宁死不降。他们彼此间确有嫌隙，但在洋人面前却团结一心。他们……他们也不允许洋人进家门。”

　　凯瑟琳笑着说：“尤其是异教徒，不是吗？”

　　易卜拉欣脸上露出惶恐之色，嘟嘟囔囔地说：“夫人，对不起。”

　　凯瑟琳转身看着我，又说：“我确实读到过他们就是恨欧洲人，还杀过几个去绿洲考古的旅行家。”

　　“一想到欧洲人给我们国家带来的灾难，我就不怨绿洲居民了。你别忘了，我不止一次提醒过你，是你自己决意要去的。"

凯瑟琳轻蔑地说："我现在仍去意坚定。你瞧着，我会让他们服了我。"

我转过身对易卜拉欣说："我觉得他们更恨政府！"

他小声地说："他们痛恨缴纳税收。我觉得他们有……"

话说半句易卜拉欣打住了，请准离开后，朝水井的方向走去。

我自言自语："绿洲居民一见到我，一准会举手欢迎，上前拥抱！而我要做的第一件事就是马上征集拖欠的税收。到绿洲后，我会立刻向开罗发送两千匹骆驼的枣椰，五百匹骆驼的橄榄油以及五千里亚尔的税收滞纳金。哈里菲先生真会选人！"

这时，整个驼队向我们走来，有些人还在拧湿漉漉的衣服，其中一位小跑着过来说："向导改变主意了，决定原地休息，夜晚再行进。向导说沙漠比这个池子更安全，天一黑，狼呀、鬣狗呀都会出没在这个池子附近。"

我拍打着脸上的一只蚊子，说："夜里走路，怎么对付这群蚊子大军？"

他们支起了唯一一顶帐篷，我和凯瑟琳进去休息。她命好，躺下就睡着了，不像我，天天晚上都要经过一番博斗才能入睡。贝都因人、商人、士兵等驼队中其他人都睡下了，骆驼也安息下来准备走夜路。睡眠中的沙漠无边无际，绵延至地平线，像一片宁静、平坦的沙海，不见骚动，没有声响。沙漠、骆驼和人们从风暴中躲过一劫。多么深邃的寂静！陆军准将赛义德跟我说过："相信我，从某方面看，我还真嫉妒你。你要去沙漠，那是先知和诗人的天堂，是每个想弃绝红尘、寻找自我的人的逃遁之地。在那里，枯萎的心灵长出绿叶，精神绽开成为花蕾。"赛义德，你太善良了！好像人一生所遭遇的苦难以及郁结于胸臆间的块垒，只要从土地移至沙漠就会全部蒸发！你跟凯瑟琳如出一辙。她是跟沙漠谈情说爱，说她将改变沙漠。这番言论真让我吃惊。她不像陆军准将赛义德那样是苏非信徒，我也不觉得她有什么精神上的心事困扰着她，她为何如此自信地说能击败大自然？在大家都收起了武器之后，我还能拔出什么武器来对付世界？像赛义德这样的好人把武器放入鞘中也就算了，而其他人则把武器插入了祖国的胸膛。我亲眼看见有人在奥拉比①背后捅刀子，随后又目睹对他做出的更大的背叛。就在我家附近——那见证荣耀和欢欣的阿比丁广场，奥拉比骑着战马，拔出利剑，对长久以来一直压迫埃及人的赫底威痛斥道："真主把我们创造出来，是要我们做自由人，而不是去当人家的什么遗产和产业。我向独一无二的真主起誓：从今以后，我们决不被人摆布，也决不受人奴役！"② 人们从大街小巷涌来汇集于广场，素不相识，热烈拥抱，眼里闪烁着欢乐的泪花。那真是这座"被

---

① 艾哈迈德·奥拉比（Ahmed Orabi, 1841~1911）：埃及陆军中校，1879 年 11 月被推举为祖国党主席，领导埃及立宪斗争。1882 年出任陆军大臣，积极领导埃及军民抵抗英军入侵。同年 9 月英军攻克开罗后他被流放锡兰。

② 这段话是奥拉比 1881 年 9 月 9 日发表的著名演讲，译文参照了杨灏城、许林根著《列国志·埃及》（社会科学文献出版社 2006 年出版，第 92 页），略有改动。详细历史事件可参阅杨著第 92~94 页。

保护的城市"①的吉庆节日！后来，仅仅一年之后，也还是在这个广场，我又看见鞍辔华丽的马匹，拉着镀金的马车在广场上大摇大摆地穿流而过，马车上坐着帕夏们、贝克们、议员们这些国家大人物，他们曾在反英革命狂飙席卷开罗的那些日子里慷慨陈词。我目睹他们颐使气指地从马上下来，穿着刺绣衣裳，戴着金光闪闪的勋章，与赫底威一起登上观礼台检阅英国占领军。赫底威的右边是用舰队大炮摧毁亚历山大的西摩尔陆军准将②，左边是在叛徒的帮助下于泰勒凯比尔战役③中大败我军的沃尔斯利将军。几天后，我读到一则消息：这些贝克和帕夏们凑集了一大笔钱，向西摩尔和沃尔斯利送了厚礼。当天，我和我的祖国都在哭泣。

凯瑟琳问我遇到什么危难了？

是啊，我到底遇到什么危难了？那个旧时代已经结束，现在的难题是什么？我从原地站起身，朝背后的帐篷走去。被遗弃的绿洲剩下的仅有沙子和褐色的沙丘了，远远看去，犹如一座座蹲着的怪兽雕像。我看到男人们自找掩体，三三两两地在沙堆上睡觉，也有的躺在枣椰树或小树丛下，

---

① 这里指开罗。19世纪中叶奥斯曼帝国已风烛残年，英、法、俄等列强齐聚其边疆，欲蚕食帝国。埃及的财政、司法、行政大权以及苏伊士运河最终落入英、法手中，英国只看中治权，宗主权仍属奥斯曼，人民的精神和思想则由埃及国王统管。这种"保护领地制"（Protectorate）史称"埃及模式"，即主权、治权、意识形态三者分离，而开罗则被称为"被保护的城市"。

② 西摩尔准将（Seymour）：1882年入侵埃及的英国舰队总司令。

③ 泰勒凯比尔战役：泰勒凯比尔（at-Tell al-Kabir）位于埃及伊斯梅尔以西45公里处。1882年9月14日埃及在此英勇抵抗入侵英军，但遭失败。

或在跪伏的骆驼阴影下，还有的用大头巾蒙着脸。在这样的酷热下，这些人居然还能心安睡着，而我，却难以合眼。这些年来，我总是处在一种无法持久的自我安慰中过日子。年轻时，刚安慰完自己说做了该做的事，可心里马上又犯起嘀咕，只好跑去喝酒泡女人，聊以宽心。人生早期的天真无邪哪里去了？那时总觉得人事简单，心安理得，不觉繁杂。如今想起这些又有何益？今天，一些占据着思想空间、强行存在的面孔常常不期而至：父亲居高临下，我看到他在慕斯基的店铺里，忽而是成功时透露出的自信和满面春风，忽而是失败后表现出的心碎和满面愁容；我兄弟苏莱曼也浮现在眼前，已有一段时间想不起他了，我努力想找回他的音容笑貌；接着看见了尼阿玛·萨马拉的脸庞，自结识她之后，我找到了在所有认识的女人圈里一直找寻的目标；战友、年轻时的伙伴塔拉阿特的面孔也浮现脑际，他一出现，其他人的面孔都隐没不见了。耳畔忽然响起大炮的回声。我有意回避这张面孔，悉心寻找尼阿玛。可是让我扼腕的是，当她成为我囊中之物时，我怎么就不懂得珍惜她呢？我试图通过去想尼阿玛来回避塔拉阿特，可是没有成功，塔拉阿特又转过来围攻我。我从哪儿来又回到了哪儿去。

骄阳似火，我的两条腿支撑不了多久，只得回营帐，盼着能睡会儿。但无济于事，眼皮合不拢，毫无睡意，塔拉阿特又在眼前晃动。我走出帐篷，坐在阴影处的沙地上，刻意地想抹去记忆深处的这张脸，可那些与他一起度过的时光无时无刻不在脑海里翻腾：和他在海边奔跑；带着巡逻队辗转于一个又一个小碉堡；等待着排击炮轰响的间隙，跟着涌向海边的市民一道奔向最后的战场……鲜血染红了我们的衣裳，没时间容我们多想，甚至连眼前突发的想法也不行。我们必须快跑，躲过来自海边多处地方的英军炮弹，弹片在头顶上四溅。我们高喊着，穿过亚历山大城里拥挤的人群，为马车打开一条通道。我们时而跳下马车用身体开道，时而跳上车，扶住撂在车上用绳子拴住的伤员，以防他们掉下马车。伤员中有来自小碉堡的志愿参战的市民。面对伤员的求助和呻吟，面对汩汩流淌的鲜血，我们束手无策。血从一辆辆马车上往下流淌，从小碉堡到沙地里的野战医院，一路上遍地血污。我们把伤员留在医院，将生者和死者分开，又赶紧跑回海边，找军官或头目，听候他们的调遣，做些有益的事。当时已发生了亚历山大血案①，一些外国人被杀，英国人以此为借口发动了战争，我们当时只是些无名小卒，由上级从开罗派往亚历山大的。

可是在岸边，一个军官也没找到。我和塔拉阿特站在一处小山丘上，观察远处一个个小碉堡的动静，塔拉阿特激愤地说："这哪是战争，简直就是屠杀。"我回应道："说得对。"我们目睹英军舰队炮轰小碉堡，犹如在进行海上军事表演一般：三艘舰艇摆成几何阵型，同时瞄准小碉堡，准确无误地把它摧毁了。碉堡里还活着的人用老掉牙的火器奋力反击，但射出的炮弹落在军舰的远处，偶有射到周

---

① 亚历山大血案（也称"6·11事件"）：1882年6月11日，亚历山大埃及居民与欧洲侨民发生了流血冲突，双方死亡达238人。这一事件是英法殖民者和埃及总督共同策划的，旨在把责任推给陆军大臣奥拉比，为英法入侵埃及制造借口。

围的，也被舰艇四周的铁板挡了回去。炮弹落在水里，溅起白色巨大的水柱，三艘舰艇毫发无损，然而复仇的炮火立即反扑过来，军舰有恃无恐地向岸基炮台靠拢，用机枪猛烈扫射，杀死了既无钢板保护又无石头掩体遮挡的炮兵。直到小碉堡和里面的士兵全数牺牲，战斗才停止。我们赶紧过去救援，急切地盼望听到急救马车和车上响铃声，然而英军的炮击直到各处的小碉堡都升起白旗、所有岸基炮台都哑火时才停止。

回野战医院的路上，我们看见亚历山大城里的曼西亚区和库姆达卡区已是大火冲天。在一条街上，我们看到有贝都因人砸开关闭的商铺，抢劫商品。他们举着火把，把英军大炮没有炸毁的物品统统烧掉。我们包围了这些贝都因人，向他们开枪，他们躲在墙后还击，显然，他们的装备比我们的强多了。可这时他们中一个年龄稍长的人高声下令停火，他自己高举双手走到路中间，惊讶地问我们为什么要开枪，难道没有接到命令？他们正在执行命令，我们为何挡路？塔拉阿特反问他："疯子，谁给你的命令？"

只见塔拉阿特两眼通红，跟我和巡逻队其他的士兵一样，军服上、手上满是血迹。那副样子倒真像是疯了。相反的，站在我们面前的那个贝都因人一身宽大的白袍，平静而傲慢地对塔拉阿特说："少尉先生，我们在执行省长帕夏阁下的命令。你们忘了？一个月前我们帮你们杀了洋鬼子，那天欧麦尔帕夏不是命令你们，当我们在打洋人的时候不要妨碍我们吗？你们没有执行命令！你们不让反抗赫底威、破坏国家的奥拉比倒台吗？你们为什么向我们开火？"

塔拉阿特干笑了几声，对我说："听见了吗？马哈茂德，我们走吧！回自己的连队去吧！回家去吧！我们违反省长阁下的命令了吗？我们违反主子赫底威的命令了吗？我们违反西摩尔陆军准将的命令了吗？我们回家吧！"他诡异地笑着，挥着手里的手枪。那个贝都因人感到事态严重，开始往墙后的同伙那边退去。塔拉阿特大吼一声，举枪对准了他："你等着！你等着！这一枪给你！这一枪给我们的主子赫底威！这一枪给……"还没等他说出第三枪是给谁的，自己已中了贝都因人向他射出的一梭子弹倒在地上。我匍匐到塔拉阿特身边，开枪击中了那个贝都因人，他倒地后继续往前爬，想赶上他的团伙。我的左肩胛骨上也中了一弹。听到枪声赶来的市民们把我们救起，他们扛着枪，拿着长棍短刀。大部分贝都因人见状溜了，我抓了几个。我们赶往七姑娘街的教会医院，他们正为伤员们包扎伤口。我把塔拉阿特和其他受伤的士兵和贝都因人都托付给医院，押着俘虏回到了莱班区警察局。

警察局长是个意大利人，他看见我的胳膊缠着绷带，靠系在脖子上的吊带兜着，没说什么，指着那些被抓的贝都因人问怎么回事。我把事情的原委说了一遍。他始终沉默地盯着我的脸，看了一会儿，然后示意士兵把这群贝都因人先关押起来，这才第一次指着我吊着的胳膊说："曼西亚区的大火还在烧，你如果伤得不重，赶紧回巡逻队帮市民撤离家园。"这是我那天接到的唯一任务。我问局长如何处理那些贝都因人，他不讲阿拉伯语，也不懂这门语言，却冒出了一句阿拉伯语，"干你自己的活去吧"！

我和士兵在曼西亚区或城里的其他地方都无事可干。当英国舰队再次炮轰城市后，亚历山大城实际上已经成了一具火把，炸弹既不认碉堡或家宅，也不辨士兵或市民。仅两天时间，成千上万的男人、妇女、儿童涌向拉希德门，逃离烈火燃烧中的市区。人流滚滚，巡逻队的士兵夹杂其中。我发现自己孤身一人，被声势浩大缓慢移动的人群从一处快被火苗烧着的地方推搡到另一处。人群中有英国人、赫底威、军人、警察，一些人指着我说"叛徒"！他们是对的。就在城市被烧的那一天，人们失去了自己的儿女和父母，这时谁能分得清谁是叛徒、谁不是叛徒？赫底威靠侵略自己祖国的外国舰队保护，从一座宫殿迁到另一座宫殿，大批国家级的大人物紧随其后。军队在诸多碉堡被摧毁后跟着撤离，不曾向民众解释为何离开，警察也不去保护市民免遭烧杀掳掠。只有守城的士兵和跟他们并肩作战的市民谱写了英勇战斗的篇章，但却被大火和动乱掩盖了。我又该如何面对这些背井离乡、辱骂我的百姓呢？难道我说我本人没有背叛？

我脑子里尽是那两天来种种事件的零散画面：我看见自己和成千上万的人一起堵在了街头巷尾，拉人和行李的驴车夹杂在人流中走走停停，纷纷扰扰；我看见头顶上硝烟弥漫，大白天竟如黑夜；我和一个连的士兵去抓那些趁火打劫的盗贼，并将他们就地正法；我看见排成长队的士兵向拉希德门涌去，准备出城。可就是记不清那两天到底睡了没有，在哪儿睡的，干了些什么。我当然去医院换了绷带，当时伤口疼痛剧烈。又去看过塔拉阿特是否平安，子弹射中了他的腹部和腿部，好在人已脱离了危险（要是情况发展到这一步就戛然而止该多好！要是他还在相信自己的时候就死了该多好！要是我也随他而去了该多好！）。去警察局的时候，我又见到了那位意大利警官，他轻蔑地指指我那身肮脏的军装。当然啦，城市被炮轰的那些日子里，他没有跨出办公室一步，军衔的肩章依然闪闪发光，洁净的军装适体地裹着那肥胖的身躯。我记得他还给过我一张盖满印章的小纸片，这是取消我的委任、命令我离开前线立即返回开罗工作的批件。他不给我任何解释。可是到了开罗，我才发现意大利警官已向开罗方面发了一份密电，指控我玩忽职守，说我整整两天脱离工作岗位，他怀疑我在这期间已沦为"逆贼"的帮凶，在亚历山大乘机作乱。他要求对我进行调查。

赛义德上尉对我调查了一段时间。开罗当时的情形与我离开亚历山大时的情况迥然不同，在"被保护的城市"开罗，"逆贼"是英雄，由开罗市民各方组成的委员会委托他们起来保家卫国，抵抗外国侵略者。

我向调查委员会陈述了自碉堡遭炮击起我的所作所为，特别提到了我从那个贝都因人那里听到的关于省长欧麦尔帕夏在亚历山大血案发生那天和军舰炮轰城市时做的指示，特别记录了贝都因人和我们交火、后来被我们抓获后押到警察局的经过。而意大利警官在电报里只字未提那些贝都因人，也没提他们向我们开火、把我们击伤之事。我只好拿现在仍在医院救治的塔拉阿特少尉来证明我们当时的遭遇。

　　赛义德上尉录下我的自辩状，命令存档，让我回去工作。战争期间，我和他一直与警察局一道忙于维护开罗的治安，以致忽视了肩上的枪伤，致使伤口久久难以愈合。当时，我和大家一样，自豪而兴奋地目睹了卡法尔杜瓦尔①激战，埃及军队奋勇抵抗，英军无力摧毁我军的防御工事，只好撤军。

　　但是两个月后，当局对我再次提审，一切都变了。

　　我一直扪心自问，什么叫背叛，我问自己：那些掌权的帕夏和大人物为什么背叛祖国？为什么总是小人物付出代价，或献身战争，或被囚于牢房，而上层人物永远逍遥自在，高高在上？我问自己：小人物为什么会背叛？泰勒凯比尔战役中为什么军士优素福·胡恩福斯会背叛自己的军队，而他自己反在夜间惨遭背信弃义的英国人的杀害？当他目睹英国人的炮弹残杀了与他同吃、同睡、同欢笑的兄弟和战友，他想些什么？传说他的战友穆罕默德·阿比德军士长跪在大炮前，在一片混乱、败军如山倒之际仍向英国人开炮直至炮筒的高温将他烤焦。胡恩福斯看了如此情景，会做何感想？我从心坎里爱戴穆罕默德·阿比德军士！人们深爱他！不相信他会死，都在传说他失踪了并尊称他为"阿比德长老"。有人说在沙姆地区，也有人说在上埃及看见过他，大伙儿都期待着他重返沙场，继续抗击英

----

　　① 卡法尔杜瓦尔（Kafr ad-Dauwar）：位于埃及亚历山大东南 30 公里处，是通往开罗的咽喉。1882 年 8 月埃及军队在此建立防线，阻止英军入侵。

军！然而，那始终只是个梦。为什么阿比德在风华正茂的年纪便离开人世，像急速划过苍穹的飞鸟？为什么胡恩福斯与世长存？他为什么要背叛？我们又为什么要背叛？向导说风暴提前来临导致沙漠背叛了我们！好吧，我就来给你讲讲，什么叫人间的背信弃义！

4. 凯瑟琳

马哈茂德潜入了自我的内心世界，我看他是越潜越深。这会儿，他骑着骆驼，耷拉着脑袋，也不左顾右盼，像是睡着了。我曾预想着沙漠能把他从冥想的躯壳里拉出来，看看这块沙漠跟我们在开罗所见的是多么的不一样。他反倒吃惊地反问我，为什么我如此大惊小怪而他却视而不见？启程前，我读了手头所有关于沙漠和锡瓦的文献资料，读了我从爱尔兰带来的旅行家、历史学家的有关论著以及在开罗各家图书馆能找到的所有书籍。对途经的道路、水井、沙丘、风暴的文献记录我也做了研究，本以为一路上不会有什么能让我感到新鲜、抢眼的景物了，然而书籍终究没有真正告诉我沙漠的真面目。书上没有告诉我，白天的沙海在不同时段呈现出千奇百怪的姿态；书上也没有文字描述，云影时而像浅灰色的华盖在黄色的沙丘顶部滑动，时而又像洞开的玄色大门在沙丘间慢移；书上没有告诉我，高远的小云团照在沙丘上的阴影，犹如急速飞翔的灰色群鸟；书上更没有谈到黎明。正是沙漠的黎明，它由地平线上一丝纤细的白线变幻成红色的晨曦，悄悄地驱散黑暗。随着第一束霞光的升起，沙漠化为一片金色的燃烧的沙海。此时此刻，平生从未感受过的、一股夹杂着沙漠黎明潮润的气息扑面而来。这是一股性感的气息，不仅沁入鼻孔，更令我全身毛孔大开，要不是略感羞涩，要不是帐篷外传来驼队里已经醒来的男人的声音，我几乎要抓起马哈茂德的手说："快来这儿！到这堆潮润的沙子上来！"

我惊讶地问自己：他怎么体会不到我的感受？为什么不拥我入怀，至少也该给我一个热吻？

这片沙漠分分秒秒都让我耳目一新，只有马哈茂德出乎我的意料，他说沙漠在他的心里。但愿他说的是真话！这片沙漠多么富有！可在这之前我没有发现除沙漠外还有什么自然景色能让他陶醉的，他从没有在草木花卉前驻足，也从未说过大海江河让他神魂颠倒。当年在走访古迹时，才刚五分钟，他就不耐烦了，既没耐心观赏建筑，也无兴趣端详壁画。

我不想说我比他聪明，或者说他不具备我的理解力。也许我也没有能力理解他关注的事物，但我会努力去理解他，因为他是我爱的男人。我鼓励他接受这次任务，希望长途跋涉、旅途凶险能改变、激活他消沉的灵魂。不过我这么说也并非出于真心实意。我穿越这片沙漠自有我的目的！只是时候未到，还需等待。马哈茂德，理解你是我现在的任务，是我真正的工作。是什么使你在风暴来临时对死亡的危险如此迷恋？你是否为了让我满意突然改变了主意，还是这本身就是我难以理解的你多变的一部分？在这些变化中，哪个是真正的马哈茂德？无论花多少时间，我都要找到真实的你，也许在发现你的同时，也发现了连我都不认识的凯瑟琳，谁知道呢？

驼队在沙漠中向西行进，一天又一天，离锡瓦越来越近了，真渴望能马上到达。那里的一切就像神话，那方土地，那里的居民，那里的历史，那里的地理，我在书里都读过。那里曾是一片海洋，至今在它的沙子和沙丘里还能见到贝壳；那里的居民隶属西部民族，而非东部，是马格里布地区柏柏尔人部落的分支泽纳塔人，操柏柏语方言，古代曾属埃及法老王朝管辖，崇拜最大的神祇阿蒙。传说中有四十人离开满是古迹的艾古尔米村，在其西部广袤的沙漠里建起了他们的城池，四周围起城墙。

我的确渴望目睹这一切，理解这一切，而锡瓦也一定以同样的渴望回报于我！我觉得没有像我这样的人到过此地，到过的也仅从外观上描述一下古迹，也有人描摹过几幅壁画。但那些人中谁又能读懂古埃及语或古希腊语？那些把神庙上的石雕搬运出来的人犯了大错，他们把象形文字仅仅当作壁画来搬移，我一看就知道出了问题。锡瓦啊锡瓦，我才是唯一能揭开你秘密的人。

凯瑟琳，谦逊点吧！

为什么要谦逊？难道这一切不都是事实？尽管如此，我还是少说为好，以免骄傲自满，希腊人认为骄傲是人类所有悲剧的根源。基于此，我还是谦虚点吧。我不想再新添悲剧，只要睁大眼睛看看这沙漠之奇伟便足矣。

这会儿，山丘、高坡都消失了，我们走在一览无余的柔软的沙地上，只有地平线处影影绰绰闪现出蓝色的蜃景。走在这平坦的黄沙上，有时眼前会突然出现白色的沙湖，或浑圆的沙丘，像小小的穹顶，又像沙漠胸脯上的乳房。我感到骆驼在这柔软的沙地上快捷行走，大地在它的脚下倾斜，轻盈、欢快的步伐好似在沙子上滑行，难道骆驼的心跟我的心一样随着下坡在悸动兴奋？我意识到我们终于进入了通往绿洲的大盆地，在很久很久以前这里是一片蓝色的海洋。我们已有三天没见到一丝绿茵了，连那十分耐旱、靠自己的露珠就能滋养生存的小仙人掌都没见到，这里没有一丝生命的迹象。向导在途经的最后一口水井处叮嘱我们一定要带足饮水，在到达锡瓦绿洲前不会再有水井了。

就在说定的那天早晨，驼队里突然传来贝都因人和商人们的喝彩声。在远处，很远的远处，沙地终于断开，露出枣椰树的树尖。大伙兴奋得手舞足蹈，我也随他们一起挥舞，为生命陡然从死寂中重生而欢呼。精疲力竭的骆驼也随着欢呼声小跑起来，意识到终于挨到终点了。

我们来到锡瓦附近的一个小村庄，村里的人聚在一处围着院墙的空地上迎接我们。我注意到他们都不穿贝都因人肥大的衣衫，也不穿当地农民拖地的长袍，上身是白色的短衫，像宽大的衬衣，下身是长裤，大部分人光着脚。他们给我们挨个递上椰枣蜜饯和巴旦杏仁，分别装在用枣椰树叶编织成的筐子里。接着叫我们喝盛在陶罐里的奶。

马哈茂德站在我边上，周围是他的士兵。我发现村民们跟驼队中的贝都因人和商人们谈笑风生，但靠近我们时，眼里满是敌意。他们或垂下眼帘，或擦身而过，以掩饰他们敌视的内心，就是走远了还在生气地嘀咕着什么。军士长易卜拉欣尴尬地说这都是因为吃惊惶恐，在绿洲这块地方，他们第一次看见一个不戴面纱、如男人般穿着的妇女。我冲他们微笑，挥手问好，他们却三五成堆，一边躲在远处偷窥，一边跟同我一起过来的驼队里的贝都因人耳语，这些人在整个旅途中也一直躲我远远的。他们很可能在打听我。我也发现，只有少数绿洲居民与贝都因人说阿拉伯语，而他们之间却操着一种连我们也听不懂的土语，始终流露出愤愤然、摇摇头的表情。他们又把目光从我这儿移到马哈茂德身上。马哈茂德已经注意到这些，一直抓住我的胳膊不离左右，他边上是他的士兵。而我对此却不以为然。

我开始在拥挤的院子里走来走去，军士长如影随形地跟着，没办法。我问易卜拉欣，商人和当地的村民在一起都谈些什么，为什么商人们只拿出香水瓶和串珠，没有拿出其他商品。他在我耳边低声说道："真正的交易要到城镇大集市上才进行，这里只卖一点男女服装，这是由来已久的习惯，当地人只穿库尔达塞地区为他们定做的衣服，由商队运过来。"

晚上决定在村里过夜，让乏力的骆驼休息，到附近的水源处畅饮。马哈茂德命令大家就在这有院墙的空地上安营扎寨。

我问马哈茂德："你是否注意到村里没有女人，孩子也仅仅是幼童？"

他笑着说："我的注意力不在女人身上。"说罢，又一脸严肃地说："我们应该把思想放在工作上。"

他喊来易卜拉欣，说："你去问问村里有没有族长，我要跟他们谈谈。"

易卜拉欣笑着说："长官阁下，哪个村？这里没有村子。"

我十分不解，问易卜拉欣："那迎接我们的那些人住哪儿？"

"夫人，他们是农民，扎杰莱人，在附近用围墙圈起来的园子里种地，地主们都住城里，明早我们就会到那儿见到他们。他们肯定已派人去城里通报了，驼队和长官阁下已到。"

马哈茂德说："准将赛义德贝克说得不错，你对绿洲的老百姓知道得不少。"

"阁下，没人能了解他们多少。我跟你说过，二十年前我参加了平叛行动，在绿洲待过一段时间，除了战争、打仗，什么也没见到……"

马哈茂德笑着说："那你为什么还要再来一次？"

"我跟阁下您说过，都是为了孩子。"

易卜拉欣确实上年纪了，从面相上看六十出头；体型清瘦，行动敏捷，看起来比实际年龄小些。他说的"孩子"是什么意思？

我插话道："易卜拉欣，你的孩子肯定已长大了。"他没有正面回答我，停顿了一下，说："夫人，是我的孙子们。"

我察觉到他的话里另有隐情，便不再多问。可马哈茂德却追问道："孩子们的父亲呢？"

他抬起头，以他那乡下人特有的语气说："岁月作弄人啊……"然后，又沉默不语了。

马哈茂德也没有说话。易卜拉欣先简单地补充了一句说："阁下是知道的"，他若有所思地说："我的孩子年纪轻轻时就走了。那时家乡遭霍乱，真希望我能替他们中的一个去死，可是，天命难违啊。他们给我留下了一大帮孙子，霍乱偏偏躲开了我也躲开了他们。或许也是为了他们，真主才让我这么长寿。为了他们，准将赛义德贝克（愿真主保佑他）帮助我，让我跟你在这儿干活,挣几个钱儿。"接着，易卜拉欣似笑非笑地说："你都知道，我逃过了霍乱，逃过了绿洲战争，逃过了英国人的战争，就是他们称之为'浩劫'的战争。现在我一切都听阁下您的安排了。"

马哈茂德说："愿真主赐你长寿，易卜拉欣！"

他笑笑，回答说："第二次祝福？！如今我对真主的所有祈求，就是让我再次平安回归家乡。"接着，他话锋急转，笑着说："二位知道吗？贝都因人要求扎杰莱人今晚为我们搞一台鼓乐晚会。二位将看到之前从未见过的表演！对不起，阁下，我要去支帐篷了。"

易卜拉欣走后，马哈茂德带着几分惊讶说："他就这样接受了生活！"

我说："马哈茂德，难道还有别的解决办法吗？"

"现在，我没时间琢磨这些。族长们正等着我，我也得去赴约。"接着，他喊了一声"易卜拉欣，等一下"，便离我而去。

没有人去向别人请教什么！

但是，易卜拉欣所说的鼓乐晚会却让我明白了一点事儿。

驼队的人都来了，歌声在空旷的沙地上四处飘荡，漆黑的夜空里挂着一个硕大的月亮，月光下人们犹如一个个移动的影子。扎杰莱人在地上围坐一圈，周围是一支支立着的火把。随着贝都因人热情的呼喊，他们开始吟唱。我相信，贝都因人跟我一样，都不懂歌词的意思。然而，他们也跟我一样，都被吟唱所折服。唱段一开始圆润柔美，犹如女性窃窃私语，并伴有丝丝长叹；接着在快节奏的鼓点下转向粗犷和奔放，犹如子弹的回响和原始的笛鸣，奏出呻吟和嘶喊。歌唱者站起来，其他人也加入其中，数十双手和着快节奏齐声鼓掌，低吟的长叹声逐渐高亢起来，声音好似来自四面八方。接着吟唱者围成一圈，每人搂着同伴的腰部转圈，伴着雷鸣般嘶吼的情色歌词的节奏，舞动的躯体相互碰撞，左右摇摆。这时，我感到心跳加快，似乎要伴着那些回荡的节奏崩裂爆炸。我偷看了一下周围，发现马哈茂德已被吸进了这个漩涡，跟那些默不作声的贝都因人一样，一副张口痴呆的看相。

就在那天夜里，在帐篷里，可能是马哈茂德，也可能是我，甭管是谁主动的，我俩圆满完成了那令人销魂的媾和，两个长时间性饥渴的躯体得到了满足。尽管我俩想尽量不发出任何动静，但试图压抑的声音却倍增了身体的紧张感。两人紧紧拥抱，每人都想进入对方体内寻求解脱，最后一起潜入到细沙的摇篮里。

绿洲的开端还算不错！

当太阳升起的时候，驼队继续赶路，朝城镇行进。在沙漠中吐掉咸涩井水的骆驼现在已经饱饮淡水，精神抖擞，心满意足。我也神清气爽，睁大眼睛看着一路上的新鲜事物。大部分的路段仍是沙子、沙丘。右边的远处能看见几个褐色的小山包。路边，不时能路过水井和小湖，由此分叉出几条沟渠，延伸到有院墙围着的果园里。果园后面便是高高的枣椰树，叶子裹着干椰枣，有的椰枣还泛着青。我闻到浓烈的无花果和其他水果的香味，注意到围墙后面传来的阵阵歌声。

那是我曾经听到过的扎杰莱人劳动的歌谣，从播种到收获都有各自不同的曲调。通常是一人唱罢，同一园子里的另一个接着唱，或由围墙后面另一个果园里的人接着唱。这种沿途的传唱继续着昨天晚上民间晚会的魅力。我忽然想起绿洲有两个部族曾经为独享这些歌谣的产权你争我夺，为此还发生过几次冲突。不知如今是否已找到解决办法，让大家共享这些歌谣？

路上，经过一处宽阔的湖泊，湖水映照着碧蓝的天空，在沙地中莹莹闪烁，湖心微波荡漾，可以肯定这是个咸水湖。

驼队走了不过两个小时就到了绿洲中心。

路上只见果园的围墙，一间房子都没看到，墙里是什么谁也不知道。一进绿洲，我的目光立刻被泉眼边茂密的枣椰树吸引。的确，我先前看见过枣椰树潜入湖中，湖面上只浮现出树尖的倒影，而现在，我们登高望去，目及之处满眼葱绿，一眼望不到边的枣椰树叶构成了如织的森林，墨绿色的林海，波涛翻滚，城镇像个岛屿般从林海中拔地而起，灰色的墙和黄色的民宅建立在一个金字塔形的高坡上。

马哈茂德骑着骆驼和我并肩前进，他像我一样默默地眺望着前方的城镇。眼前的情景令我神驰，我眼睛不眨地对马哈茂德说："生平从未见过如此美景，绿波中涌出灰色的火山。"

马哈茂德说："祖先们或许没有想到过要建这样的阶梯金字塔，塔座是圆形的。"

"你说得对，鳞次栉比的黄灰色民宅拾阶而上，错落有致，直达山顶，之后便只见湛蓝的苍穹。"

驼队向绿洲靠近，我的视线一直不曾离开过民宅。忽然听见马哈茂德在不断地叨叨："是啊，凯瑟琳，这的确是一座大金字塔，不过我们的祖先要金字塔做什么呢？"

5. 叶海亚长老

　　我喜欢拂晓那个时辰。每天我的灵魂在此时醒来，便从艾古尔米村的家出发，追赶着太阳的升起，去开族长例会。我老眼昏花，几乎已辨不出物体的形象，但曾几何时，我酷爱观看夜幕隐退的情景，物体的轮廓在蓝色的微光中逐渐清晰，恰似世界从混沌过渡到清澈的存在。每当看见晨曦下园林里的果树郁郁葱葱，湖面上闪烁着块块明镜，浮现出山峦沙丘的倒影时，我的心就悸动颤抖。如今，这番美景用心去看多于用眼去瞧，连这副跟着我多年的老花镜也只能帮我看出个物体的大致轮廓了。让我叫苦不迭的还有，镜腿也已经折了，我用麻线绕在耳朵上来固定镜框。好在鼻子还争气，能闻到沙土和农田里露水的气息，分辨出枣椰树叶的味道，凭此便能知道一路上不同的枣椰种类，还能分辨出是鲜嫩的还是干瘪的仙人掌，甚至能辨出泉眼中流出的清水味儿，跟沟渠里混杂了泥土的浊水，是那么的不一样。

　　今天早晨，我鼻子首先闻到的是火药味，但愿这是多虑，这片土地上流的血还不够多吗？

我在路上走着，驴不声不响跟在后面，它还在跟困倦做斗争，许是受到了路上寂静的感染。

那股子静谧让我追忆起早年在沙漠里的情景。那时，我离家出走，把一切抛在脑后，此举着实激怒了我的族人们。我漫无目标，居无定所，多少月多少年在旷野中游荡？我常常绞尽脑汁去数那岁岁年年，可就是没数清楚，仿佛那千篇一律的年月犹如一天。而这一天却充满了无尽的辛劳，为寻找糊口之食奔波，为觅得栖身之地探险，冒着酷暑严寒，躲避野兽袭击。那漫长的一天我学到了什么？不知道。

我仍然坚持步行去沙理镇，但确信我的毛驴会跟着我，一旦腿酸脚乏时便会骑上它。叶海亚啊，如今你已是个糟老头了，可仍然改不了爱生气的毛病。尽管你对族长委员会的人来说无足轻重，但他们仍然对你这种恼怒耿耿于怀，你的话原先没人听，今天也不会有人听，生气有何益？今天我一定要控制好自己的情绪。

昨天，萨比尔派人送来邀请，说每天在沙理镇入口处的凉棚里召开的族长例会，今天改在他家里开，这让我百思不得其解。我不怀疑这位东部大族长萨比尔，真主教导我要对东西两个部族一视同仁，他们也清楚我的身世。本来，我有权来统领族长委员会，因为我年龄最长，但我还是自愿让了位，尽管这一推让惹怒了我西部族的族人，但他们还是祝贺萨比尔担任族长委员会主席一职。可不知为什么今天的例会改在他家里开？难道要在会上宣战？我对他总是不怎么放心，他总是拐弯抹角，不坦诚相见。譬如，他不直说："叶海亚，我比你更有知识"，而总是以自己受教于突尼斯宰图纳清真寺①为荣，绕着弯说他听得懂那里人的话，他们也懂他的话，因为他们讲的是"我们的话"。实质上，他的意图就是想说他们不像埃及人，听不懂"我们的话"。而我曾经跟埃及人在一起，花了几年工夫在亚历山大的阿布·阿巴斯清真寺和易卜拉欣清真寺学习过。他说这番话的时候瞧着我，好像要我为埃及人听不懂锡瓦语负责似的。我暗自笑着，想告诉他：萨比尔，我们结束这样的谈话吧，一提到突尼斯、宰图纳就让人头痛！你是学者，我愚昧无知，这下你称心了吧？也许我确实说过这样的话，记不得了。

但我还记得跟萨比尔讨论过预言的问题。他背诵记忆了一本不知从哪里搞来的预言书，每开例会必提及此书，并诵读书里的预言，像是在吟唱：

> 大地呀，你注定在某时成了寡妇，
> 在低垂的头上绝望地扬撒尘土；
> 注定他乡人在你路上高视阔步，
> 而你的亲属家人只能丧气垂目；
> 注定愚蠢者的声音会占据上风，
> 智者之声无人听见，被袖口蒙住。

吟诵完这段不吉利的预言后，他环视听众，幸灾乐祸

① 宰图纳清真寺（Jami ʻaz-Zaytun）：突尼斯著名的清真寺和宗教大学，位于突尼斯市旧城中心。8 世纪由伍麦叶王朝驻北非总督穆萨兴建。

地说："应验和清算日越来越近了……为什么不呢？你们公开酗酒，淫乱，自杀，你们不该受到折磨吗？"

听到此时，我便会呵斥他，高声祈求主的怜悯能压住我们的愤怒，主能怜悯我们免受乌鸦的悲鸣。我好不容易才控制住自己不站起来质问他："长老，这也是罪孽吧？祈望毁灭难道不是罪孽吗？而你，这把年纪了还心怀仇恨？你仇恨我们西部族，把这种仇恨隐藏在所谓的预言中，似乎盼着灾难今天就降临到我们头上。萨比尔长老，你安的什么心，为什么隐而不宣？"叶海亚，你要提防着点，怎么能跟他们一般见识呢？无论如何你要用西部族人的眼光来看问题。

尽管我不想提起这些不吉利的预言，可当提起玛丽卡时，我只得对它一笑了之。当时她还小，大约四岁，才学会说话，却能模仿男人女人的声音，引得大家哈哈大笑，只有她母亲除外。玛丽卡一会儿闭上眼睛，一会儿又睁得大大的；一会儿噘起嘴唇，一会儿又嘬瘪腮帮，那漂亮的脸蛋做出种种鬼脸；她还试着改变童声模仿大人的讲话。我妹妹哈蒂嘉当时觉得玛丽卡的行为很丢人，就打她、踢她，让她闭嘴。而她则躲到我身后，高喊："大舅救我。"我确实喝止过妹妹，但我也试着让玛丽卡静下来，可没有用。尤其是当她模仿萨比尔时，两个眼球转到眼角边，声音变粗，不断地重复自己只字不懂的萨比尔长老的那些不祥的预言。我捂住她的嘴，不让她重复儿童妇女们不该听到的东西。尽管如此，我也挡不住大伙的笑声。哈蒂嘉怪我，说我怂恿她女儿做赖皮的事儿。当时，谁能阻止玛丽卡？

来硬的不行，软的也不行；小时候不行，长大了也不行……玛丽卡，你真走运！

赶到萨比尔长老家参加族长会时，他们已坐成一圈，在那里我再次闻到了火药味，心里很不好受。我看到一个我们西部的扎杰莱人，盘腿坐在离族长圈较远的地上，我们部族的族长中没人告诉我他也会来开会，难道他跟这个秘密会议有什么关系？不过扎杰莱人在战场上也是族长的士兵，战争时期与和平时期他们都有发言权。但愿我这是多虑了。

没人说话，大家围坐在垫子上默不作声，也不看别人，自顾自从自己面前的篮子里抓枣椰吃，专注地嚼着，一言不发。这样过了好一阵子，他们在等什么？

这时，萨比尔长老清了清嗓子开腔了："新来的地方差官请我去见他……"

大家抬头看着他，他慢悠悠地接着说："地方差官告诉我，他又给开罗去了信，正等着下一批驼队带来答复。"

又是一片寂静。我失去了耐心，说："萨比尔长老，这往后怎么办？他在信里写了些什么？又在等待什么样的答复？你干吗不快点讲，让我们干着急呢？"

过了一会儿，我从萨比尔那里得知，政府的差官已去信再次要求减少赋税，绿洲地区一年的课税由原来的两千驼枣椰削减改为一千驼，原来的五百驼橄榄油也改为两百驼，还要求免除滞纳金等。

东西部族长们都在大声喧哗，说我们已经商量好，要求减至五百驼枣椰和一百驼橄榄油的，差官为什么不把我们商量好的数额报上去？

萨比尔说，差官告诉他，他带来的命令是增加课税而不是减少，而开罗的官老爷们如果能网开一面，同意他提出的要求，我们就该谢天谢地了。

族长们还在愤愤不平，东部的一位族长阿卜杜·马吉德长老说："我本人一文钱都不交，他们想怎么着就怎么着吧。"

另一位我不认识的东部长老在喧哗声缓和一些后低声回应他说："我们每一次都这么说，要拒交课税，可到最后，等军队和大炮一来，不仅税交了，连罚金都交了。"

又是一阵沉默。萨比尔长老说："你说得对"，他沮丧地说，"我忘了告诉你们，差官说他会像往年一样，不挨家挨户收税了，而是直接跟我结算，让我来负责跟各位族长、各户人家进行具体的征收事宜，一切按照开罗方面的命令行事。"

啊，萨比尔长老，尽管没人开腔，我们西部族绝对不会心甘情愿接受这个要求的。就在这时，坐在角落里的那个扎杰莱人提高嗓门犀利地说道："该死的差官，他一来我们就倒霉。索性干掉他和他的女人吧！"

我们西部族的族长伊德里斯长老的嗓门比他还高，他气愤地说："孩子，麦布鲁克，别丢人了，我们叫你来参会是想听听你的意见，不是让你来在长老们面前指手画脚的，不要忘了自己的身份。"

麦布鲁克缩回自己的座位上。萨比尔长老平静地说："我们有什么理由杀掉差官和他的女人？"

麦布鲁克放肆地回答道："这个女人进了我们的家，看见了我们女人的羞体。上周五，她爬上艾古尔米废墟，踩了村民的房子……萨比尔长老，我们什么时候允许异教徒践踏我们的民居了？"

我任由他们争论辩驳，自己陷入了沉思：萨比尔长老为何要把族长例会改到他家里进行？没有哪个陌生人敢在族长会议上成为不速之客的。再说，如果差官本人亲自来参加我们的会议，他什么都听不懂，因为他不懂这里的土话，对课税问题他也说不出什么新意。所有的人对萨比尔长老的教导都心领神会，最终我们将会落得个乐不乐意都得交税的结局。西部族人当然拒绝由萨比尔来负责征集他们各家的份额，道理你明白，我也明白，你为什么还要这么说？你的意图马上就明了了。

我注意到萨比尔的话："伊德里斯长老，我听说那个女人的用意不在我们民宅，她只是想看看那里古代帝王的遗址，途经民宅而已。我们有哪位女眷抱怨过这个洋女人窥视了家里的秘密，像你所说的那样看见了她们的羞体？我觉得她不会进入任何人家的。"

伊德里斯长老不依不饶："即便这次她没有看见妇女的羞体，下次也会偷窥到的，萨比尔长老。这个女人不消停，很倔强。我知道她今天还要和她的男人一起去乌姆·欧贝黛遗址。"

萨比尔回答道："赞美真主，乌姆·欧贝黛那里没有民居，她看不到羞体……"

这时扎杰莱人麦布鲁克再次提高嗓门，嚷道："萨比尔长老，这个女人随身带着不少外国异教徒的书，教人魔法，寻找我们埋在地下的宝藏，也许她跟前人一样，挖掘出那些令人讨厌的尸体，来施魔法。"

我暗自好笑：又为了那个宝藏？现在是你们在搜寻它，搜寻祖先，搜寻祖先的祖先。为了这个宝藏，你们挖遍了所有帝王留下的古迹，你们掘地开山，直到现在还不善罢甘休？就算你们现在马上找到了宝藏，那又能拿它作甚？

然而，让我吃惊的是，萨比尔用稳重的口气回答："麦布鲁克，要知道，并不是我们在保护宝藏，而是宝藏在保护我们。我们的宝藏是悠久历史的储备，自从我们的国王胡拉比什把宝藏埋在地下后，就给我们留下了坚实的后盾。那个女人一靠近，就像先前靠近它的人一样会立即毙命。宝藏终究属于我们，如预言所说的那样只有真主知道归期，条件是我们必须对叛逆的行为表示忏悔。麦布鲁克，你不要为宝藏伤脑筋，只要告诉我，我们杀了前任政府的差官后发生了什么？"

麦布鲁克固执地回答道："这个该死的差官来我们这儿，还带着那个踩踏我们房屋、搜寻我们宝藏的女人。"

萨比尔长老说："你看见这场灾难了吗？这么说，前任差官的死没给我们带来好处。马希尔贝克带领的军队侵略锡瓦中丧生的弟兄怎么办？被他们抓到开罗、在那儿绞死的弟兄怎么办？现在仍然还有一些百姓被关押在那里。"

大家都默不作声，只见伊德里斯长老又大声而强硬地说："萨比尔长老，照你这么说，我们对差官和他的女人不要吭气，让我们甘愿接受耻辱？"

西部族长老们再次高声嚷嚷起来，表示支持伊德里斯，可萨比尔却向他抛出了问题，这也是我一直等着想听到的：

"伊德里斯长老，就从马哈茂德长官这个人的为人处事看，你是否也认为必须把他杀了？他来绿洲后，我还没听说他像之前的差官那样有过越货打人的事件，甚至连他和他妻子骑坐毛驴的租金都是自己掏的腰包。一路上夫妻二人单独行走，没有卫队前呼后拥。而之前的长官习惯仗着卫队吓唬我们。相反，他的兵卒出来巡逻，保护城镇，免遭贝都因人的偷盗；夜晚他骑着马，身先士卒，在山里围剿盗匪。"

我满脸狐疑，喊道："真主啊，这样的人太让我害怕了，萨比尔长老！他不喜欢我们，却为什么还要这么做？"

萨比尔粗声粗气地笑着说："那么，他之前哪个差官爱戴我们，叶海亚长老？那帮人的行为逼着我们杀了他们，但我们有什么理由杀这位长官？难道还要把我们自己再次带进毁灭的境地？"

我心想：萨比尔长老，你这么说就对了。尽管如此，但这位差官比其他人更让我害怕。我不太在乎那些仗着卫队对百姓鞭笞、谩骂、恐吓的长官，那种人就跟麦布鲁克一样，在历次战争中，这种人我见多了，个个都很有经验，点火的是他们，见火势蔓延第一个溜之大吉的也是他们。但这位沉默寡言的长官倒让我害怕，他竟敢一个人走来走去。我知道，把自己的命不当一回事的人也不会在乎别人的命。他沉默时压抑在心里的仇恨像火一样燎烤着我，那可比其他人用污言秽语攻击我更令人焦灼。在他手里怎样的命运在等待着我们？萨比尔长老，你的预言中有对他的预测吗？

是我开腔提出这个问题还是让他先回答别人的问题？此时只听得萨比尔说：

"预言中没有关于他和他女人的说法。自从他和妻子来我们这儿后，我读了两遍预言，都没有发现关于他俩的任何暗示。也许暗示是有的，但我没读明白；也可能他俩的出现预警一切灾难将要发生，主啊，仁慈点吧。"

伊德里斯长老带着困惑的口气说：

"这么说我们就对这对男女不管不问了，萨比尔长老？如果洋人、异教徒踩在我们头上、践踏我们家园时大家还能苟安，那还不如像贝都因人那样远离家园，到沙漠里闯荡好了。"

萨比尔用略带悲伤的口吻说："指真主起誓，你别急着自己出走去沙漠游荡，伊德里斯长老。如果现在统治埃及的那些英国人来了，看上了我们这块地方，完全有可能将它占为己有，那时他们就会把我们弃置沙漠，还用你自己去？他们在别的地方就这么干的。"

我点头表示赞同："萨比尔长老说得对，他们在美洲和其他地方就是这样做的。"

我清楚族人们是不了解美国人也不知道英国人的，他们完全不明白萨比尔说这话的含义。这时果真有人打断我：

"但是，来我们这儿的是埃及士兵，不是英国兵。"

我说："为此，让我们赞美真主。埃及人来了，杀我们，我们也杀他们，但他们仍然会把我们留在我们自己的土地上。"

那人继续对萨比尔长老说:"那些英国人为什么来我们这里?我们没有跟他们交战,也不认识他们。"

萨比尔长老回答道:"但是差官的妻子是英国人。如果我们杀了她,英国士兵也许就会赶来为她报仇,按惯用的手法,找到了占领我们土地的借口。真到了那时候,谁也帮不了我们了。"

好一会儿,族长们全都不吱声了,思忖着怎么回答。接着,一窝蜂地抢着发言,七嘴八舌地问了起来。萨比尔的声音盖过大家的质问,话题对准了抢着要发言的关键人物麦布鲁克:

"麦布鲁克!回去告诉你的弟兄们,不得伤害这个女人或她丈夫。告诉他们,你们的长老们正在思考、商量对策。"

然后他扭头对大家说:"族长们,按照舒拉制①来商议吧,我们派一位使者前往杰格布卜②去见我们的主人马赫迪③,向他说明这儿发生的事情,请他拿个主意,你们意下如何?"

---

① 舒拉制(Shura):伊斯兰教法和政治术语,阿拉伯语音译,意为"协商",即通过"协商"决定国家大事。原为古达阿拉伯部落会议议事习惯,后为一些伊斯兰国家所沿用。

② 杰格布卜(Jaghboub):埃及与利比亚边界附近的一处绿洲,在锡瓦绿洲西北部约120公里处,1853年起成为萨努西教团的总部。

③ 马赫迪(al-mahdi):即救世主。这里指的是穆罕默德·马赫迪·萨努西(Muhammed Mahdi as-Sanūnī,1844~1901),大萨努西阿里·萨努西(1797~1859)的儿子。19世纪初至20世纪末萨努西教团在北非地区,尤其是游牧部落中发展壮大。该教团是一种伊斯兰神秘主义的宗教组织,宣传伊斯兰教复兴,主张禁欲主义,反对暴力行为,反对盲目接受西方影响。

我心想：萨比尔，看来我以前误解你了？你今天所做的一切都是为了让扎杰莱人和族长们打消杀人和发动战争的念头；然后再跟他们谈英国人，让他们对先前不知道的恶果心生畏惧；然后制止扎杰莱人怂恿他们的长老或听任长老们怂恿他们发动叛乱；接着收买西部族的人心，因为他们信赖马赫迪·萨努西，对他唯命是从；他们对差官的女人侵犯艾古尔米禁区怒火中烧时，你能够平息他们的骚动；你赢得了时间，等待杰格布卜的萨努西给个回音，而他的回音向来都是劝告大家要克制，保持安静。我原以为你邀请我参加会议是为了商议如何发起战争，这么说难道是我误解了你？赞美真主，这次我错了。

麦布鲁克此时已经离开人群，讨论会只局限在族长们之间，我的耳朵多少也屏蔽了一些絮絮叨叨的声音。突然，我听见萨比尔提到了我的名字，他说：

"叶海亚长老，你怎么一声不吭？我们想听听你的意见。她不是你的女儿吗？"

我一愣，说："萨比尔长老，你在说谁？"

"当然在说玛丽卡。是的，她是我们东西部族所有人的女儿，可你是她舅舅，谁比你更能让她恢复理智？"

我集聚心力才忍住不让自己发怒。萨比尔，你这么一个不经意的问题不就把玛丽卡卷入到东西两部族冲突的火炉中了吗？这不再仅仅是一个妻子对丈夫的愤怒，而成为整个地区的问题？

我闷声闷气地说："正像你说的那样，她也是你们大家的女儿，你们看着办吧。"

此时，两部族的分裂已成定势，东部族的长老们渐渐提高了声音，而西部族的族长们也不甘示弱。我强迫自己保持沉默不要火上浇油，装聋作哑，逃避到自己的思绪中。

我自忖：玛丽卡，这就是你的命！是的，她是我女儿！我爱她胜过我的亲生女儿，也胜过我的孙女儿们，可是玛丽卡这个有着倾城之貌的聪慧女孩却被我妹妹嫁给了老态龙钟的马阿巴德，说后者和她很般配。叶海亚，别说了！你一生中娶过多少女子是般配的？可是我不是马阿巴德！很多年前我就不再"谈婚论娶"了，自从我知道自己不行了以后，我休掉了我名下的所有女子。而马阿巴德在玛丽卡才十五岁的时候就选她为妻，他们选定了这个可怜的姑娘做试验。她母亲跟我西部族其他百姓一样，笃信我们的主人马赫迪·萨努西所说的一切，萨努西说让东西两个部族联姻，成为一个部族，不要再打仗了。垂垂老矣的马阿巴德在所有女子当中选上了孤儿①玛丽卡，她母亲也同意了。我尽力说服妹妹，可是她执意蛮干。我知道，在我们这个地方，只要丈夫有钱有能力，老少配无可厚非，可是我也了解玛丽卡的脾气。果然我担心的事情终于发生了，玛丽卡从沙理镇她丈夫的家中逃了出来，回到艾古尔米村的娘家，要求离婚，正如我预料的那样，马阿巴德拒绝离婚，要求玛丽卡回到丈夫家。这不，他称自己身体不舒服，没有出席今天的族长例会，而所有东部族长们都为他撑腰，甚至比他还气愤。玛丽卡对他们而言无关紧要，关键是一个西部族女子拒绝东部族一位长老意味着什么？要不就回

---

① 在伊斯兰社会里，没有父亲的孩子就是孤儿。

去，要不就……

我知道玛丽卡是绝不会回去的，我知道马赫迪关于停火的思想无济于事，即便所有的东部族人都娶了西部族姑娘，或反过来，事态也不会发生任何变化。联姻绝不会除去深藏在人们心里仇恨的种子，这不，一个西部族姑娘嫁给一个东部族人已现出凶兆，更不要说你们常常为比这冲突小得多的缘由而大动干戈了。我知道这血海深仇的原因！我知道它的根源！但是，看，他们在协商，他们佯装在协商。

西部族的族长们说："还了彩礼，给她自由。"

东部族的族长们却回答："不，先回丈夫家再说，但愿他乐意休了她，他说了算，但她先得回来。"

"让他放了她吧，我们再给他找个西部族最体面的姑娘。"

萨比尔长老插了进来，似乎想解决冲突，但这无疑是火上浇油，他用理性的口吻说："如果他对西部族姑娘不感兴趣，或西部族姑娘们对他不感兴趣，那也许他会放了她，我们再给他找个东部族最体面的。"

东西两部族愤怒的嚷嚷声高了起来，一个东部族的人声音最高："除她之外，他的妻子们都是东部族最体面的姑娘，萨比尔长老，他不要娶新老婆，他要真主的裁决，难道他们判决不了自家的女儿吗？"

西部族的族长们感到被羞辱，有些人站了起来，挥着手威胁东部族的长老。我也站了起来，局面一下子爆发了，我大喊："现在你们提真主的裁决了？不管是你们还是我们，最简捷的裁决方式就是离婚。每家都有一个或更多的女子离婚，甚至有的女子在丈夫还不知情时就已经离婚了，因为婆婆不喜欢儿媳妇，婆婆擅自做主签了离婚协议书。你们为何现在死抓着玛丽卡不放？"

萨比尔说："叶海亚长老，息怒，我们正在商量，但愿找到一个解决办法。"

可是我已控制不住了，接着说："即便你们商量到明天也商量不出个结果！因为无论你们还是他们，根本不想解决这事。你们巴不得再次大动干戈，两族自相残杀。够了，别再自欺欺人了，族长们，你们已经这把年纪了，头发也花白了，白发没有教会你们什么吗？"

萨比尔生气地说："叶海亚长老，假若别人这么说还行！而你，白发没有教会你有点耐性吗？现在谁说要动干戈了？族长们在协商，我也说了……"

"我知道你们商量过了，萨比尔长老，五十多年前我就知道这么回事了，愿真主佑助你们吧……"

"长老，你这是要去哪儿？叶海亚……叶海亚，别走……"

"赞美真主，我不想与你们为伍！"

我嘀咕着下了高坡，出了城堡。看来，我没有多虑，这的确是个战争会议。可是，萨比尔为何一边与埃及人讲和，一边又怂恿族人们叛乱呢？时间将说明一切！对不起，我们的主人萨努西！你的思想不合时宜，绝对停止不了战争，我的想法比较合适，真主宽恕我，假若五十年前他们按照我的想法做该多好！

叶海亚，请求真主宽恕吧！别再回忆那些陈年往事了。

我愤愤然解开拴在枣椰树上的毛驴。这时一个在沙地上玩耍的孩子跑过来，要帮我骑上去，我和蔼地推开他，说："你老祖父自己还上得了毛驴。"我两手抓紧鞍子，一跃跳上驴背，毛驴自觉地走起来，朝着东方艾古尔米村走去。老驴识途啊，但愿人类知道自己的道路，但愿我也知道我的道路。

玛丽卡，我再次对你爱莫能助了，舅舅既保护不了童年的你，也保护不了长大成人的你。她很小的时候，就向我抱怨，说那些在我园子里玩的男孩女孩作弊，她拉着我的手，要我给他们仲裁。孩子们在我面前否认他们作弊，但是她套他们的话，逐步诱出实情，轻而易举地揭穿了他们的谎言。我最后问她："玛丽卡，你想干什么？"她十分严肃地说："舅舅，我要让欺骗者遭受惩罚。"我装作训斥玛丽卡，好让他们带玛丽卡一起玩，但是最后孩子们还是厌弃了她，不跟她玩了，也讨厌上了我。再长大一些，玛丽卡来我的园子和我一起度过大部分时光，陪我一块浇园剪枝。她问我，为什么我种植的花草和她在其他园子里看到的不一样，我告诉她，我种的是药材，咱们这个地方很少有人种植它……她笑了，扑闪着眼睛问我："这里面有没有给我的药？""你的药？玛丽卡，什么药？""专治着魔症的药啊！"我笑着说："玛丽卡，你不需要药！""可我妈说我被魔鬼附体了。她说得对，为什么我不像女孩子？"

我没有告诉她，她是这个地方唯一的福泽。

又或许她的存在是唯一的错误，我不知道……

叶海亚，想点别的吧，别把自己搞得比她还不知所措。路还长，才走了一半，我已大汗淋漓了。今天一大早，太阳就比中午的还毒。走到加维亚湖时，我下了毛驴，向湖边走去。湖四周的树荫真是好地方。我摘了眼镜，小心翼翼地顺着石阶下到湖水里，弯下腰，捧了一捧水洗把脸。很久没有从这清澈如镜的湖面上看过自己的面孔了，弯腰时看见水面上的倒影，叶海亚，有什么好看？一副老相，老眼昏花，枯朽羸弱，可为什么愤怒和困惑依然不减当年？为什么那些年轻时折磨我的问题现在仍然在折磨我？我的生命行将终结，却无法心安理得。

坐在湖边一棵枣椰树的树荫下，玛丽卡仍萦绕在脑际。他们为什么把玛丽卡放在磨盘中央，用战争、冲突、敌对来碾磨大家？为什么要发动战争？为什么让这片土地充满苦难和疲惫？我甚至能理解萨比尔的预言，他说毁灭是那些造孽者的报应，但是，对没有犯过错的人如何处置？比如说，这个女孩何罪之有？

玛丽卡，你害苦了你母亲，她也让你吃了苦头。让她受折磨的首先是你的美貌，这让全绿洲美女都为之失色。通常，母亲们给自己的姑娘戴上头巾，香薰胴体。可是哈蒂嘉为了让你免遭人嫉妒，从你童年时就一直在你脸蛋上涂抹煤灰，让你穿最脏的衣服，尽管如此，你仍然出落得楚楚动人。在路上，大人们驻足观赏你那迷人的容颜，情不自禁地叹道："天啊！"这样一来，你母亲更害怕了，试图把你关在家里，不让你出门，可是待你年龄稍长，便学会了离家出走。你穿着男孩子的长袍，把柔顺的头发挽在帽子里，满世界地随性游逛。没人能明白你为什么对帝王古迹如此着迷，本地人世世代代都在搜寻埋在地下的宝藏。你也和他们一样在寻宝吗？可是你每次回来，手里拿着的却是彩绘的石瓦陶片，你妈一见你拿着这些东西，便尖叫啼哭，迅速将这些玩意砸得粉碎，扔进火里，然后请来女巫师，为你驱魔。她们嘴里念叨着咒语，拿着棍棒殴打你的躯体。我赶紧跑到你家，操起棍棒敲打她们，呵斥她们才是魔鬼。她们逃之夭夭，而你母亲却绝望地扇着自己的嘴巴。我见你身上被打肿了，青一块紫一块的。可你却放声大笑，摸着被打的地方，在痛苦呻吟中对我说："舅舅，都怪你！没有找到药草来拯救我免受惩罚。"

是啊，她像大人一样讲话，做大人做不了的事。她来到我的园子里，从地上抓起湿软的泥土，捏成鬣狗和类似帝王古迹壁画上的禽鸟，然后，又学会了用黏土制作一些小塑像，很像散落在帝王古迹里那些精致的石刻像，我几乎无法分辨其真伪。当时，我惊讶地观察着她的小手指，而她则专心致志地包起塑像的头部，又把用黏土球做的塑像的胳膊和腿脚摊开。我心想：她是怎么学会这门手艺的？这个地区从来没有人试做过这些活儿。从跟着母亲的经历中，她打小就知道，这个地区没人喜欢这些东西。她把这些东西交给我，说："舅舅，把它们毁掉吧，明天我再给你做别的。"接着，抓住我的手说："来，教我种庄稼。"

然而，我却不忍心砸碎她的那些精美的小塑像。我当然也知道，不能把这些东西保存在我这里，更不能让大人

76

和孩子们看到，一旦他们看到我有这些东西就会说，叶海亚也和魔鬼游戏。我留下塑像，端详了好一会儿，精细的做工着实让我惊讶不已。玛丽卡走远后，我伤心地在地上挖了个坑，把这些玩意儿全丢在里面，盖上土。我不忍心当着她的面把它们砸碎。

后来她便跟着我待在花园里哪也不去了。可能是自愿来的，也许是母亲让她来的，好让她和我在一起，以免她为了躲开母亲或避开我而装作去陌生人家的果园，或去死人山上帝王古迹的洞穴里游荡，那里连大人都害怕。她同我讲话，向我学习种植，帮我栽树修枝，这些成了那时我在这个充满悲伤的村镇里唯一的喜事。无论什么事只教她一遍以后无须再重复。我惦记她多过她记挂我，这种时候她若离开我一天，我都会受不了的。可惜的是，她的聪明才智都被她母亲和后来的马阿巴德给葬送了。现在我唯一的期盼就是玛丽卡能对自身的命运感到满意。我自愧没能把你从你母亲那里、也没能从马阿巴德、萨比尔、东西部族人那里把你解救出来，现在我又只能眼睁睁地看着他们在喧嚣、威胁和欺骗之后为你安排的一切，甚至不惜为此发动战争。不管胜者是谁，之后他们都将强迫你回到你不喜欢的那个人身边。

我很清楚他们是如何协商的，对此我极为厌恶。我了解他们的战争将如何爆发又将如何结束。年轻时，我差点被这些事逼疯了，今天我又为什么还要回到他们身边？老了，在人生的路上逛累了，孤独累了。尽管如此，现在接近他们同他们一起生活觉得更累。

我慢悠悠站起身来。我得继续赶路。就在我离开之前，沙理镇方向传来了呼唤者的号角，那是哀悼的乐声。看哪，今日送走的又是谁的亡魂？愿主怜悯他吧！

6. 马哈茂德

像往常一样,曙色苍茫之际我从美梦中惊醒,大汗淋漓,残梦依稀,然而梦中细节已模糊不清,只记得是一张微笑的脸把我唤醒。

我匆匆洗了一把,丢下睡梦中的凯瑟琳,轻轻打开房门,坐在第一登台阶上。通常那里最能感受到和煦的北风,可是今天没有,不过吹进来的空气还是比屋里的潮润些。

我左手边是沙理镇,漆黑,安静,仍在梦乡里;正前方是座黑魆魆的山丘,他们给它起了个有趣的名字——"死人山"!难道不能起个更仁慈点的名字吗?起这个名字也可以理解,因为那里所有的山洞都是法老和其他人的古墓,你还能让他们起什么好听的名字?莫不成叫"欢乐山"?他们起得名副其实。得了,别一大早起来就怨天尤人!自己努力高兴起来就好。是的,昨晚我遭遇了到绿洲以来的第一次真正威胁,不过那也是意料之中的,没什么好惊奇的。

事实上，到现在为止，我对他们没什么可抱怨的，能做的只能是数落开罗的官老爷们，他们对我写去的报告不予理睬。我发过好几封，但随驼队回复的都是第一封的翻版，依然是临行前哈里菲给我讲的那套，既没有解释，也不带批注，甚至连收到了我的信这样的暗示都没有。所有的指示集中在叫我速速征集延误了的税赋并发往开罗上。他们也不问问，哪怕指点我一下也行，初来乍到，我该如何运作。以往每次收税总是拖到不得不动用军队大炮，如今我手里只有几个士兵，几杆老枪，能干什么？！就说最近的一次，两年前，开罗的官方等啊等，直到锡瓦人杀了我前任的差官，末了不得不派出军队，处决了地方长官，才收齐赋税。他们还以为从此便长治久安了。

开罗的帕夏们，这里并不太平！

昨晚，大族长萨比尔长老独自来找我，其他的族长只有到周五聚礼时在沙理镇的清真寺里才能见到。他告诉我，族长们认为我提出的减税额度太少，他们希望减得更多点。其实，我一想到开罗方的沉默，便气不打一处来，坚定地提醒他说："我说了不算，我的请求已告诉你了，说了算的是埃及官方。"他说："长官阁下，我理解你。但有些族长质问，如果按官方的要求纳了税，往后靠什么过日子呀。"

我徒劳地回答说这又不是第一次纳税，你们自己看着办吧。

萨比尔没有生气，我从来没见他生过气。他似乎赞同我的话，对我说："智者明白这一切。可是我能怎么办？他们都是寻常的老百姓，甚至一些族长们都算不上是智者啊。

谁也不知道那些人会干出点什么来，只求真主佑助了。"

我很清楚他来我这儿的使命，便以其人之道还治其人："萨比尔长老，这种情况下，智者应该提醒他们，一旦丧失理智就会发生曾经发生过的事。"

他说："我又不是地方长官，无权强加给他们什么。"

我说："对政府而言，你就是大族长，这就够了。"

我真想说赞美真主，幸亏他不是地方长官！他亲口给我讲过最后一个地方长官的遭遇，也就是我现在住房的主人哈苏纳长官。哈苏纳在沙理镇的城墙外高坡上建了这所房子，跟这里其他的防御工事一样，他精心加固宅邸，还在后院盖了一组附属设施，延至城墙。凭着占据制高点的优势以及自己的小城堡与城里直接相连的便利，在开罗派来的差官被杀后，他成功抵御了政府军最后一次讨伐行动。据说，尽管政府军围剿了数周，他仍不投降，英勇战斗，直至献出生命。我对他的勇敢顽强肃然起敬。

他的小城堡最后只剩下这幢房子，政府把它充了公，把城墙南边那幢楼用作了警察局，两楼之间的所有设施都已被毁。萨比尔在给我讲述哈苏纳长官时，对他和他的命运没有丝毫同情心。难道因为哈苏纳是西部族人而萨比尔是东部族的？我需要时间来了解这儿的人，如果命运给我足够时间的话。我周围的静默骗不了我，即使没有萨比尔话语中隐含的威胁，我也明白他们在觊觎着我。但我仍然我行我素，装作什么也没觉察，不能让萨比尔和其他的人感到我行为上的软弱。

老实说，我不是很喜欢萨比尔长老！他初次见面就毫不掩饰地巴结我，面无表情的脸像一道面具，眼神令人担忧。他死盯着我的脸，眼睛一眨不眨。我无法相信他说的话，他到底想让我做什么？让我推荐他做地方长官？开罗方面根本不会考虑让东部族人或西部族人担当此任的，这样不会得罪任何一方。他应该明白这一点。不过有一点他说的是对的，那就是，如果政府按要求集齐了赋税，那这些人将何以为生呢？

我一到绿洲就被这里的贫穷惊呆了，尤其是扎杰莱人的贫困境况，同时也被政府要求我向他们征集的沉重赋税惊呆了。我向部长写的报告呈上了我的意见：税收负担过重是引起叛乱、导致他们暗杀开罗方面委任的差官的根本原因，我建议将赋税减半。

但也许我过于天真了。我明知他们巴不得我死，为什么还是想方设法去帮助他们？来绿洲的第一天，我就感到他们对我和凯瑟琳的仇视。他们以沉默和疏离来围剿我们，除了眼神里露出厌恶的目光外，我们之间没有任何关系。我为什么说没什么可抱怨的？我有一千条理由怨恨他们！他们在一头，开罗方面在另一头，我在中间受夹板气。如果开罗方面把我忘了，我也会把开罗忘掉，这样与地方势力的冲突便会推延下去。我将按照我的习惯与他们相处，上街不带任何卫兵，当然，手枪皮套一直是打开的。我也知道这种防范无济于事，当孤身一人陷入他们当中时，哪种预防能起作用呢？

很多事情若在沙漠里，在暴风中，便好办得多。如同凯瑟琳说的那样，动作越迅猛越好。我现在仍然希望快点了结此生，希望发生点意外。尽管如此，晚上睡在床上，我还是很开心的，一想到一天过去了自己还活着，便暗自庆幸，感受到战胜死神的欢快，如同那些贝都因人因躲过一劫而欢欣歌唱、在大漠的泉边洗澡一样。说了那么多，我到底想要什么呢？但愿我能知道自己要什么！但愿我能知道我是谁！

打个比方，今天早上天那么热，昨晚上又受到了大族长的威胁，我为什么还感到心旷神怡？是因为做了个美梦？是的，昨晚喝了两杯威士忌。为了承受在绿洲的寂寞，我依赖上威士忌了，从开罗带了好几箱，够喝的。但是，酒量越来越小了，为什么？也许这里炎热的气候抑制了酒嗜；也许缺个酒友，没有酒友何以对酒？他乡异地，没有对酒的朋友，妻子凯瑟琳又不会喝。

尽管这样，在我们初来乍到的头几个星期里，我和凯瑟琳还是恩爱有加的。在这突如其来充满敌意、深觉孤独的地方，我俩每个人都是对方的另一个自我。一天工作结束后，俩人形影相吊，一杯威士忌摆在面前，絮絮叨叨，无话不谈。通常，我脑子里第一件事就是凝视她的胴体，那具胴体的每一个曼妙之处，我都很熟悉，回忆其每一个细微之处，臆想着摩挲她的肌肤，体会两个躯体紧紧相拥的感触。此时，她双颊绯红，笑靥绽开，对我这长久的注视了然于心。那几周我们的确释放尽了所有相恋的能量。后来，我有点腻烦了，而凯瑟琳却为此忧心忡忡，想方设法好让我们的沙漠新婚之夜绵长不断。有几个晚上，我正静静地呷着威士忌，她靠近我，脸上露出急不可耐的表情，钻进我的怀抱，神经质地狂吻我的脸和脖子，很快，确实把我挑逗起来了，可我一熄火，她就把我推了出来。又有几个晚上，她乞求我对她温柔点，细腻点。她用魅惑的手指极慢地摩挲着我的胸，想引导我与她交欢，我拒绝了。因为我习惯随心所欲地做爱，最终她顺从了我。尽管她不太乐意，但我觉得还行，能像初恋时那样满足她，让她高兴起来。然而，终于抵不过习以为常和房事过度，耗尽了她和我试图寻找新刺激的所有努力，最终只剩下某些晚上不期而然的交合，也不复初时那样每次都酣畅淋漓。

难道这就是开罗的朋友们喋喋不休地谈论的所谓"婚姻倦怠"？难道这正是我每每避之不迭、投身其他女人的原因？抑或是这寂静的绿洲加速了这种倦怠的来临？也许吧。

地平线上播散开第一道霞光，沙理镇的轮廓渐次清晰起来。

近处看，这座城镇已失去了它的雄姿，不复远观时如火山或金字塔的模样，只剩下一些土坯盖起来的房屋，层见叠出，像个黄土堆。屋子每层有三个窟窿算是窗户。我的右手边延至艾古尔米村，村的东面是一片枣椰林。在看过了左边这片面目全非的焦土和正面悲哀的"死人山"后，右边的景色倒也怡人，那就往东瞧瞧吧。

当第一道霞光炙烤着我的前额时，屋里的凯瑟琳有了动静，我便起身进屋。

她一脸微笑地迎接我。早上的她最为容光焕发，因为能睡个长长的好觉，没有失眠的困扰。

她正在宽敞的大厅里把早餐盘子摆放到餐桌上。

我俩坐在餐桌旁，她说：

"也许人们会说，今早有人神清气爽。"

"今天是假日，至少不用在这大热天穿上令人憋闷的军服。"

"但你的坏老婆却让你过不好假日，她要你陪她一起去令人发怵的古迹。"

"确实如此！"我笑着说，"不过假日里我们也没有更好的事情可做呀。"

她大笑："对呀！我们没有为拜访、会议之类的事情拖累。"

吃早饭时，我不经意地问她："凯瑟琳，你要在这个古迹堆里找什么呀？我看你随身带着插有神庙图片的书籍在墓穴里仔细研究，这到底要找什么？"

"我在寻找世界上最伟大的人物——亚历山大大帝。"

"这我早就知道，你是想看看他曾经走访过的神庙。可是，你好像还在找别的什么。"

她放下正在喝的茶，皱了皱眉头说：

"我得向你承认一个秘密：连我自己都不知道要找什么。"

我用询问的目光看着她，她继续说："我来绿洲，满怀梦想，希望在这片古迹中找到点新玩意，发现一些来过绿洲的古代历史学家、旅游家不曾记录过的事迹。我有能力做到这一点，因为我懂几门他们不懂的语言。可是，收获不大。易卜拉欣陪我访遍了'死人山'所有的古墓，但很遗憾。当然木乃伊、棺椁和其他的古迹都会对研究有点帮助。"她喘了一口气继续说："你知道上周五发生过的事情。当时我参观，或说我试着想参观一下大神庙和启灵殿。"

"祝你今天交好运！只是，你知道绿洲人是怎么想的吗？"

她漫不经心地回答："莫不是认为我在搜寻他们神庙中央或四周已经挖掘过的、破坏殆尽的宝藏？"

"完全正确，他们就是这样想的。易卜拉欣已经提醒过我，劝我跟你说一声。"

"我所有的走访都在白天进行，都在众目睽睽之下。如果真的发现了宝藏，让他们拿去好了。"她沉默了一会儿，直视着我的眼睛说："但是，你当然不信这番鬼话。"

"坦率地说，我还真希望你能发现一处宝藏，这样我俩就能携宝逃到一个无人知道的地方！"

她大笑："那你就好好等着吧！我很开心，你今早的兴致很高。究竟是什么原因？如果我们在别的地方，我一定会说，你又有新欢了……可在这个鬼地方，你不走运，连个女人都没有！没人能看见她们。"

"如果能看见男人也行啊！"说完话，我起身道："走吧，早点出发，待会就烈日炎炎了，你知道我们要赶中午之前回来的。"

她去换衣服的时候，我心想：凯瑟琳，你没说错，女人确实是我今早兴致高昂的原因！我一生中没有离开过女人。昨晚到今早尼阿玛光顾了我，让我沐浴在幸福中，整个梦里，我只记得她那张美丽的脸蛋，让我回到天真无邪的年代，回到那些节日欢庆的日子里。

"尼阿玛·萨马拉"的名字来自她那柔滑的酒褐色皮肤，真像尼罗河泛滥期的颜色，人们找不出更合适的词来形容这独一无二的肤色。我觉得没人知道她父母的名字，也许连她自己都不知道。我父亲把她从人贩子市场买来时她还是个小女孩，成天帮我母亲做家务。我长大一点后，父亲就把她赏给了我。我们两小无猜，一块玩耍，一块长大，她比我兄弟苏莱曼对我更亲近。玩的时候也许我摸过她，亲过她，孩子们可不都是这样。但是在那个年龄更让我对她痴迷的是我从她那儿听到的故事。她从哪儿知道这么多故事呀！从她那还是孩提时就撒手人寰的母亲那里还是从家里或外面的女仆那里？我不知道。她的故事满是善良的国王和邪恶的国王，同一个故事每次又讲得不一样，所以每回听她讲，都像在听一则新故事。她娓娓道来，仿佛一个个人物活脱脱地呈现在眼前。她往往用颤抖的声音，讲那个坏家伙如何施魔法把善良的国王变成了猴子，霸占了王位；着了魔的国王又如何看见自己的女儿被囚禁在宫里，他嘶喊，暗示，想让女儿认出他，但全都无济于事。他们逼着囚禁的公主嫁给那个邪恶的国王。尼阿玛讲到这里总是泪水盈眶。这时英俊的王子出现了，她脸上也露出了喜悦。王子总是在这个时候出现，也总是他把公主从囚禁中、从卑鄙的婚姻中解救出来。结尾，也总是这个王子为善良的国王破解魔法，而国王也总是把自己的女儿嫁给他作为奖赏。小时候，母亲、女仆和其他的婢女们都给我讲过故事，唯独尼阿玛的故事陪我一路成长，而同时陪伴我的还有她那绘影绘声地讲故事时生动的脸庞、清纯的童年时光以及彼此间的小秘密。

我们一起长大了，尼阿玛一直留在我家里直到父亲破产。

父亲遣散了家里大部分的仆人和婢女，剩下的也都跑了。他死后，只有尼阿玛和一直陪伴着母亲的老仆人留了下来。

我是尼阿玛的第一个男人，可她不是我的第一个女人。但是这种情窦初开的童真，不是我日后时常忆起的情景。构成我半夜梦回、历历在目的一幅幅画面的，却是那个激情燃烧的年代，那个热情洋溢的年轻军官。那是我被委派到亚历山大的前夕，举国上下沸腾。整个白天和大部分夜晚，我都和战友塔拉阿特、我们的长官赛义德在一起，大家一起负责无休止的政治会议和演讲活动的警卫工作。终于在不知情的情况下，自己也开始被监视。阿卜杜拉·纳迪姆抨击赫底威、英国人、法国人的演讲使我们情绪高昂，至今他那铿锵有力、富有韵律的演讲还在耳际回响。有天深夜，我疲惫不堪地回到家里，尼阿玛还在等我，为我准备了晚饭、酒杯和冰块。她给我斟上了酒，酒足饭饱后，还执意让我多吃些。我说我只想睡觉，她却要亲手喂我，弄得两人不好意思，我只好给她讲自己没日没夜地在忙什么，与她分享外面的激情和愤怒。这时她贴近我，似乎有一种发自她毛孔的家乡特有的一股茉莉花香，慢慢沁入我的心脾。她穿着廉价的棉布长袍，领口处露出我从未注意过的酒褐色柔滑肌肤。我睡意顿消，赶紧扒拉几口，拉起她，把她劫持进我的屋子。婚宴一直持续到黎明，最后我把头枕在她大腿上，听着自小就听惯了的那些故事，渐渐进入梦乡。才过两个小时，我又猛地醒来，重新投入工作、会议和演讲中。那时我年轻，能够承受也需要这些。在我生命中，跟那些舞女、女仆在一起时，从未让我感觉到跟尼阿玛在一起的那种欢愉。她们贪得无厌，只想索取，总扮演讨取欢心的奴相。而尼阿玛不同，她是真心跟我享受爱情，让我和她共享恋情的美好和圆满。

尼阿玛是我的朋友，她以她的故事让我回归童年，以她的恋情让我成为男人，除了她，我谁都没真正爱过。可是当我意识到这一点时已来不及了，当她逃离我家后，我才意识到我爱她爱得那么炽热，爱得那么疯狂。好几天，好几周，我到处找她，到医院，到警察局、监狱，甚至到妓院，哪里也没有。后来我向战友塔拉阿特诉苦，他轻描淡写地说："再去买个女奴！别信报纸上写的禁止奴隶交易的鬼话，人口贩卖市场就设立在赫底威警察局的眼皮底下，只要兜里阔绰就行。去买一个土耳其的吧。"他大笑起来，又说："可你生就一个纨绔子弟的命，土耳其姑娘、白皮肤姑娘司空见惯，今天居然为一个土褐色的丢了魂？够骄横自负的了！丢掉这种习气吧，过过我们这样的日子吧！"塔拉阿特哪里摸得到我的心思，他又怎能明白连我自己都说不清的事？如果我真找到了她，又或是她自己回到我身边，我有这个勇气娶她吗？一个体面的军官居然娶一个身份不明的女奴？传出去是何等耻辱！

记得有一回在床上，她躺在我身边，问我："马哈茂德先生，你爱我吗？"我斥责道："丫头，这不是废话？你再这么说，我就把你扔街上去！"她笑了："马哈茂德先生，你说得对，这是废话。"说着便把头埋进我怀里，在笑声中深一句浅一句地重复："真是废话！"

就在那以后她离家出走了，消失了。而我被派往亚历山大，参战、接受调查……不知这是我的运气还是不幸。

至今，尼阿玛仍然让我回忆起童年、青年、欢乐和悔恨。我对自己说，这又是一次背叛。可我扪心自问：沙赫亚尔①少校，谁又是真正的背叛者呢？

凯瑟琳换好衣服出来了。到我面前时，她盯着我的脸说："我俩仍情投意合呢，还是有了那么一点点貌合神离？"

我没回答，她又笑笑说："是的，有点儿了！我觉得我们变了！"

"也许吧。我在外面等你，快点。"

我打开门。似火的骄阳毒辣辣地蜇人，强烈的光线刺得我闭上了眼。我赶紧戴好紧扣脑袋的白色软木帽，这是英国人送我的可疑礼物！它虽能防暑，透气性却极差，让人脑袋充血发晕。本地戴宽敞的白色缠头巾可能更合适。可是我怎么可以打扮得像个当地的乡巴佬呢？这有悖长官

---

① 沙赫亚尔是《一千零一夜》里的人物，传说是萨珊王国的国王，治国有方，国泰民安。可是王后趁他出去打猎时，跟宫中的黑奴交欢。国王知道后下令将王后处死，同时将所有的宫女和男仆处死。从此，国王每晚都临幸一位处女，并于夜尽之时将其杀死。由此开始了"一千零一夜"的故事。这里小说主人公马哈茂德以国王自比，带有自嘲之意。

的教导，有失军人的风范。

看看表，七点差十分。这会儿太阳就那么毒，那中午将会如何？唉，为了凯瑟琳和她的法老们！我俩被埋没在这偏僻的大漠深处，他们的历史和亚历山大大帝的历史跟我何干？凯瑟琳曾为不远的过去发生的事跟我分忧，而后重新燃起了对古迹的痴恋。我们曾谈起她那悲惨的祖国，也谈起我那更加悲惨的祖国，不知道到底我们俩谁更悲惨。她给我讲述了我完全不知道的有关英军侵入她的祖国、在那儿制造的悲剧，讲述了英军如何豪夺巧取最好的农田和土地，交给霸占了四分之三爱尔兰岛国土的英国殖民者……他们如何禁止天主教徒拥有土地，又如何让从英国移民而来的新教徒垄断了所有的职位……甚至有段时间，爱尔兰人从事奴隶的工作也被禁止了。一旦爱尔兰奴隶起来反抗，英国人就进行残酷的镇压，将他们逐出国土，背井离乡，颠沛流离的爱尔兰人多于留在国内的。有一次，英国人竟然驱赶着6万男女老幼，把他们贩卖到西印度群岛。我对自己说，好在英国人没有把我们当奴隶贩卖到国外，仅在我们自己的国土上奴役我们！

一阵驴叫把我惊醒，循声望去，只见一个男孩拉着两头驴从树荫下走来，背对着房子站在楼梯下方。他不声不响地按时来了，也不朝这边看，和其他的当地人一样保持着远离和沉默的原则。

我一边小心翼翼地踩着步子下楼，一边喊着："孩子！"

他扭头看着我，没动。我走近他，问道："你叫什么名字？"

"马哈茂德。"

是在嘲笑我呢，还是他真叫这个名字？

"你就是上周五跟我们在一起的孩子吗？"

他微微一笑，当然还是没说话！他不懂或装着不懂阿拉伯语，而我也不懂他的话，再问下去还有什么意思？这里的孩子都长得一个模样：麦色的脸蛋，清秀的面容，都戴帽子，只露出一绺头发，根据不同样式或是不同颜色的帽子，便知道这是谁家的孩子。可是如果这里戴帽子是为了防暑，那么在炽热的沙地里赤着脚又该如何解释？可怜的孩子！我的旧鞋有没有能派上用场的？鞋码肯定不合适，也许可以做拖鞋？

"孩子，听着，你想……"

我指着自己的鞋子，又指指他光着的脚丫，抬脚做了个穿鞋的动作。他一直在微笑，明白了我的意思，但是摇摇头。

为什么拒绝？到底要还是不要，随他便吧！

终于楼顶上传来了高嗓门："总有一天有人下楼时会被摔死。"

"楼里只有我和你，咱俩谁摔死谁呀？"我也大声反问。

我惊叹于她在可以用主动式动词时，常用被动式动词，这难道也是英国人对她的民族语言造成的灾难？英国人是很喜欢用被动式动词的！

她下楼时脚尖着地，避免用力踩着脚底下动辄易碎的砖块，以防摔落下来。我听说这里盖房子用的黄砖是用盐黏合的，容易被酷热融化，年代久远的砖坯已开始碎裂。

只见凯瑟琳一手提着长长的灰色裙裾，肘弯上挎着枣椰树叶编的提包，另一只手抓着合拢的白色太阳伞，她先用伞尖触摸每登阶梯，然后再踏上去，大檐帽挡住了整个脸，挺直身体时，蓝色的眼睛在阳光下熠熠闪光。

凯瑟琳，的确，你是这个地方唯一美丽的事物，这片绿洲中假若没有你的存在，我肯定会忘记女人的含义。

她喘着气站在我面前，高高凸起的两颊一经日晒便红了起来。我希望她改变主意，取消出行计划。可是，她说："马哈茂德，这个问题开不得玩笑，必须着手修缮楼梯，或者整个换掉，你是这里的头儿。"

我笑着说："确实是头儿！几周后才能收到开罗指示的头儿！没人对他的信件和请求给予回复的头儿！警察局的楼梯比这个还烂，一些士兵下楼时摔下来几乎送了命。"

凯瑟琳喘着气继续说："尽管这样，还得做点正事。"她走近那个男孩，一手抓住驴脖子，另一只手扶着男孩消瘦的肩膀，纵身一跳坐上了驴背，双腿放在一侧耷拉着，兴奋地用利比亚方言对男孩说："驾！"

她懂得一些利比亚方言，以为这里的人能听得懂。可是小马哈茂德没有回应她，一直看着我，等我骑上毛驴，才走到两头驴的后面，细棍子轻轻抽打，驴便走了起来，他跟在后面一路小跑。

凯瑟琳说："天气这么热，能不能不让这孩子跟着跑？路都很熟。"

"我们租了两头驴，这孩子负责看管。你要有办法就告诉他，让他在这儿等着，我没意见。"

她用手向孩子比画了几下，示意让他回去。他没有停下来，也不看她。凯瑟琳只好取下帽子挡住脸以防日晒，直盯着路面朝村里走去。

整个村子悄无声息。村口那用枣椰树叶柄做顶棚的石平台上还没见到族长们的身影，孩子们也没有出来到房前宽阔的沙地上玩耍。但是我确信，有许多双眼睛正从那黑魆魆的窗子后面盯着我们，那些窗子里也曾经射出过子弹，击毙了我的前任，招来了讨伐的大军。

那之后，被任命为绿洲差官的人中，有通过说情的，有进行推诿的，都成功地推卸了此任，开罗再没有任命过绿洲差官。任务就这样落到了我头上。

不过政府后来还是采取了新措施，以彰显它的威严：在撤出军队之前，留下一门大炮摆在警察局门口。这里曾是被杀害的地方长官的家宅。不过我怀疑这门大炮是否还能启动，或是我的士兵是否懂得如何操作。但无论如何，威严是很重要的。不管大炮发不发威，我现在要考虑的是凯瑟琳。万一射中了她怎么办？万一死的是她而不是我又怎么办？但是，我是谁，竟能掌控命运，指定谁生谁死？

其实我对自己都搞不清楚又怎能弄清楚命运呢？听天由命吧！

无论怎样，中午之前一定要回家。我一向很看重星期五在沙理镇入口处后面的大清真寺里跟他们一起做礼拜。有士兵陪着我。聚礼演讲里掺杂了一些阿拉伯语的表达和古兰经章节。我还能听懂一点点。

士兵也在抱怨听不懂演讲，我便在警察局里为他们单设了礼拜堂，大部分时间由易卜拉欣领拜，有时我也跟他们一起做。我也常常星期五带着两三个士兵去清真寺，跟族长们和周围祈祷的人握握手。他们轻声默念祷词，我们也跟着念。礼拜结束后就断了联系，直到下周五再见。

他们中没人来看我，也没人邀请我到他家里或果园里坐坐。但时不时会有人给警察局送点水果和食品，也很在乎提一下送礼人家的姓名。我表示谢意，至于礼品则分发给士兵。

这种冷战如果照此延续下去倒也无妨。可问题是税赋怎么办？最后期限越来越近，我该如何应对？

我们走过了有房屋阴影遮挡的沙理镇长廊，又往东穿过果园的围墙，园中的树木却挡不住酷暑。

汗淌进了眼皮，几乎挡住视线。此时，老家阿比丁已是遥远的梦，遥不可及的美梦！厅里撒了水的花砖地，窗子外吹进来的凉爽的风；一早就把我们唤醒、能延续一整天的小贩吆喝，那歌唱似的报童呼喊；那里有我爱读的《支持者》报，也有我诅咒的《穆格塔姆》报，该报的撰稿人竟然为英国占领做辩护；晚上，漫步于尼罗河滨河大道，穿过尼罗河宫大桥，在扎马利克岛①上的花园里与守约的故交共度良宵……唉，算了吧，虚伪！谁能守约？我自己能吗？

唉，现在最好什么也别想了，过好今天吧，不被那些

---

① 扎马利克岛（Zamalek Island）：位于开罗市中心尼罗河沙洲上，是尼罗河中最大的一个岛屿，傍晚景色宜人。是开罗的富人区。

烦心的问题纠缠，让我牢牢抓住尼阿玛送给我的、我却受之有愧的晨笑吧。

可是，为什么，无论我怎么努力，微笑的作用还是逐渐变得苍白？凯瑟琳也发现了这一点。为什么我的心在紧缩，告诉我将要发生点什么？那确实是我亏欠尼阿玛的报应，也许是我亏欠这个世界的报应。

7. 凯瑟琳

这是暑热天的又一次努力。

第一次走访的所有收获就是弄明白了一个名字——玛丽卡，以及与她的一次难以忘怀的匆匆邂逅。

一开始就遭遇如此沉默的围攻是我始料不及的。我对自己说，这段时期很快就会过去，我会成功地接近他们。为此我尽了所能。一来到绿洲，我就登上沙理镇高坡，跟当地人见面。当我向易卜拉欣提出陪我去镇上的集市看看时，他一脸惊慌的表情，说道："夫人，您需要什么，我去买。"易卜拉欣啊，我要的就是进城看看！他说连他自己都进不了城，我要什么可以找个孩子去买。莫不是我忘了他们不喜欢生人进入村镇、在民居间游逛的习俗啦！

我本不该在易卜拉欣解释后才明白这一点。自打来到绿洲，没人跟我说过话。每当我一个人走出家门，或在马哈茂德的陪同下到周围走走时，院子里、沙地上玩耍的孩子们立马躲得远远的；当我微笑地走过去想亲近他们时，孩子们四散向城镇的方向逃去。我在哪个地方都没碰到过这般情形，就拿上埃及和下埃及小村庄里的村民们来说吧，即便是沙漠里古迹地区的贝都因人，他们也都会好奇地凑过来，围着我。当时我正在学阿拉伯语，他们一个个试着用微笑和手势跟我交流互动。可是这里的居民怎么了？为什么得不到他们的友善，哪怕仅仅是彼此认识一下？果园的围栏、护城的城堡、城堡外的城墙……世界让他们遭受了什么样的重创，以至于要蜗居在这层层贝壳里？我除了要解开亚历山大大帝之谜外，还有这一个。看来必须先了解，才能破解，实现任何目标都需要他们的帮助。

　　看来首先应该破除这种隔离感，才能不让自己感到忧伤。这几个礼拜要不是我有书可读，研究思考一些问题，我都变傻了。现在，马哈茂德陪不陪我都习惯了。他早上去警察局，下午回家吃饭，睡一两个小时后，又回警察局，晚上也经常是这样。有时候，他骑上马带一队士兵到沙漠里转悠，直到半夜才回家。我不能责怪他什么，但希望至少沙漠之行和这里的生活能让我们彼此更贴近。刚开始，我很乐观，周围只有我们俩，唯一的消遣就是爱恋。不久就厌倦了，我不再有刚谈恋爱时那样的激情。然而，这些且不去想它。我感激他，因为他把假日全都给了我。我们一起散步，或是租上两头毛驴到带围墙的果园里转转，要不骑驴绕湖，或去沙漠深处神游。上个礼拜五，我决定开始参观阿蒙神庙的启灵殿，有关亚历山大大帝的传说就产生在这里。那天就是马哈茂德陪着我。

　　神庙的残迹矗立在高坡上。马哈茂德一直在底下等我，考虑到当地习俗，他不能在住有妇女的民居间来回走动，而我是女的，走走无妨。可有一点他不知道，按当地习俗即使是女人也是不可以的。

我当然知道，去神庙的路上会路过高坡上的一些民居，屋里住的是艾古尔米人。我希望，如果双方见面，能出现个奇迹：打破沉默。可每当我艰难地登上那些支离破碎、令人胆战心惊的台阶、抵近一所房子时，女人们便马上关上房门。友好的微笑这时不起作用，用从门前玩耍的孩子那里学会的土语"早上好"来问候，也无法敲开她们的大门，回应一概都是愠怒和用力的撞门声。

登上高坡后我累了，而且很失望，看到的神殿不过是一些残垣断壁，只不过轮廓比在山脚下看得更清楚一点而已。

眼前的景象令我震惊不已。神殿厅堂的石券入口处都被黄砖封住，殿堂变成有木质大门的屋子。只有一处大厅是敞开的，里面有一条走廊，入口处和石壁上留下了一些残存的、模糊不清的雕像，刻在石壁上的文字已被浓烟熏黑，也无法读懂。但当我低头看到散落在原地那些简陋的石头炉灶时，我一切都明白了，她们已把这个大殿改成了集体厨房，一知道我要来参观，便废弃了它。我小心地试着用手掌抹去覆盖在残缺的阿蒙神像上的烟垢，弄得一手黑后发现画像早被黑灰掩盖了，我只好作罢。

这个殿堂极有可能是亚历山大大帝接受阿蒙神启灵的神庙中最神圣的地方吧？当然在没有看到其他地方前，暂且无法判断。如果我是一个爱哭的女人，看到今天的此情此景，泪水早就夺眶而出了，眼前所见的一切委实无法跟我书中读到的盛况相比。书里描述亚历山大大帝的仪仗队从这里经过，两边歌声袅袅，四周装饰缤纷，壁上的彩画富丽堂皇。然而，这里却变成了厨房？神庙中最神圣的地方竟成了厨房？

从神殿出来，心里满是忧伤和愤懑。我探路而下。这次，我已没有心思在意那些妇女们是否再次撞上宅门。可就在台阶的一个拐弯处，在所有紧闭的大门间，忽然有一扇门悄悄地、小心翼翼地打开了，同时传过来一声低低的呼唤。门口蓦然出现一个姑娘，姣好的脸蛋如同漆黑的夜空射出的一道光芒，让人眼前一亮。她冲我微微一笑，用我听不懂的话悄声跟我说着什么。我用手比画了一下示意听不懂，她把一只手伸到我胸前，另一只手指向自己，悄悄说了声"玛丽卡"，然后用询问的目光看着我。当我也想轻轻告诉她我是"凯瑟琳"时，伸出来一只瘦削的女人手臂把玛丽卡拉了进去，门轻轻地合上了。我愣住了：怎么会出现这么一张美丽的脸蛋？皮肤白皙细腻，五官精致匀称，灰色的眼睛，玫瑰色饱满的双唇，一绺浓密的栗色头发耷在额头上，两侧垂着点缀着银饰的数百条细小的发辫，像极了一个相框衬托出的一张俊美的脸蛋。或许她的容貌算不上标致美女，可我为什么魂不守舍地待在那里？无论如何在这莫名的敌意氛围中，这可算得上是一次友好的邂逅。也许吧。

把上周的经历丢在脑后吧，想想今天将会有什么在等待着我。我和马哈茂德都希望今天能吉祥止止，能顺利参观上当地人称之为"乌姆·马阿巴德"或"乌姆·欧贝德"的神庙。这也是一座阿蒙神庙，建筑风格证明它始建于波斯人入侵埃及之前的古埃及振兴时期。我们在绿洲转悠时，多次见过其外观，极希望它里面的浮雕和文字依然能保存完好。本世纪初德国旅行家冯·米诺图里曾将这些浮雕和文字临摹了下来，我一眼就看出他在临摹那些如图画般的圣书字体时明显出了错。这本书还在，如果那些雕刻仍完好无损的话，我会试着纠正这些讹误。

现在虽已进入晚秋季节，天气却比往常更为燠热。果园里柠檬花香浮动，而我们只能看到围墙后面枣椰树露出那尖尖的叶扇，在阳光下闪烁出箭一样的光芒。

马哈茂德低头合眼骑在毛驴上。好几天了，他情绪一直不错，但愿能坚持下去，别像原来那样突发其变、患得患失。

我喊道："马哈茂德，怎么不说话？"

他抬头看着我，指指自己的腿，神经质地大笑起来："瞧我这副模样，还能说什么？"

没错。他很不舒服地骑在毛驴上，脚掌几乎擦着地，两条长腿只好弯曲着。他又不好意思把腿舒舒服服搭在毛驴两侧，因为听说当地只有女人才可以用这种姿势骑驴。这又是为什么？这里怎么什么事都反着来才符合正常逻辑。就这一点，我怎么也搞不明白。

路边有一处凹进去的泉眼，我喊了起来："快到了！亚历山大大帝和他的侍卫们经过这里时被这眼泉水迷住了，称它为太阳泉。正如你所见，也许是因为水面上倒映出多个太阳，故得此名。"

马哈茂德也叫了起来："以前我也路过这种泉眼，常看到此番景象，但现在什么也看不见，太阳刺得晃眼。"

一路来到神庙我们再没出声。易卜拉欣已早一步赶到。马哈茂德下驴后过来帮我，一边喊道："易卜拉欣，快拿点水来。"易卜拉欣向泉眼跑去。

我盯着跑在我们后面的男孩，只见他牵着驴向神庙对面最近的一棵枣椰树走去。

马哈茂德摘下帽子，看着神庙，用大手帕擦着脸上、头上的汗珠。神庙的废墟中立着一方大石，我在书中读到过，那是在本世纪初的一次地震中震落下来的。他笑笑，无精打采地说：

"瞧，神庙就在你眼前了，快去吧，尽量弥补你上周五的损失。"

他说了声"对不起"便急不可待地朝易卜拉欣的方向跑去。

我撑起伞，驻足仔细端详眼前那座小小的神庙，确切地说是神庙的残迹。石券入口处，也就是正门，已经被地震震裂成两半，只靠顶部的石块相连。往里，勉强看得出残檐断壁将神庙隔成几间，每间也都只剩下石柱的废墟以及石缝间杂草丛生的白石地。

尽管神庙遭到重创，但模样还是比已成为民居和厨房的启灵殿要好得多，这里的壁画和圣书字体依然清晰可见。

阳伞不起作用了。我钻进神庙，坐在大门阴影下的一块石头上。这时已顾不上矜持了，天热得受不了。马哈茂德执意不让我一个人在绿洲里转悠，只有逢他休息时在他的陪同下才出来走走，我能怎么办？今天，刻在大门最上方的文字是读不到了，我可以读读刻在震落下来的石碑上的。可是这些遗迹对我研究神庙建成几世纪后发生的事件有何裨益？我把希望寄托在埃及人的习俗上，他们模仿希腊人，在祖先的神庙上添置一些额外的建筑，但比建筑本身更重要的是随之附上的文字和雕刻。我更希望这次能走运。

能有人引领一下该多好！谁？比如那个坐在树荫下看驴的男孩，我本可以跟他说，让他领我去那些我不知道的地方。他两眼炯炯有神，透着一股机灵劲儿，可就是不说话。这时，我看见另有一个孩子，他蒙着面纱，牵着驴在神庙周围转悠，时而靠近一点，像在仔细观察，时而又走远避开。当他走到大门前跟我平行的位置时，我朝他挥了挥手，不料他却调转驴脖，快步逃向艾古尔米村。为什么他既靠近又逃开？他到底怕我什么？

我一定要试着弄个明白！

我向坐在树荫下的孩子比画了一番，高声喊着"孩子"。他站起来，向四周瞧了瞧，犹豫不决地向我走来。到我面前时，我发现他额头上大汗淋漓，脸色煞白，疲惫不堪。当然了！在这大热天我和马哈茂德骑着驴都不堪忍受，他一路跑着怎么能受得了？不让他跟着，可他坚持要来。

我对他说："早上好。"他勉强笑了笑，回答道："早上好。"还不错，就算在讽刺，但好歹已打破了隔阂。现在我接着该说点什么呢？

我用手比画了一个圈，表示神庙，用阿拉伯语问道："从这里进去？"他一直惊奇地看着我，一脸迷惑不解。我站起来，拉着他的手走到一堵墙边，上面仍遗留着古代诸神精美的浮雕，我指着一幅蓝白两色绘制的女神伊西斯①的彩绘，用尽可能简洁的阿语问他："好看吗？"他紧皱眉头，使劲把手从我手中抽出，照着画像吐了一口唾沫，愤怒地说了一声："异教徒！"说完转身就跑，一路跌跌撞撞离开神庙回到原地坐下。

我愣在那儿，满心沮丧和羞愧。尽管如此，脑海里还是记住了一个词"异教徒"，这个词在两种语言里都是一样的！

我也回到原来的大门下面坐下来。

无济于事，没人向我伸出援助之手。亲爱的伊西斯，对不起了，让你遭受如此羞辱；亚历山大大帝，对不起了。我不知道从哪儿开始，也不知道怎么开始。

我的工作和研究热情消失殆尽，连走走看看的心气都没了。这下马哈茂德高兴了，可以回家了，赶紧的，为什么不？

"你还没开始参观？"

马哈茂德忽然出现在面前，他边上的易卜拉欣递过来一个装满水的陶罐，我一饮而尽。马哈茂德洗过脸了，头上顶着那块浸透水的大手帕。

我对易卜拉欣说："你回树荫底下坐坐吧。"

---

① 伊西斯（Isis）：古代埃及女神，丧葬神奥西里斯之妻，天神荷鲁斯之母。被地中海沿岸各国认为是"最高女神""生命与健康之神"。

易卜拉欣满是皱纹的褐色脸上汗水淋漓，他看着我说："夫人，您也许需要我为您做点什么。"

"谢谢了，易卜拉欣，需要时我会叫你的。"我指指前方蹲在树荫下监视我们的那个男孩，又说："告诉他，让他跟你去那边凉快凉快，我不想让他在我眼前晃悠！"

不远处我看见易卜拉欣弯腰在跟那孩子说话。孩子摇摇头，没跟他走，反而枕起两手，躺在地上。易卜拉欣只得自己回到泉边。

马哈茂德说："泉边树荫下比这儿舒服多了。"

他环视了一下，想找个阴凉的地方。看到我边上就有一处，那里的墙根底下有块石头，便挨着石头坐了下来，继续问道："凯瑟琳，什么时候开始工作，早点结束我们好回家不耽误。"

"不会耽误你做礼拜时间的，我知道。"

我深深地吸了一口气，控制住自己的情绪，然后说："我现在就在工作。我思考、回想了一下我以前就了解的情况，看了看这些被岁月、地震和寻宝行为损毁了的废墟。"

接着，我从书包里掏出书来，继续说："你不想先听听希罗多德讲过的有关太阳泉的故事吗？你很喜欢太阳泉那里的空气的。你知道希罗多德吗？"

"当然知道，他们教过我。希罗多德说过'埃及是尼罗河的馈赠'。"

"是的，他是世界上第一个写历史的人。他在撰写那本《历史》之前，来访问过埃及，人们称他为'历史学之父'。"

"他真的在书中提到过这个小小的泉眼吗？"

我笑了笑："提到过！亲爱的。他说：这个泉眼的水早晨是温的，然后渐渐变凉，中午浇灌花园时水最凉。接下来凉气在日间蒸发，夜幕降临时，水温又慢慢回暖。半夜时分，泉水烫得吓人，直到黎明水温会再次凉下来。"

这时马哈茂德看着我，眼睛里流露出惊讶的神情，接着大笑起来："他真的这么写的？"

我晃着手中的书说："我读给你听听？"

他继续笑道："不，我相信你。这确实是学问，是历史！我在夜晚、黎明、中午、晌午都去过这眼水泉，喝过那里的水，也在泉里洗过澡，可没见过啥时候泉水滚烫甚至烫得吓人。"

我找茬儿似的对他说："或许在希罗多德时代就是这样的！"

他仿佛没有在听我的话，继续说："真是历史之父啊！为什么不是呢！就说我几年前亲眼看到的事物吧，就跟当下人们在书本里看到的完全相反！历史之父！看来，历史确实是个拾来之物！"

我看了看他，只见他低着头，水珠从脸上敷着的手帕中滴下来，口气带点凄凉，情绪显然低落了下来，这正是我担心的事。

我环视了神庙一周，又看了看躺在对面不远处地上的那个向伊西斯画像吐吐沫的男孩，笑着对马哈茂德说：

"历史确实可悲！今日它已沦为孤独者。"

我在想：历史或许充满谎言。是的，肯定有谎言。可是除了去找寻还能有什么办法可以了解事物真相呢？

泉水边忽然传来一阵阵喧哗和喊叫，易卜拉欣像往常一样快速跑过来，弯腰轻声跟马哈茂德嘀咕了几句，马哈茂德问道："聚礼以后吗？我们会在那儿的。"

他准备和易卜拉欣离开神庙，对我说："陪不了你了，一个人好好专心工作，早点结束。我回泉边树荫下待会儿，那里的水正在沸腾。刚才易卜拉欣告诉我一位族长死了，我们必须参加族长们为他举行的吊唁仪式。"

易卜拉欣补充说："是马阿巴德长老，真主怜悯他，怜悯我们的亡人。他的死却使绿洲免遭一场即将爆发的东西部族战争。赞美我们的主，主是大智大慧的。"

他俩走了。我拿出带来的旧图片与周遭的实物比较。边上的壁画和所配文字我不感兴趣，它们大部分描述的都是逝者的习俗，以便在清算日时能说出实情，有所交代。也有人把这些壁画和文字称为亡灵书，它通常埋在古墓里，很少出现在神庙中。无论怎样，都可以证明这是一座为某个国王或伟人超度亡灵、膜拜阿蒙神的葬祭神殿，它与亚历山大大帝来之前就已经建造的神庙没有关系。但既然已经来了，不妨从这儿开始工作。先把墙上的壁画和文字誊抄下来，纠正书中的错误，也许运气好，还能有新发现呢，为什么不？

亚历山大大帝的后继者托勒密统治了埃及几个世纪，许多达官贵人居住在阿蒙神庙的所在地绿洲并葬于此，这里难道没有留下丝毫对我有用的遗迹吗？小小的神庙、墓碑，甚至一块纪念性的图案，讲讲他们的偶像亚历山大大帝，让我们进一步了解这位伟人。

亚历山大大帝的灵魂能来助佑我一下该多好！我有那本招魂书，需要用一下吗？我不信灵魂可以招之即来，单就灵魂本身我都有很多疑问。算了，别胡思乱想了，赶紧工作吧！

我走到墙边，忽然站住了。等等，这些标识是什么意思？

招魂、葬祭殿、壁上的亡灵书！这些都足以引导你去领悟某种事物，不是吗？稍往前想想，也许你要找的是亚历山大大帝之死，而不是其生！……这里是一些与他死亡有关的事物，是的！

此时此刻唯一能理解我的人就是父亲了，他也是唯一能帮助我的人。

他确实能帮我！

周围的一切让我想起了跟父亲的一次对话，谈话结束时他一句不经意的话现在看来就像是一项使命，不知道为什么，这些年来我好像一直围着这项使命在忙活。记得那天夜里，父亲跟我谈起了亚历山大大帝，还给我读了普鲁塔克①写的那本史书《希腊罗马名人传》中关于亚历山大大帝晚年生活的片段。其间我曾打断过，问他一件不解的事："坐落在亚历山大城的亚历山大大帝墓室曾经是这个城市最著名的景点和旅游地，但公元4世纪后，突然间就没人再谈论这个墓了，令人费解。"父亲回答我："是的。这个问题也令我困惑。可能发生了什么事？沉到海里去了？被地震摧毁了？被罗马人毁掉了，就像他们皈依基督教后

---

① 普鲁塔克（Ploutachos，约46~120）：古希腊传记作家，散文家。著有《希腊罗马名人传》《道德论集》等。

毁掉了许多偶像古迹那样？"他停顿了一会儿，若有所思地说："难道有人把墓迁走了？对亚历山大大帝的崇拜不是还一直存在吗？他不是还有虔诚的崇拜者吗？难道他们想挽救他们偶像的遗骸？"

为什么不可能呢？假如父亲还活着，我会说服他相信：如果他的设想是对的，那么阿蒙绿洲是移放木乃伊遗体和亚历山大大帝陵墓最合适不过的地方了。亚历山大大帝在最后的遗嘱中不是说过让后人把他葬在这里，葬在这片绿洲里，就在他父亲阿蒙神的边上吗？

"如果"父亲的猜想是正确的，"如果"我的分析也没错，那么……这仅仅是猜测罢了。历史上没有出现过迁移亚历山大墓的任何记录。无凭无据，连个暗示都没有。

这纯粹是个疯狂的念头，一个疯癫的猜测。可是世上的每个发现都是以这样的疯狂开始的，难道不是吗？如果是这样，那就不要沉默，我的目的就是要证明这个猜测，去找凭据。只要发现一个证据，就能让别人也去寻找、勘探，去揭示世界史上最伟大的发现。我将在其中居功至伟。

如果我成功了，就能弥补今天我在这个绿洲所承受的一切，给予我生活的意义。当然，最重要的是忍耐。

现在，我至少还可以在这个神庙里待三个小时。让我做点儿有益的事吧。

时间不知不觉过去，我一投入工作，就把这大热天抛在了脑后。

我边收拾纸张和书本边自言自语："还算有点收获，纠正了书中的一些讹误，用晚期埃及语翻译了阿蒙的祷词，但是奇迹没有出现，也就是说，发现希腊语文本进而引领我找到亚历山大大帝生前或生后的奇迹没有发生。没关系，我们说过的，要忍耐。"

我适时收了工，便听到马哈茂德的声音，和他一起来的还有易卜拉欣。我看见他们俩朝我这边越走越近。

就在这一刹那，我突然感到脚底下的地面在轻轻地晃动，同时传来石块的破裂声。我本能地抬起头来，眼看着压在破裂的大门顶端连接门两侧的石块在慢慢坼裂开来，然后飞了出去，我惊叫着跑开了。

也就在同时，我看见一块大石头像发炮弹一样从神庙顶上飞出去，砸向枣椰树下睡觉的男孩。

我大叫着向他奔去，孩子从原地坐了起来，呆呆地看着向他飞来的石块。

这一切都发生在几秒钟内，我哪能追得上石块。

只见马哈茂德和易卜拉欣也喊着向那个坐着的男孩跑过去，男孩呆若木鸡瞧着上方，动也不动。

最后我看到的场景是三个人都躺倒在地上，石块在附近滚动，看不清谁被石块砸着了。

我向他们跑去，这时，大地被大人和小孩的喊叫声震裂，大家都向躺在地上的三个人奔去。

8. 亚历山大

蛇向我母亲施爱，咬了她一口，就有了我。公羊仙变成了一条蛇来到我母亲处，所以我是神孕的果实。我的父亲是大地之神腓力，他是马其顿国王，正当他想进屋去跟我母亲奥林匹亚斯交合时，从虚掩着的门后看到了母亲与爬行的神在做爱。黑色的大蛇爬到母亲雪花石般洁白的肚皮上，与母亲深情拥抱，随后与母亲融为一体。父亲惊慌失措地后退一步，合上门，转向阿蒙神庙去献祭，阿蒙神也就是宙斯、隐形的蛇仙、公羊和秃鹰。

这就是我，我的身世。喂，你这位既不是来自我家乡又不是来自阿蒙神之国的陌生人，你是谁？是男人还是女人？我不认识你，但猜你是女人。我感觉你是个女人，因为只有女人才有这种执念。这一特质我自小就从母亲那里知晓了，后来又从她之后的每个女人那里加深了了解。你为何对我的灵魂忧心忡忡？它选择了在这片凄凉的土地上游荡。你在你们的尘世中执着地呼唤我，孜孜以求那些我也不知道的事物。

你以为我比你明白得更多吗？不……我们死后的灵魂行走在漆黑中，我像一条两眼一抹黑的鱼，在浩瀚的海洋里，只知道自己在墨黑后面还是墨黑的水里漫游，在黑暗之后的黑暗中挣扎，如此而已。难道这里是希腊人所谓的地狱之神"哈迪斯"统管的冥府——恶人受罚的地方？因为善良的灵魂应随诸神沐浴在光明处；抑或这里是埃及祭司们描写的虚无之地，只有犯罪者才留在此地？我不知道，我一无所知。自我死后，能见你们的时间只有四十天，随后便被黑暗笼罩，无法计算已经过了一天还是一个时代。

我无法看见你们尘世的任何人，听不见任何声音，说不了话，见不到除我之外的或善或恶的灵魂。我觉得我到不了你那个地方，也无法给你任何启示。这里常有像你这样的人在呼唤我，惊醒我的灵魂，我却不明白他要些什么。在这里，除了以往尘世间发生的事，我别无所知。我一次次拽出往事，而每次看到的是与先前所见的反面的自我形象。

这是一道地峡吗？它最终将昭示怜悯和福泽，还是新的折磨？我不知道，真不知道。

我甚至连栖身避难于其间的阿蒙本体都不知为何物。他是神还是个幻象？

为我超度亡灵的祭司是穿越冥界迷障的导师还是谎话连连的骗子？不过，几个星期来我的灵魂飞着追逐肉体，以便赶在 40 天内赶到阿蒙神庙，最后看它一眼。我希望，如若光明还能重现让我了解真相，那么当光明再度升起时，我看见的第一件事物便是神庙了。

母亲奥林匹亚斯在我心灵深处播种了坚定的信念，那就是，我一来到这个世界就是神之子。她是神殿的祭司，我岂能不相信她的启灵？她步履蹒跚走进了神秘的世界，我孩提时就看见她穿越那人类无法预知的世界，她碧绿的眼睛里燃烧着迷人的光芒，望着我们看不见的事物，说着我们听不懂的一种非人类语言。之后眼里的光辉逐渐黯淡，直至身体变硬躺倒在地。当她再度回到我们身边时，目光又变得清澈迷人，脸庞皎洁俊美。她从树叶的簌簌、清风的耳语、鸟儿的鸣叫以及星宿的微光和我们不知道的幽冥中，接受神秘的灵感，再将继往开来的一切揭示于我们面前。

我10岁的一天，在她弟弟的王宫里，见她刚从一次神游中醒来。她用那坚定而满怀喜悦的语气对我说："我见你变成一只洁白的秃鹰，扇动着银色的翅膀，在天空盘旋。你越变越大，阴影盖住整个世界。你就是影子，你就是光明，你就是太阳，你就是一切存在和即将光临的事物。你将统治大地，没人能征服你，你将享受神之永恒。"

那时，我很忧伤，很愤懑，因为父亲休了母亲，另结新欢。母亲和我一道回到她弟弟的王宫，远离腓力二世和马其顿帝国。她曾跟我这么说过："不要忧伤，腓力不是你的父亲，你是阿蒙——宙斯之子。但我们还是要回马其顿的，你将和你的大地之父生活10年，然后继承王位，掌管尘世。"她的所有预言并非虚妄，我怎能不信自己是神之子？可我又怎么会有两个父亲，一个是大地之父腓力，一个是神之父阿蒙？我到底是谁？我来到这个尘世要做什么？

除了希腊最伟大的哲学家亚里士多德，谁也无法帮我解开身世之谜。当我还是孩子、小王储时，腓力就招他进宫，要我拜他为师。任何问题导师从不让我轻而易举地得到答案。他总是以简洁、隐晦的表达来阐释他的智慧。他尊崇，或装作尊崇希腊诸神，但从不对埃及诸神说长道短，担心遭受其前辈苏格拉底的厄运。后者对希腊神祇大肆评论，遭到雅典人的惩罚，认为他亵渎了神明，大逆不道，强迫他服毒自尽。而我，曾如饥似渴地追求真理，力求探明自出生之日起就围绕着我身世之谜的种种轶事奇闻。亚里士多德希望我学哲学和政治，而我却经常预习其他功课。

有时，可以说极少的时候，我顺利完成了导师布置的最重要的功课，也就是说，我能控制自己的任性，把握自己的理智。可是导师布置的大部分功课都是诗歌和音乐方面的。在他教导下，我读了荷马史诗《伊利亚特》。他亲自勘校的那一版本，不论在和平年代还是在战争时期，一直是我随身携带的枕边读物。导师有一句话仍萦绕在我脑际，困惑至今。他说："悲剧诗歌是通过在我们内心引起怜悯和恐惧的情感，从而达到净化心灵的目的。"

在如此陶醉的氛围中，我忘记了亚里士多德，想起了母亲，她教导我，人只有浸淫于痴醉中，割断常态的束缚，走进未知世界，才能进入神圣的奥秘王国。

我对自己说，即便没有到达母亲所说的那种境界，我也感受到了些许快乐，然而尘世间的欢乐何其少啊！

我试着延长这种欢乐，将它从尘世剥离出来，让它持续下去。可是另一个亚历山大总是在与我争欢夺乐。那个血腥的亚历山大在驱逐着爱好乐律的亚历山大。在我短暂的一生中两个亚历山大一直在博弈。

在我脑海里，那律动总是把我和阿蒙神在锡瓦的相会联系起来。我征服了埃及，埃及人把我当成他们的解放者和救世主来迎接，因为我把他们从波斯人的占领中解救出来，而波斯人奴役他们，破坏他们的神庙。

我给埃及祭司们丰厚的礼物，为诸神献上祭品，他们爱戴我。我没有对这些神灵顶礼膜拜，也不了解他们，甚至在初期，我还讨厌他们那可怕的形象，这半人半兽的怪物到底是什么？一半是希腊诸神们那美丽灵动、高贵无比的人的面孔，另一半则是埃及诸神们令人恐惧、面带愠色的兽的面孔，没法比。希腊的神祇们带着崇拜者登上奥林帕斯山巅——诸神的聚集地，让人与神分享崇高和幸福。而埃及的诸神却让我害怕。他们启示我，人永远无法亲近神，人是卑微的，可怕的神才是人的主宰。也正是埃及诸神，他们激起我心里新的困惑，产生了第三个亚历山大，这个亚历山大扪心自问：欢乐和恐惧，哪种情感更适合尘世上人类的生活？哪种情感更能感召正直和善良的德行？我心里还没有答案，但是，我试着去寻找解答。

尽管如此，我还是对这些神祇佩服得五体投地，所有这些并非虚伪，这也是为了亲近众神之王阿蒙，我希望他能为我揭示我的身世之谜和生命运程。我年轻时就听说：求知须赴埃及。柏拉图——我导师亚里士多德的导师也说过，希腊人尽管有引以为傲的文学作品和哲学，但若与埃及人相比，他们充其量是个儿童。阿蒙神能实现我的愿望吗？他在希腊早已名声大震，以至希腊人把他和他们的众神之王宙斯合二为一。据说，阿蒙神在锡瓦绿洲的所有预言都灵验了，许多希腊人因而慕名前往埃及请教阿蒙神。

可是，我能相信这一切吗？是的，一个亚历山大相信，另一个亚历山大却不信，我寄希望于阿蒙神能出现奇迹，让两个亚历山大统一起来。

当时只有两个亚历山大。

于是我在地中海边上建起了第三个亚历山大——以我的名字命名的亚历山大城，然后决定取道沙漠，奔赴锡瓦。侍卫们惶恐不安，吓唬我说沙漠吞噬了冈比西斯二世的波斯大军。当时正值沙暴肆虐的严冬季节，我听说侍卫们在私下里议论，有的说尽管希腊人和马其顿人讨厌这些东方信仰，但我去锡瓦就是为了从祭司们那里捞个"神之子"称号。在我们的信仰里，人可以抵达的终极目标就是成为像大力神赫拉克勒斯那样的英雄，即"不朽的人"，但他没有神的排位。只有在埃及这个可以把国王神化的国度里，人才能获得神谕，被诸神接纳，成为人神。另一些侍卫说，这是亚历山大的又一次超越，他想以此挑战在沙漠中迷路、没能生还的先辈们。

我听到这些议论，没说什么。我拍马沿着海岸向西行进，不由得想起了孩提时驯服这匹油黑倔强的坐骑的情形。之前，所有马其顿骑士都对它束手无策，而我做到了。我要像驯服这匹马一样驯服沙漠。

我带着少量士兵和朋友向南朝着绿洲进发。一路上，历经艰险，才走了两天皮囊里的水就干了，或渗入沙里，或蒸发于空气中。恐惧笼罩着整个驼队。忽然天降大雨，大家再灌满皮囊。有一个士兵情绪高昂地说："这是神在佑助亚历山大"；另一个低语道："那算什么奇迹，现在正值雨季。"我笑了，心想：他俩谁说得对？后来狂风肆虐，沙暴把我们的队伍吹得七零八落。待风沙平息后，我们又迷了路，精疲力竭，不知所往。

　　后来，我读到有人在书中说，当时是一群乌鸦拯救了我们，把驼队引上了正道。人们说这群乌鸦白天在队伍前面盘旋，夜晚以鸣叫来引路，直到全程结束。另一些人在书中说，是埃及神圣的眼镜蛇出现在驼队面前，引领大伙儿来到阿蒙神的绿洲。

　　如果是星象指引驼队走出沙漠，那又将如何解释？然而凡夫俗子总是痴迷于乌鸦和眼镜蛇的神话，这一点跟希腊人并无二致，也跟我相通，尽管我也饱受亚里士多德的教诲，还曾经满心希望能出人头地啊！

　　一周后的一个清晨，我到了阿蒙神的绿洲。启灵殿沐浴在金色的霞光中，朝拜者的队伍迈着矫健的步伐登上高坡，我驱赶着神驹快跑了一阵，先于众人抵达坡顶。我环视四周，心绪激荡，眼前的一切既新奇又陌生。在我的下方、沙漠的中央，出现一片枣椰树林，犹如一片绿色的大海；神庙下面的泉眼里映出一个和天上的太阳一模一样的大太阳，而沙漠中蔚蓝色的湖泊里还闪动着无数个太阳。神庙入口处的彩绘鲜艳夺目。我看到了阿蒙神的女祭司们，她们身披的透明霓裳，随风飘动，婀娜多姿的躯体上长着白色的翅膀，翩翩起舞，又仿佛要展翅飞向那个她们向它招手愿臣服于它的太阳；她们在浅吟低唱，那些歌词我一句也听不懂；颤抖的歌声在耳边响起，不像是虔诚的祷告，更像是情人相恋的私语。思恋谁？诸神？阿蒙神？还是我？

我一跃下马，为眼前的所见所闻，也因当地对我的殷切期待激动不已。但依旧拿捏着国王的矜持，向站在载歌载舞的女祭司们中间的大祭司走去。他上前迎接。只见他剃着光头，身穿洁白衣衫，在我面前深深弯腰良久后伸手欢迎，同时用希腊语不断地说他一直在等待神之子、世界主宰的到来。

我示意身后跟着的侍卫呈上礼物和祭品。大祭司收下后带我走向神庙的入口处，随从们正欲同行，却被他用手势制止，里面除了我谁都不允许进入。我们一起来到圣殿大门前，外面广场上的歌舞戛然而止，周围顿时一片寂静。圣殿里腾起一团白色香雾，如此的芳香是我生平从未闻到过的，刹那间，一种莫名的恐惧袭上心头，即便在面对死神的疆场上也不曾有过。

踏进圣殿，阿蒙神端坐在黄金宝座上向大祭司宣读神启，大祭司不敢随便说话。这时从香雾缭绕的幽暗的神龛处传来一个悠远、低沉、迟缓的声音，力透墙壁，不知到底来自何处，似来自四面八方。

终于阿蒙神说出了只让我倾听的密语，然后丢下我，让我独自领会。

我在大祭司的陪同下走出圣殿，他举手示意大家安静。

我担心他要向众人宣布神启，但他只是宣布阿蒙神选定我成为埃及的法老，埃及人的保护神荷鲁斯①在我到来的一刹那已经附体在我身上。大祭司一经宣布完毕，众祭司和朝拜者喊着新法老的名字，欢呼喝彩，热情挥手，激动得浑身抽搐，男男女女喜极而泣，声音颤抖。

随从和士兵们纷纷投来探询的目光，都想知道我和神相会时说了些什么，我笑而不语。我的猛将、亲密的朋友菲罗塔斯用责备的口气问我："这么说，你是神了？"还没等我回答，他遗憾地环视四周，喃喃自语道："我们曾为你感到自豪，仅仅因为你是带领我们走向胜利的英雄而非神！"

我明白他话里的含意，尽管他也沉浸在欢腾的人群中，高喊着受人爱戴的法老的名字，高喊着我的名字——亚历山大法老，埃及的神。记得当时，我暗自发问：希腊人为他们引以为傲的自由做了些什么？他们无休止地纷争厮杀，攻城略地，只有我父亲腓力最终用剑将他们统一在马其顿王国里。而眼前的埃及人，他们的国度历经数千年在神祇、法老、祭司的统治下，安定平稳，这得益于希腊人痛恨的专制。我为什么不学学埃及人的治国经验？为什么不试着把埃及的经验与亚里士多德的经验融为一体？

我边想边望了望最亲密的朋友赫费斯提翁②，他为人真诚，清澈的目光里没有丝毫责备和虚伪，我再看看愠怒的菲罗塔斯。没关系，我待会儿就收拾他。

---

① 荷鲁斯（Horus）：古代埃及各代王室崇拜的鹰形苍天神，为国王的保护神，其地位相当于"太阳神—拉（Re）神"。

② 赫费斯提翁（Hephaestion，卒于公元前324）：希腊马其顿贵族，亚历山大大帝的挚友，其妻为波斯末代国王大流士三世之女。

最后，我对大家说，我绝不可能泄露圣殿里我和阿蒙神的交谈。和神交流的内容我只告诉了母亲奥林匹亚斯。

悠悠岁月，你这位陌生的女子，你我相见恨晚，与神相会的秘密已随我一起死掉了。

呼唤我的女子啊，担心我魂归何处的女子啊，你想让我现在告诉你秘密吗？

可惜你不是奥林匹亚斯！

与阿蒙神的相会赋予我一段时间的内心平和，借此，我度过余生，弥合着严肃的父亲腓力、神秘的母亲奥林匹亚斯以及智慧的亚里士多德三者之间的裂隙。战争期间，我享受过这种平和，那是在把波斯人驱逐出安纳托利亚、叙利亚、巴勒斯坦和埃及以后，我击败了他们的国王大流士，赢得了所有战役。不过，与阿蒙神相会后，我不再因波斯人是我的对手和敌人而继续与之交战，争权掠地，我交战是因为我是正义之神，肩负着把正义普及宇宙的使命；战争的目的不再仅仅是获得可怜的王位，而是将战争进行到底，我在进行着一场终结所有战争的战争，是善恶的较量，这是一项为了让和平永驻大地的使命。

在我居住埃及期间，大流士磨刀霍霍，聚集帝国的残余势力，整合了一支超过我军人数十倍的大军。他永远不明白数字不能说明什么，这是我从父亲腓力那里得到的教训：你可以用镇压和恐吓统治人们，可心存恐惧者永远赢不了战争。战场上都是自由人，应该用意志而不是长官号令来战胜自己的怯懦。我懂得了勇敢不是本能，而是用来战胜盘踞在每个人内心恐惧的武器。在所有战役中，我给士兵树立了榜样：我不再发号施令，而是主动亮剑，身先士卒；我杀敌无数，也全身受伤，血流不止，但是我怀着必胜的信念。我英勇果敢、不怕流血、奋力杀敌的举动感染了士兵，他们个个都英勇无比、无所畏惧地跟着我冲锋陷阵。尽管和平时期我用铁拳统治他们，严厉程度比法老神的威严有过之而无不及，但是我知道如何启发士兵们醉卧沙场、忘我杀敌，就这样，我把他们缔造成了一支军队，这一点是大流士永远望尘莫及的。

又有一次，两场战役我都打败了他，他跟着士兵逃窜，随后派出使者提出平分天下，连帝国丰富的宝藏和财富也可以分成，我想要多少由我开价。然而，我相信全世界仅凭我的右手就能掌控，为什么还要接受他的半个世界呢？他的财富将成为我的战利品，我要把它分给士兵，这样的财富对我没有丝毫诱惑力。还有让我感到好笑的是，他提出要把女儿嫁给我。但自打我们开战的第一天，他的女儿就已是我军中的俘虏，现在也早已同她母亲和女眷们在一起了。我对他的提议做了回应：释放女俘，包括他母亲，我把她们按贵宾待遇安置在征战中占领的一座宫殿里。可是他却没有理解我释放女俘的求和信息，竟然重组了一支大军在其崩溃的都城波斯波利斯等候我的到来。这座都城曾经是帝国的荣耀，是王中王的宝座和权杖的所在地。第三次，也是最后一次，他兵败逃亡，还想重整旗鼓。然而，我和我的士兵都知道，这是同波斯人的终极较量，也是波斯国的终结。

后来，我做了一件自认为公正的事，即焚烧并摧毁了那座都城。波斯人不也在两个世纪前烧毁了希腊的瑰宝美丽的雅典卫城吗？这一点我没有听取那些反对摧毁波斯波利斯城的军官和宫廷大臣们的劝告。他们问我，为什么放过其他被占领的波斯城市，还修缮了那里的神庙以便获得民心，独独波斯波利斯这座已是我囊中之物的城市遭到了摧毁，连城中的宫殿和财富也毁于一旦？我任他们说长道短，亲自点了一把火投进王中王的宫殿，并指示士兵们依法炮制。大火在宫殿里熊熊燃烧，浓烟滚滚，一片火海。这场火比波斯拜火教徒为他们的偶像所烧的火大多啦！然而再大的祭品又能说明什么？整个都城都成了燃烧的祭品又能说明什么？

火烧城池的做法不是神的公正，那只是被仇恨占据了内心的人的复仇。那时，我陶醉在大火噼噼啪啪、吱吱嘶嘶的燃烧声中。我内心惊恐起来，再次反躬自省：我做得对吗，我是谁？后来我常常发出这样的疑问：我为什么经常出尔反尔？

烧毁了波斯波利斯后，我再没有烧过其他城池，而是建造新城市，修建一个又一个亚历山大城。我大赦解放之城的败将，让他们成为当地的统治者，条件是必须效忠于我，其地盘成为我马其顿帝国的一个省份。我安抚人心，修葺当地的庙宇，但只为一个新神修建神庙，人们应该好好了解这个神，向他献祭，他就是阿蒙神之子——亚历山大大帝。

我没有在意我的希腊和马其顿士兵局促不安的情绪，

他们也应该顶礼膜拜这位引领他们取得前所未有、梦寐以求的胜利之神。前无古人，后无来者，除了神，谁能如此开拓疆土？

大地臣服于我。我将波斯帝国全部划入马其顿的版图，然后，再度挥师东进。我跨过山谷，穿越沙漠，翻过了无人迹的险山峻岭，直抵印度，并降服了这个地区。我又打回亚洲，使奥林匹亚斯和阿蒙神对我说过的战无不胜、攻无不克的预言得以应验，现在我要挥师西征了。

之前，无论是人还是神，都不曾取得过像我这样的战绩，我将开创史无前例的新世界，一个全人类团结在一起的世界，一个说一种语言——希腊语——的世界。希腊语是最高贵的语言，是伊利亚特的语言，通过这门语言，各国人民永结连理，成为一个国家，共建一个地球。

我让被我击败的波斯人入伍当兵，试着让他们和我的士兵结为兄弟。然而，马其顿人和希腊人瞧不起波斯人，认为他们是昨日的敌人、未开化的人、战争中的对手。但这没有妨碍我的计划。我娶了大流士的女儿为妻，战争一开始她就是我的俘虏，而且在新婚之夜，还同时让我军八十位将领迎娶八十位波斯名媛，并鼓励我的马其顿士兵效仿。当时一度有数千人成婚。

我曾梦想地球上欧洲男子和亚洲女子的子嗣遍及欧亚大陆，两地人民之间不再有恩怨，不再发生战争。亚历山大要实现别的神做不到的事情，要建造一个新世界，有着金色头发和棕色头发的人们同居一处，拜宙斯、拜火、拜印度神的臣民没有区别。

亚历山大在自问：为了实现这个梦想，我必须泅渡由失败者和我的士兵们鲜血汇流成的海洋吗？

另一个亚历山大回答道：是的，只要为了最终实现他们的福祉，就必须这么做，既然没有人能明白神的智慧，那么他们为何非要明白我的智慧呢？

我的侍卫们又在私下议论我，说我变成了东方式的暴君，披戴着波斯人的衣冠，坐上大流士的王座，手执权杖，也许忘记了希腊人的自由精神，不再愿意接受任何人的谏诤，意欲让整个世界都臣服于他。

有些士兵打完亚洲的仗后，想打道回府。我允许那些想回希腊的人复员回家，留下的是那些忠心耿耿的大将，其中就有我的终生挚友赫费斯提翁，以及团结一心、永不言败的劲旅马其顿士兵。

那些醉心于胜利的将士们无法撤退，尽管他们的内心在回应着理智、家庭和儿女们的召唤。

即便如此，我的队伍中仍然有人想暗算我，这引起了我的愤怒和悲伤。我越来越嗜酒如命。我大摆筵席，通宵豪饮。无人能与我干杯对酌，也许我比别人喝得更多，比别人更需要借着酒劲在醉意朦胧中聚集亚历山大零散的碎片，将其整合成完整的人；也许正好相反，我从散落的碎片中看到了自己的残骸，说出了清醒时我不能说出的话语。

那时，谁想唤醒我，我就毫不犹豫地杀了他，以便成为亚历山大想成为的那个模样。

我犯过罪，但哪宗罪大过我在筵席中杀了曾经救我一命的那位勇士？与波斯人刚开战时，我受伤从马上摔下来，克莱图斯立刻趴在我的身上，用肉体挡住了射向我的雨箭。但我——亚历山大，在那次筵席中跟自己的大地之父腓力算清了账。

我曾当着士兵的面自豪地说过，腓力在希腊本土参与的战争及获得的战果与我在亚洲所做的相比真是微不足道。还有，在腓力参加过的战争中，如果我不是他军队的真正指挥官，他不可能取得在希腊的那些胜利。我和腓力之间的这些事与他克莱图斯有何相干？可他竟敢放出话来，说什么要不是我父亲在希腊本土取得胜利，我将一事无成……还说腓力当时在希腊是同真正的男人作战，而我在亚洲是跟女人在打仗。当时我昏了头，什么都不记得了，觉得眼前的这个人不是那个我欠了他一辈子情的克莱图斯，而是一个为腓力而战要打败亚历山大的敌人。接下来，他更是大错特错，竟然说我不是众神之神的儿子！还嘲讽我说，他对我的坦言比我父亲的预言还要真实可信。我疯狂地夺过一个卫兵的长矛，扎进了克莱图斯的身体，并冲着他的脸大喊："快滚，见你喜欢的腓力去吧！"

我眼睁睁地看着他的血溅在我身上。我把眼前那个醉醺醺、分裂成许多人和神的亚历山大还原为一个亚历山大，一个惊慌迷茫的亚历山大。我目不转睛地盯着克莱图斯的尸体，他的血还在汩汩流淌，长矛还插在他身上。我在想，这是我的朋友，我的酒友，战斗中我最骁勇的战士，没有他，我不可能活到现在，而眼下，他躺在这里，死了，是我亲手杀死的。我哭喊着把长矛从他的躯体上拔出来，扎向自己的胸口。

假如我酒后的手听从我的意愿，把长矛扎进自己的心脏，那也就没有了后来世人对我死因的猜测，这些猜测随着时间的推移越来越扑朔迷离。说时迟那时快，卫兵的手比我更快，一把夺下了我手中的长矛，我挣扎着被按倒在地。我整夜躺在尸体旁，哭悼克莱图斯，对自己在神的外表下掩盖的野蛮行径深感内疚和恐惧。

阿蒙神没有授权让我把人作为祭品，而把人作为祭品的只有我母亲奥林匹亚斯。她嗜杀成性，从不后悔。我则不然，当卫兵来我的营帐抬走尸体时，我命令抬走后任何人不得进我营帐。其间我不吃不喝，去停尸处躺了三天。我目不转睛地看着上天，乞求阿蒙神和其他天神再次收拢我离散的碎片，合成一体，哪怕是一具尸体。

卫兵和侍从们意识到我要自尽，闯进营帐，求我振作起来活下去。我依从了，我之所以顺从他们是因为那时我还没有真正想死。

侍从中有我的同学卡利斯提尼斯①，我们俩都师从亚里士多德，他也是我这位哲学导师的外甥，还是我的征战史官，我的赫赫战功得以青史传名全是他的功劳。当时，他求我活下去。活，不是为自己，而是为了马其顿的江山社稷不致旁落。

当时，他也不知道，这是在为自己的刽子手求生。他恳请我活下去，是的，我活了下来，他却在几个月后死在

---

① 卡利斯提尼斯（Callisthense，约公元前 360~ 前 327）：希腊历史学家，随亚历山大大帝远征亚洲，因指责大帝沾染东方习气被捕，庾死狱中。著有希腊史和亚洲远征记等。

我的手里，罪名是图谋杀害我。他的雄辩术来自他舅舅，这次跟往常一样，他为自己做了雄辩，以洗脱自己的罪名。其实事情本身很简单，无须用过多言语粉饰，能言善辩反倒证实了我对他的怀疑。就这样，我下令把他和其他几个被指控者拷打后一并处死。可是，他死后，我又后悔了，又一次把自己关了禁闭，哭他，也哭我自己。当孑然一身时，我想到，杀了他，实际上也等于杀了我自己。我立刻想起了永远活在我心中的亚里士多德，他的关于智慧和理性会带来幸福的教导一直在我耳际回响。

我在想，我所有的生活经历跟亚里士多德的教诲南辕北辙。他想要一个大小适中的国家，便于管理。而我则建立了一个遍及世界的大帝国。他想要一个均衡的政府，这个政府既非富人的，亦非百姓的，而是由智者组成的。那么他又会如何看待把全世界都统一在他王国里的、神一般的英雄的统治呢？他想要适中的幸福，既不奢侈又不俭约，分寸把控得理性适当。我曾自问：导师啊，世界上哪里有这样十全十美的生活？那是你和你的学生漫步在校园里的林荫道上，美滋滋地谈论出来的生活。它只在有你的校园里才有吧？

这一切经历，都是我亚历山大大帝拜谒阿蒙神和与诸神的代言人埃及祭司们见面时所获得的启示。

我在那里懂得了，恐惧，而不是智慧，才是立国之本；我学会了不管是在天庭还是凡尘，必须用惩罚和折磨的手段来恐吓民众，让他们知道害怕并改邪归正；我明白了统治者不应让百姓享有自由和乐趣，而应该让他们懂得：乐趣孕育于恐惧之中，他们应该崇拜我、敬畏我。这就是我从阿蒙神和埃及人那里学到的最宝贵的一课。我将这一治国方略付诸实践，果真奏效。不仅在埃及，而且在各地都大获成功。当时，埃及人为他们的法老亚历山大大帝震耳的欢呼、喜极而泣的声音在我耳边回响，亚洲各地为新的征服之神欢呼雀跃的声音在我耳际回荡。

当然，我也常常看到那些高喊自由的少数叛逆者，他们往往能得到民众的拥戴。百姓偶尔戳穿了他们的阴谋，我立刻为他们的失败而庆幸，因为这些爱做梦的家伙时刻想要夺走民众在恐惧中享有的安宁和乐趣。

这些叛逆者中有一人我永远不会忘记。他是个16岁的少年，是我军帐护卫马其顿家族的名门之后。马其顿贵族是最后一拨叛逆者，我预料到他们会背叛，果不其然。有人来告密说他们密谋要夺取我的性命，我下令先将他们全部逮捕。

对那个少年头领的公然反对和挑战，我只能针锋相对地反击。

他说："是的，我们要除掉你，何必明知故问！因为你已不再配做国王。你对待你的臣民像暴君对待奴仆，而不像对待自由人。你想要马其顿人在你面前俯首帖耳，像对神一样对你顶礼膜拜，这一切都跟你父王背道而驰。我们不能容忍你的狂妄自大，你没想到吧？"

这个乳臭未干的小儿像在教训我！这小子怎么可能懂得我为了马其顿的荣耀、为了世界的和平所制定的神圣计划呢？小东西说："马上把我们押赴刑场，这样我们就超脱了，也死得其所。"听到这番言辞，我不禁为之动容。

不用说，我当即下令把他们一伙人打得皮开肉绽，然后处以死刑。

但行刑后，以往的孤独和悔恨再次袭来。神性的亚历山大大帝消失了，只剩下孤家寡人的可怜兮兮的亚历山大。

孤独的时候，那个勇敢少年的形象总是如影随形，挥之不去。我知道，他说的都是真话。是的，无论我怎么搜肠刮肚为自己的暴行寻找托词，我都是个货真价实的暴君。我用恐怖手段进行统治，恐吓迫使他们屈服，尽如我愿。然而，恐吓孵化出屈从的同时也养育了背叛。我的心腹叛变了，一次又一次地加害我。他们中没有一个像那位少年一样敢于谏诤直言。他们背叛我，也许不是为了原则，仅是贪图王权。可是这位少年的同伙又是为什么背叛他，告发他和他的同谋？他们明知道这样做会让自己也受尽折磨甚至丧命，难道这也是因为恐惧或是贪欲吗？

我思索良久，但对这一连串的暴虐、恐惧、背叛行为理不出个头绪，三者孰先孰后？我是这一切的始作俑者还是其中一个牺牲品？

孤独时分，那个被杀的少年形象自始至终紧随着我，相反的，亚历山大的许多形象却逐渐消失，只剩下那个意识到自己陷入穷途末路的亚历山大。我历尽沧桑：获得过史无前例的胜利和荣耀；享受过统治和权力的乐趣，能像神一样拥有生杀予夺之权；体验过诗乐的酣畅、酒色的美妙。可为什么总感觉不到幸福的来临？

劫后余生，我试着去体验人的幸福而非神的快活。一生中我爱过许多女子，但只有波斯妻子卢克萨娜最贴心。跟她的爱不是那种为爱便可牺牲江山的惊世之爱，也不是像荷马史诗《伊利亚特》中引发特洛伊战争的帕里斯和海伦之爱。我对卢卡萨娜的爱宁静而深沉。当然我也经历了同赫费斯提翁的真正友谊，它命里注定是我心灵的慰藉，使我俩合二为一。有一次，大流士的母亲在被俘后误认为赫费斯提翁是国王，便跪拜在他面前，恳求放她一条生路。而当一些人示意她应向我恳求时，我对她说别着急，赫费斯提翁也是亚历山大大帝。

我没有撒谎。当时我确实觉得赫费斯提翁是我心目中最好的亚历山大大帝，连亚里士多德都欣赏他。他冷静温和，不好激动，不像我那样一生都疯狂不羁。然而，他能理解并宽恕我这种疯狂不羁，只要我直视他的双眼，便知他已理解我所有矛盾的行为，理解我的彷徨——连我自己都无法懂得的彷徨。

但是，他走得不是时候。我们开始从西亚返程时，他病倒了。我们的队伍只好在巴比伦城停了下来，他的生命在那里结束了。

他的去世让我相信：人性的亚历山大大帝已经走远，而堆积在我心中、让我恐惧的碎片正伺机爆发。赫费斯提翁走了，那让我为之动容的和平也随之而去。我决定不跟这些丑陋的碎片一起活着，就让那些残骸聚合成人吧！我试图自我了断，自溺河中，但是，忠诚的卢克萨娜救了我。

我发现自己全然成为孤家寡人。但在返回欧洲之前，我还得在巴比伦指挥最后一场战役。我决意探索亚洲最后一片无人知晓的大陆，就是那片阿拉伯人居住的广袤沙漠。我装备好了舰队，准备去探索阿拉伯半岛。但心中的一个念头告诉我：在亚洲的最后一项任务今生绝不可能完成了，因为，就在赫费斯提翁去世后不久，我一直在反思：如此规划我一生的宏图大志意义何在？

阿蒙神让我跻身于永恒的诸神之列，我也相信这一点。所以，我像神一样行事，我想重构地球和人类。有时我想起了亚里士多德的课程，便对自己的神性表示怀疑，对自己的作为产生疑虑。永恒的神受伤后是不会流血的，也不会感到疼痛，更不会因为后悔或失望而决意自杀。而我至少有两次想要结束自己的生命。

哦，或许是三次！那是在巴比伦，在一个能说会道的商人举办的一次宴会上，我喝多了。主人一直在怂恿，我也喝个不停，直至人事不省，终至旧病复发。看来要不是一心想死，怎么会如此顺从他的怂恿呢？宴会结束后，我发起了高烧，才几天便不治身亡。

我在亚洲的冒险历时 7 年，在人世间只活了 33 年，从未体验过内心的片刻安宁。

唤醒我灵魂的人啊，你都知道了些什么？听得见我说话吗？对我有了更多的了解吗？

在冥府我才真正明白了：我不是神，诸神的永恒不可能存在于黑暗和无奈之中。我现在相信，不管阿蒙是不是神，不管他的启示是否真实，我都没有真正理解阿蒙神的启示。我为什么要经历如此的复仇？

我唯一相信的就是埃及祭司的预言，也就是他们对死后的预言。我从他们那里得知，灵魂游荡于肉体周围，肉体死亡后灵魂还可以存活四十天，灵魂在离开宿主肉体前，能看到主人过去看到的一切。的确，另一个亚历山大，亦即最后一个亚历山大是存在的。他长吐了一口气，那是如释重负的舒心的一声叹息，恰似难以忍受的疲劳消失后的一声舒心的喘息。此时，他就像太空中的一根羽毛轻轻地飘了起来，去观察自己，观察裹尸布里自身的肉体。

那出窍的灵魂让我看到的一切，使我对离开尘世没有多大的遗憾。

人们忘乎所以，我的尸身在王宫的灵床上整整停放了七天。这期间，我那些忠诚的朋友将帅们一直在为谁继承我的王权争论不休。他们把卢克萨娜怀着的胎儿——我的另一个孩子排除在外，他们认为他不是合法的儿子，无权继承王位。大家心照不宣，为了达到目的，用尽托词，不择手段，最后，任命我那半痴半傻的同父异母的兄弟为王，以便诸将领能瓜分天下。

最后，他们才想起那个躺在灵床上的亚历山大，为我的肉身做防腐、香薰处理。他们决定造一辆大车，把我运到阿蒙神的绿洲，按照我的遗诏在那儿下葬。我无法看到那辆奇迹般的灵车，只听到人们极尽描述之词，说那车子大如神殿，两侧装饰着雕像和绘画，遗体安放在黄金棺椁里。

我也看到有人在为我哭泣。

卢克萨娜和我的其他女人在哭我。令我伤心而且难以启齿的是我的宿敌大流士的母亲，多年来她一直是我的俘房，我生气时常常侮辱她。可我死后，她只字不提我对她的伤害，只念叨着我对她的宽恕，说当时我是完全可以把她杀了的。我确实爱她，有一次我跟她说她是我的第二位母亲。

大流士的母亲是唯一为我哭至身亡的人。只有她说过，我死后她也无法活了。因此，她不吃不喝，在我死后的第五天，她也死了，那时，我最亲密的朋友正在为王权争得你死我活。

我活了一辈子怎么就没明白那种爱有多深呢？再想想在人世间我还错过了些什么？

刹那间，我的灵魂看见她了。我陪着她，叫着喊着死活要跟她说句话，可就是说不出声。

就在这一刻，我的灵魂喊住了她，要她别为我而死，因为我确实不值得她为我这么做。

下　部

9. 马哈茂德

　　我的危机？凯瑟琳问我存在什么危机，我也一直这样在问自己。这就是我的危机。一瞬间，马哈茂德·阿卜杜·扎希尔的真正危机暴露无遗。

　　几秒钟内，我为自己描绘的过去的一个虚伪形象轰然坍塌，随之暴露的还有我对生死表里不一的想法。

　　在自己面前，我显摆自己是个昔日的英雄，有意忘却耻辱的时刻。在警察局里，我把自己看作是个受害者、牺牲品，或许还是一个最倒霉的人。造反的军官！一个革命时期因爱国而触犯了众怒的人！但我喜欢这个角色，而且深信不疑。或许，在我同凯瑟琳谈恋爱之初，也故意把这个传奇故事告诉过她。当时，我俩除了谈情说爱，也谈论英国人在爱尔兰和埃及的所作所为以及英国人对我本人的伤害。

　　但是现在好了，骗局已经结束。马哈茂德啊，革命时期你到底干了些什么？当时，穿着这身皮的你不就是做了抬着伤员和遇难者从海滩到医院的工作吗？而这个国家穿着长袍而非军装的男人们登上各个要塞，和炮兵们一起开炮射击。他们也用肩膀扛起伤兵和死去的战士们、兄弟们，把他们送到你拉的马车上。连亚历山大的妇女们都行动起来了，她们登上要塞，有的受了伤，但谁也不在意自己能否成为英烈，一个个默默地活着，无声地死去。而你到底干了些什么？

贝都因人朝你开枪后你不是也还击了吗？换了别人为了自卫也只能这么做。在这场死了几千人的战争中你的肩膀中了弹，但没有丢掉性命，没有受到死亡的威胁，即使在跟入侵的敌人作战时，你也没有受过伤，肩膀上挨的枪子儿更像是路上发生车祸后留下的一处伤疤。可是，你到现在，还一直把这一伤疤看作留在皮肉上的立功勋章……现在，一切都结束了，你还剩下什么形象呢？

还有，对老战友塔拉阿特背叛你的事，你一直耿耿于怀，觉得是整个世界唾弃了你，背叛了你。那天，我被内政部调查委员会传讯，当时，委员们正在调查一些被指控服务革命、同情革命者的军官，他们发现对我的指控还是原来那位意大利警官的指控，所以他们又重新进行调查。

在调查委员会那里我见到了塔拉阿特，心里很高兴。本想问一问他身体怎样，伤势如何，但我只是向他微微一笑额首致意，而他也向我点了点头，然后就把目光移向别处。接下来，作为调查委员会主席的切尔克斯人开始进入调查程序，向我提出了一些不知所云且十分可笑的问题：

在莱班警察局卫兵面前，你有没有看见被砸碎的赫底威的画像？

没看见！没发生此事。

火烧亚历山大期间，你是否见过一些圣战分子给市民们分发棍棒，怂恿他们去砸抢店铺？

没有！相反，诚如在第一次调查中我提到的那样，我见到正是圣战士兵们抓住了那些砸抢店铺的家伙，并击毙了他们。

如此回答是否会被人理解为我包庇亚历山大的叛乱分子？应该不会。

调查委员会主席撇下我，传讯塔拉阿特，向他宣读了亚历山大莱班区那位意大利警官的报告，请他作证。塔拉阿特的证词让我哑口无言。

在我面前，他毫不犹豫地支持意大利警官的报告：我毫无缘由地先向贝都因人开了枪，他试图阻止我，由于我的鲁莽导致他挨了贝都因人的枪子儿。塔拉阿特没有提及我去医院看望他的事。

塔拉阿特的证词坐实了意大利警官对我的指控，即在火烧亚历山大期间我擅自离开工作岗位。当调查员询问塔拉阿特是否听到能证明我支持贝都因叛乱分子的言论时，他表现得很诚恳地说没有。他确实没有听到能证明我支持叛乱分子行为的话语，但同时也没听到能证明我支持赫迪威的话语！

当时我简直不能相信他所有的证词都是针对我的。我心想，无论怎样，谎言终究编不圆。他盯着我的眼睛，不像是在撒谎！但他确实撒谎了！调查团信了他的证词，推翻了在第一次调查中我的陈述。我意识到他肯定跟意大利警官和亚历山大的头头脑脑们做了交易。

我无法原谅他，也始终不明白他忽然倒戈的缘由，直到后来赛义德准将悄悄告诉了我其中的原委。尽管我没有原谅塔拉阿特，但今天想来我还是理解了他，我为何要责备他呢？当时，每个人都在绞尽脑汁摆脱牢狱之灾或失业之苦，他确实背叛了我，但他忠于了自己。他骗了我，但没有骗自己。他对亚历山大革命的热情不过是一次冲动，我也是，整个国家都是，一次转瞬即逝的激情冲动，经历过失败后，我们从轻率中醒来。

我到底欣赏塔拉阿特哪一点？为什么要有意忘却耻辱和背叛的那一刻？在调查中我始终回避这两个问题的答案，但它们却犹如火炭，灼烧在我记忆的深处。

他们问：你以前支持过艾哈迈德·奥拉比及其团伙吗？

我回答：我对暴君的行为义愤填膺。

他们问：关于省长欧麦尔帕夏阁下对"6·11事件"采取的措施你知道些什么？

我回答：我知道大人出动了警察去镇压叛乱分子，但是叛乱分子的帮凶们没有执行阁下的命令。而我则因听不懂贝都因人的方言误解了贝都因人对阁下命令的反应。

是赛义德准将暗示我要这样回答他们审讯的。他本人没能进入调查委员会。他一向沉默寡言，做事小心谨慎，即便在革命军中服役时亦如此，这一性格大大地保护了他。那时，他时常叮嘱我言多必失，他说开罗的间谍多于居民。

我了解他在奥拉比革命期间干过的事，这一点他完全知道。他也想保护我，暗示我在第一次调查时话语中的漏洞，即指控欧马尔帕夏派兵屠杀叛乱分子，这很危险。他劝我撤诉，告诉我欧马尔现在是圣战组织的头目。昨日的革命者今天被称为叛乱分子，而我在审讯中又称他们是暴君！

赛义德说："我们将第一次调查的陈述存档，兴许这份材料会对你有利，因为内政部也想保存这份档案，他们比较关注在官方文件中不要留下有关对欧马尔帕夏的任何指控，所以稍后所有有关材料将被销毁，"

正如赛义德所料，我这一招歪打正着，他们保留了我的公职，但扣除了我的一笔工资，训斥了我一番，代价是我必须矢口否认真相，我呢，要留下这张皮就得说违心话，便也只好接受了这笔交易。

事情还没完，之后我必须心甘情愿接受在警察局的新处境：活得像一个得到赦免的罪人，接受监管；不得晋升；做一些诸如保卫设施、护卫旅行团、起草一些毫无意义的文书等杂事。塔拉阿特早早地先于我提了干，留在了亚历山大，或者说他选择了亚历山大。而这一不公正待遇却也渐渐使我形成了勇于牺牲、被人忘却的自我形象。

调查结束后，我在自我唾弃中度过了几个月。不要命地酗酒，借着酒精享受忘却的福泽，从怯弱和背叛的耻辱记忆中走出来。整个余生，脑子里只有一件事，那就是一旦回忆浮现，就着力将它排放出去。

可是这一次就不是回忆了，这一次是发生在眼前的真实事件。

是的，我看见大石块向孩子飞去，我和易卜拉欣都玩命冲过去救小马哈茂德。但就在最后一刹那，也就是最后几秒钟，我看见大石块向我们砸来，我惊恐失措，呆立在原地。我离孩子更近些，但易卜拉欣一个箭步冲了过去，把孩子推出一步，顺势扑在他身上。当我反应过来，意识到自己还活着时，也扑到了易卜拉欣的身上。说时迟那时快，大石块已砸在易卜拉欣的腿上。

小马哈茂德得救了，毫发无损。但易卜拉欣在喊，远处凯瑟琳在喊，小孩大人喊成一片，大家都围了过来。鲜血染红了易卜拉欣破烂的裤子，我小心地把他扶到一边，让他躺在地上，尖刀般锋利的石砾划破了他的小腿，血流如注。我的脑子一片空白，机械地做着动作，凯瑟琳递给我一块大手帕，我把易卜拉欣的伤口包扎起来。他疼得不断呻吟，呻吟中还不忘感谢我。当我试着让他站立起来时，呻吟变成了沉闷的喊叫，眼泪忍不住夺眶而出。

几天来，我几乎是站在易卜拉欣床边度过的。我们用军队卫生所里的消毒剂、绷带给他治疗，可是他高烧不退，腿一直肿胀不消，疼痛难忍，后来发展到肢体僵直，开始说胡话。说什么看见霍乱菌传播过来，但在细菌传染上扎哈兰和达尔维什①之前，他已经杀死了它们；他将向我们的主人状告长官阿卜杜·拉赫曼，因为后者不给他休假。昏迷中他还不时地高喊："长官阁下，留神啊……留神墙上的蛇！"最后目光停留在我的脸上，大叫他不想客死他乡，

----

① 扎哈兰和达尔维什：为1882年6月奥斯曼帝国素丹阿卜杜·哈米德派往埃及进行调停的两位使臣。

我们一定要把他运回家乡，他要长眠在父母、孩子的墓前。

我无能为力地看着他，意识到如果当时我不是后退而是向前一步的话，所有这些痛苦本应由我来承受的，现在我除了片刻不离地守护着他，别无二法。他时而清醒，时而糊涂，清醒时认出我在他身边，一个劲地道歉说我为他受苦了，求我把他埋在家乡。我尽力宽慰，说来日方长，这点伤不算啥，真主保佑他很快就能康复得跟骏马似的活蹦乱跳，像先前一样，这点伤跟战争中发生的一切相比不算什么。

我跟他一样，嘴里絮絮叨叨地说着，但他随时都可能死去的恐惧一直揪着我的心。绿洲没有医生，他的伤势又不允许随驼队转移到马特鲁港或别的地方。

高烧两天后，卫生员单独见我，告诉我易卜拉欣怕是躲不过这一劫了，他的血液已经染上病毒，他们已在他的伤口边上放了些医用的蚂蟥，连它们都不再吸他的血，因为血里有毒。卫生员明白，一旦血染上了病毒，离死就不远了。卫生员还说，他腿骨也断了，唯一让他活下去的办法就是把腿锯掉，剩下的就只能听天由命了。我问他："谁来锯？你吗？"

他默不作答。

当天，萨比尔长老来了。易卜拉欣受伤后，这是他第二次来探望。第一次来时，他感谢我，感谢易卜拉欣救了小马哈茂德。这次一起来的还有东部族的一些长老和孩子的亲属。他们围在易卜拉欣的床边，用当地的方言谈论着什么。易卜拉欣面色苍白，直冒虚汗，不省人事。我无法集中听力，又不懂他们的话。和易卜拉欣一样，我也几乎失去了知觉。

萨比尔看出我的状态，拉着我的手，说了许多话，那个啰唆劲儿不曾见过。我绝望地对他说："萨比尔长老，易卜拉欣危在旦夕了。"我注意到萨比尔说了真主会保佑他活下去的话，他说："在绿洲这个地方，不止一次发生过石头砸伤人后导致高烧不退的事件，但当地人自有一套治疗这种病的办法。"我问："当地人是谁？"他说："当然是那些给我们看病治伤的人，难道我们就不会生病？蚂蟥放在腿上非但毫无疗效，也许还有害。蚂蟥可以吸血，治头痛，但治不了创伤，让你们这么做的人完全错了，赶紧让我跟你说的那个人来治吧。"

他也说另找他人？我就问："如果治不活怎么办？萨比尔长老。"他说那就看天意了。

我一筹莫展。

卫生员还在一旁说如果我同意让别人来治的话，说他就不再对此事负责了。

来了一些人给易卜拉欣灌了一些不知名的汤药，拆掉了绷带，在伤口上抹了一些油膏，或许这加剧了伤口的溃疡。我再次问卫生员能不能锯腿，他说他担不起这个责任。

凯瑟琳一直关注着易卜拉欣，在我回家换衣服的当儿，她问我易卜拉欣的伤势。当知道我要让锡瓦人来医治易卜拉欣时，她坚决反对，说："我同意卫生员的意见，锡瓦的原始治疗方案怎能治好这种创伤？再这样拖下去，整条腿甚至全身肯定会慢慢坏死，必须要进行锯腿手术。"

我不耐烦地打住她："凯瑟琳，你来做手术？"她的回答却让我吃了一惊："我来试试也无妨，我可以做卫生员的助手，我也学过一点护理知识。"我准备不管此事了，撂下一句话："卫生员已经说过不管了。"她居然还不依不饶地顶了一句："可怜的易卜拉欣如果死了，你也脱不了干系。"

凯瑟琳一直在读她的圣贤书，修改她的绘图，好像什么事也没发生，对我执意要时刻留在易卜拉欣身边的做法深感惊讶。她哪里知道我脑子里想的事？哪里知道我脑子里从未间断的那场对过去和现在的自我审判？我心想：这不，我已直面死亡了。在穿越沙漠时，我就从这一死亡的诱惑和冥冥的召唤中获得了哲理。可是当我看见石头从天而降时却发抖了，以致本该是我去响应死神召唤的，却因为胆怯怕事，换上了别人冲在我前面，这就是我的本性吗？

我的胆怯不是与生俱来的。无论我怎么检讨自己，但应当说在亚历山大期间，每时每刻我都敢面对死亡，从没想过临阵脱逃。在枪林弹雨中、在大火熊熊时、在贝都因人的枪子儿下、在伺机抢劫的团伙面前，我都不怕死。我什么时候开始变了？是从我听从了赛义德的劝告，在审查中巧言伪辩时开始的吗？可是，哪怕他不说，我从内心深处也会乐意按照他的劝告去做的。

当时我也可以选择说出真相，有人就是这么做的，但数以千计的大多数人都不是。说了真相的有被监禁的，有被革职的，也有被流放的。我也可以像他们那样另找一份差事，甚至可以去叙利亚找我兄弟苏莱曼，他不会拒绝帮助我的，往好点儿说也许还可以让我入股跟他一起做生意。现在是我自愿说了违心的话，放弃了责任，就跟今天一样，我退在了易卜拉欣后面，把他置于死地。

看来现在只有把希望寄托在锡瓦人身上了，靠他们解救易卜拉欣，解救我。

尽管卫生员和凯瑟琳极力反对，但我还是怀着死马当作活马医的一线希望，允许他们开始按土方子治疗易卜拉欣。士兵们嘴里不说，但从一双双眼睛里可以看出他们拒绝并责备我居然接受这种巫术疗法。

易卜拉欣喝了几天不知名的汤药、涂了几天油膏，腿上的青紫色竟然慢慢地消退下去，只是还看得出有些肿胀，烧也渐渐退了。锡瓦医生拉希德一天来看他好几次，进来出去，默不作声。有时萨比尔长老也一起来，两人围在病榻前，愁容满面地商量着什么。这让我更加担忧，问萨比尔长老病人的病情，了解他俩要做什么，但总听不到让我宽心的话。每次他只是满脸严肃地回答我：“长官阁下，一切都在真主的掌控之中。”

易卜拉欣的烧完全退了，人也从持久的昏迷中醒来，显得消瘦而羸弱。战友们给他端来汤和米饭，他很快吃完，不料病情再度恶化。萨比尔知道后，说我们犯了个大错，不应该让他空腹吃饭，最多只能喝点糖水，现在一切都只能听天由命了。

一天，在去看易卜拉欣的路上，拉希德忽然把我叫住，用阿拉伯语对我说——我一直以为他不会说阿语——他已尽了全力，疗效只有等肿胀全部消退后，才能看出来。我问他还有什么好办法，他说还有最后一招，只好用烧灼了，这种疗法他自己也略知一二，本地最在行的是沙理镇外的一个贝都因人，他居无定所，只有萨比尔长老才能找到他并请得动他，不过要价很高。我说："他要多少我都给，连萨比尔的报酬我都给，以回报他为易卜拉欣疗伤。"拉希德说："愿真主能治愈他的伤，你俩救了我儿子的命。"

我大吃一惊："马哈茂德是你儿子？你怎么不早说？"

"他的伤没完全治好前，我不想多嘴，但求真主能让他完全康复。"

几天后，萨比尔长老找到了那个贝都因人，把他带来了。这位贝都因"名医"魁梧挺拔，披一条红条纹的大氅，说话带着绝对命令式的口气。甫一照面，我就很不舒服，直想把他赶走。但萨比尔和拉希德对他很敬重，说他能力非凡，我勉强退一步，违心地命令大家按他的要求去做。

那个贝都因人要求点上火，把一根带长木把儿的大铁钉放在火中煅烧，直到前端通红，然后命令把易卜拉欣手脚绑住，只留出那条红肿的伤腿，还让我们摁住。吓得半死的易卜拉欣苦苦哀求我们不要给他来这种治疗，他赞美真主，眼睛一直盯着火中烧得通红的铁钉，说他已经痊愈，不必大动干戈了。

我也看到了围在易卜拉欣边上的士兵们鄙视的目光。有一个，兴许就是卫生员，大声说："求主保佑。"我心里也在默默祈祷。以前听说过烧灼疗法，可从来无缘得以一见，也不知道这种疗法对易卜拉欣的伤势有何裨益。这时只见两个士兵摁住他的双臂和腋下，另外两个士兵摁住他的双腿。

贝都因人久久地按摩着伤腿膝盖下面离伤口很远的部位。易卜拉欣的呻吟声越来越高，医师那粗大手指的动作时快时慢，有时停顿，用食指使劲摁压某个部位，疼得病人尖声高叫。贝都因人让士兵牢牢摁住，千万不能松动。只见他从火中快速取出铁钉，烙在选定的地方，几秒钟后又移往周边的部位，易卜拉欣竭力嘶喊、哀号，贝都因人不解地说：

"为什么所有的男人都又哭又叫的！这点烫跟地狱之火相比算得了什么？"

我在做梦吗？我疯了吗？铁钉烙在易卜拉欣腿上就如同烙在我腿上。我颤抖着，转脸捂住嘴巴，尽力不让自己像他那样喊出声来。

屋里弥漫着一股烤焦皮肉的气味，贝都因人从衣服里取出一个小皮囊，往炙烤处滴了些液体，我听到他低声地念着什么，接着伤口上冒出一些白色泡沫。看到这里，一阵冷战传遍全身，我竭力克制自己，在士兵面前保持镇定。

贝都因人等了一会，抓住伤腿，等滴在伤口处的液体干了以后，再用绷带进行包扎。此时易卜拉欣的嘶喊已变成持续不断的痛苦呻吟。最后医师对萨比尔长老说："没事了，我不再过来了，后面清洗伤口的事就留给拉希德做吧，你的军士长两天后就能站起来。"然后大笑一声，继续说："可是有生之年他就成瘸子了！"

我嘟囔了一句："你别说穿不更好吗！"

我一直僵立在原地，深信自己一动也会变成瘸子。

148

为了不让别人看出我跛腿走路，足足两天，我在上下班的路上走得很慢。渐渐地腿痛好了。两天后易卜拉欣果真能下地了，也开始瘸着腿走路。看来卫生员和凯瑟琳认为必须要截肢的那条腿总算保住了。

萨比尔长老过来看易卜拉欣时，他已能下地走路了。我感谢了长老和拉希德以及那位不知名的贝都因人。

至于给萨比尔长老的全部酬谢，却是内政部不但拒绝了我要求减税的请求，还警告说，如果税赋不能随最近的驼队运至开罗的话，就加倍缴纳罚金并采取其他措施。

当地的居民误认为我救了小马哈茂德，对我产生了好感。但是当萨比尔和拉希德听我讲了有关赋税的话题后，我又在他们的目光中看到了宿仇旧恨的阴影。

10. 凯瑟琳

我知道自己闯了祸，马哈茂德肯定气得鼓鼓的。可我也是不得已而为之呀。

有啥办法。几周过去了，计划毫无进展。我虽然懂好几门冷门的语言，可对生活于其中的方言却一窍不通，仍然需要当地人的帮助。我暂停了考古工作，也断了找个向导带我去亚历山大大帝墓的念头。今天我想来个先斩后奏，先去找个当地人，回头再跟马哈茂德赔不是，对我的作为，甚至对我怂恿他来绿洲的目的，表示歉意。

易卜拉欣出事后，马哈茂德的状况糟透了，成天守在易卜拉欣身边，一副要为这可怜的老兵的遭遇全权负责的做派。更奇怪的是，他更以某种责备的口气说，正是因为我要参观神庙，才发生了伤腿的事！我认为他起码应该明白，这纯属偶然，谁也无法对命运负责，再说这也说不上是一次严重的事故，用原始的医术完全能治愈。可马哈茂德始终对这些让他倒霉的因素悔恨交加。

现在我又要让他不省心了。今天上午我就不太顺利。

自昨天起，诸事繁乱。先是刚到达的驼队捎来姐姐法尤娜的一封信，像往常一样，寥寥几笔，只说她打算最近搭船转道亚历山大，然后来锡瓦看我。这封信让我焦虑起来。突如其来的一封信，毫无前兆，也不加说明，她还以为从亚历山大到锡瓦的旅程就跟我们从库努特郡坐火车到都柏林那么容易！于是，我求马哈茂德给他在亚历山大的军官朋友写封信，去港口接上姐姐，先安排她住下，然后再计划是我去亚历山大把她接到开罗好呢，还是想办法让她自己来锡瓦？可她没说为什么突然要来埃及，信中字迹潦草凌乱，不同往常。法尤娜呀，你有什么事瞒着我？

来绿洲后法尤娜几次闯入我的梦乡，今晚她又来了，那美丽的面庞被一块透明的丝巾遮挡着，她试着用双手揭开面纱，可一拽就把脸也一起拽了起来，脸像胶一样粘着面纱，越拽越紧。

我从惶恐中惊醒，可她再次进入梦境时已经不是一个人了，和她一起来的还有亚历山大大帝。最近亚历山大大帝也常走进我的梦乡。由于我闯了祸，这次亚历山大怒容满面。法尤娜抱起他拥入怀中，像搂着一个泪汪汪的孩子。我走近他俩，却发现亚历山大是大理石雕出来的，眼里噙满了泪水。马哈茂德把我从睡梦中喊醒，问我："你叫什么？"我气喘吁吁地说："这片沙漠里有可怕的幽灵。"他抚摸着我说："这不过是个噩梦，凯瑟琳，好好睡吧。"我沉默不语，在被窝里紧紧抓着他，睁着眼睛不敢再睡了，就这样一直熬到天亮。

这根本不像我，我不怕沙漠，从不做噩梦，更不信鬼魅，可偏偏要去做这样荒唐的实验：跟亚历山大的灵魂对话。我当然不会相信他的灵魂会出现在我面前，可是心里却想着要做个类似的法事来打发时间。易卜拉欣出事后，我被关在家里。无聊时按书里的做法，关上门窗，在一团漆黑的厅里的餐桌上点上一支蜡烛，蜡烛边上放一个倒扣的玻璃杯。只有一点没按书里的做，即玻璃杯边上没有摆放写上所有阿拉伯语字母的纸条。因为我心想，放上所有的字母有什么用？只需要在杯子这一边放三个字母：努恩、阿依努、米姆；在另一边放两个字母：拉姆和艾里夫①。这就是我想要知道的结果。我闭上眼睛，意念集中在亚历山大大帝上，反复念叨着他的名字，手伸向杯子，颤巍巍、气吁吁地问道："我能遇见你吗？"我是人，自然会感到害怕，两只颤抖的手去摸杯子时，肯定会发出轻微的叮当声。这时我已经吓得浑身哆嗦了，赶紧站起来打开门窗。

我再不想做这样的"法事"了，但仍然坚信有关亡灵的传说不过是迷信的说法。我的恐惧证实了我和普通人一样，会感到害怕，害怕未知。恐惧症是人类的遗传病，我不应为此感到羞愧。

我也不应该为纠缠我的梦魇感到羞愧，那是我恐惧的表现，是我在招魂。在我愚蠢的呼唤下，有两个夜晚亚历山大果真来了。第一次进入我梦境时他完全是我熟知的模样：骑着张开白色翅膀的黑马在太空翱翔，然后拔出长剑

---

① 前三个字母拼写在一起是阿语词汇"是"，后两个字母拼写在一起是阿语词汇"不"。

突然向我俯冲下来，我吓得大叫。

第二次进入我梦境时的模样令我惊骇，他长成了玛丽卡的外表，金发扎成许多辫子。我问他："你为什么这幅打扮？"他笑了。当我一碰那些发辫时，它们竟然舞动起来，扭曲着，变成无数条蛇朝我爬来缠住了我的身体，我再次从惊叫中醒来。

那确实不是本真的我，我必须找回自己，要找回自己首先就是要忘记所有的一切，要开始工作，只有切实的工作才能驱赶恐惧和幻想。

我要独自去找他们的头头，爱怎么样就怎么样吧。

我从高坡底下的家出发，向防御森严的城门走去。族长们像往常一样坐在城门前枣椰树叶柄搭成的凉棚下。

我已想好怎么跟他们说了：重复那些跟马哈茂德解释过的说辞，也就是说，我不会去找他们那些该死的宝藏。他们为了这些宝藏炸毁了神庙，掘地三尺；我也不要木乃伊或者欧洲人热切渴望得到的瓦石残片。也许我这么一说他们就放心了，还会助我一臂之力。我带了一块大画板，通过画画他们会明白我的意思的。我小心地踩着步子，顺着狭窄的坡路，向他们聚会的地点拾级而上。

当他们意识到我正向他们走去时，全体都站了起来，挥动手臂示意我退回去。我没在意，反倒加快了脚步。大族长萨比尔——那位我们到达绿洲时迎接我和马哈茂德并做了自我介绍的长老向我走来。他讲着一口纯正的标准阿拉伯语，说起话来彬彬有礼，显示出受过良好的阿拉伯语教育。可是我很讨厌他，从他那细小的眼睛里我看到的是狡诈。也许这是我的误解。马哈茂德告诉过我这位长老十分关心易卜拉欣的伤势，这么说，至少他不是坏人。人们何时开始以貌取人的？够了，我应该从迈克尔和他那副天使般的面孔中吸取教训。

萨比尔顺着山坡往下走，其他的族长仍在不停地叫喊，打着手势让我回去。我接着往上爬，萨比尔往下走，两人终于碰在了一起。他指了指他的同僚，用标准阿拉伯语平静地对我说："对不起，夫人，你难道不知道这扇大门是族长门吗？"

他指着身后用枣椰树干并排捆扎起来的笨重的大门。我神经质地回答道："我明白，但你知道……"

他打断了我的话，指指左边说："那边另有一扇们，专为妇女开设，在我们这里，妇女不能从族长门进城。"

我努力控制住自己的情绪说："我知道，我也知道那边一扇是妇女门。只是你没耐心听我把话讲完。知道我为何而来吗？我不想进城，既不想从族长门进，也不想从妇女门进，你们这副模样……进城有什么用？我今天过来就是想见见族长本人，我有话要跟你们说。"

他再次用貌似礼貌的语气打断了我："如果长官阁下同意，族长们可以到你府上去，我们为他效力，也为你效力。你也看见了，族长们不习惯妇女靠近他们的会所。长官阁下是知道的，这会惹怒他们。"

他不断地提到长官马哈茂德，让我很烦，但我还是打开了画板说："我本来只是想问问……"

我看见他站在我面前，似乎想挡住我的去路。见他眼神冰冷，脸上毫无表情，我的热情顿时烟消云散。我猛地合上画板，二话没说，掉转身就往回走。来到下坡处，背后传来一个颤巍巍的声音，说的是阿拉伯语："夫人，等等……请等等……"

我回头，只见一位年迈的族长，拄着拐，努力在斜坡上走稳脚步。他朝我走来，我一边热切地等着他靠近，一边观察着这位耆宿。尤其让我感到奇怪的是，他戴着一副用麻线固定在耳朵上的眼镜，在绿洲能看见有人戴眼镜还是头一回。

他走近我，一口埃及土语：

"别生气，族长们对你没有恶意，问题是这扇门……"

"女人不能靠近那扇门！我对萨比尔长老说了我本来就没想进城。"

"那你想干什么？"

这时我听见萨比尔长老和其他族长们的喊声："叶海亚长老……叶海亚……"

他们不停地打手势招呼他，怒气冲冲地喊他，可是老人看都不看他们一眼，再次问我："你想干什么？我能帮你什么吗？"

我打开画板，边画边结结巴巴地说："我想让族长们明白我不是来寻找……我更关注的是……我的意思是，有没有人能给我带路，告诉我在艾古尔米村或其他地方的神庙里有没有这种文字记录……"

我冲动地继续说："我发誓，我要找的东西跟你们的宝藏没有丝毫关系，跟金子更挨不上边，相反，我这东西会给你们绿洲带来财富，我的意思是……"

他笑了，褐色的脸颊上绽出更多的皱纹，说："干吗要发誓？我相信你。"

他忽然又轻声地笑了一下："我相信你是个理性的人，你知道，实际上，神庙上下哪有什么宝藏！"

接着他指指嘴巴示意我保密。我微笑地把画板凑近他，说："那么这个有吗？"

族长们的叫喊还在继续。有人站起身，好像是立马就要冲下山坡来。叶海亚长老忽地涨红了脸，扭头朝族长们厉声大喊。我吃了一惊，这狮吼般的声音、愤怒的语气和连珠炮似的话语跟他的高龄、羸弱的身体实在联系不到一起。那些人虽然还在嘟囔，却坐回了原处。

长老拿起画板，费劲地托着，眯缝着眼睛，困惑地说："我懂阿拉伯语，可不懂古埃及语。"

我意识到他什么也看不懂，便说："这不是古埃及文字，是古希腊文。"

老人更迷惑不解了，看着我的脸说："我们这儿没人懂古代语言，你等等，也许从你们国家来的一些洋人能读得懂。"

说着他推开画板，又笑起来，指着他的眼镜说："现在让我看清你都觉着费劲喽，还想让我分辨这些文字？"

可我还是下意识执拗地说："也许你能指点我一下，我唯一想知道的就是，在神庙或什么地方是否刻有这种文字。我去过艾古尔米村的神庙，就是进不到里面去，所有的民居都大门紧闭，不欢迎考古学家。"

叶海亚长老的语气变了，慢吞吞地说："居民们关门就关门吧，你是个理性的人，理性的人不会贸然闯入关闭的大门的。"

他直视着我。我明白，他发出了警示。我又问："那我能怎么办？"

"有一些古迹远离民居，野外也有一些地方有雕刻和文字。在绿洲，除了沙理镇和艾古尔米村，还有一些村落里面也有文物，愿意的话你可以去别处找找……"

"你的意思是我已经可以结束在此地的探寻去别处了？可我有过开始吗？"

"听着，我不明白你在找什么，如果我是你的话，那么在发生落石事件后，两次想过要……"

他停顿了一会儿又平静地说："除了我，没人能相信你不是冲宝藏和金子而来的。他们认为落石是宝藏的主人施的魔法，用以惩戒人们，让他们在宝藏不到昭示于世的那一刻之前远离它。"

我不解其意，便说：

"你本人并不相信这些妄想臆断吧？"

他再次面有愠色，让我感到猝不及防。他用手指着那些仍在鼓噪的族长们说："我相信不相信并不重要，关键是他们得相信。他们不是坏人，相反，都是些心地善良的人，可是他们总害怕……"他脸涨得更红了，"所有人都是好人，只是太愚蠢了！你也是，你怎么就不明白我的话呢？再见！小心点，为自己，也为你丈夫……"

他转过身，拄着拐杖，生气地又道了声："再见！"

尽管他看不起我，但我几乎要笑出声来。尽管他跟之前的萨比尔长老一样在劝我回去，但是我相信他是想帮我的，想传递给我某些信息。

在回家的路上，我想着老人家的话，觉着他的警告并非没有道理，我为什么一定要义无反顾呢？我可以断定，我跟沙漠、亚历山大大帝以及这片绿洲的经历是一次无果的冒险，但这不是世界末日，这也不是我人生中的第一次失败，不管发生什么，我都能重新站起来。他们讨厌我在神庙里转悠，怀疑我想偷他们的宝贝，也许我执意寻找亚历山大墓会给马哈茂德带来更多的危险。

我知道，这些日子马哈茂德遇到的麻烦已经够他受的。自打开始征税以来，每天他都会跟某个家庭发生争执。他说过，他曾委托萨比尔去征收每家的份额，可他们拒不缴纳，他不得不亲自出马或派士兵去挨家挨户征集，可还是没用。他说，这些日子收效甚微，整个绿洲重新燃起战火的危机，一触即发。这种时候难道我不该有所收敛吗？不能再惹事了，平平安安让马哈茂德度过这场危机吧。可是，果然如此的话，我还待在这儿干吗？也许一块儿离开更好。可我相信马哈茂德绝不会同意我们临阵脱逃的，他不能让自己蒙羞，更害怕会坐牢。我如何是好？

今天的太阳还可以忍受。回到家里，我坐在楼梯的台阶上，看着院子里玩耍的孩子们。他们个个提心吊胆，偷偷地觑着我，一旦发现我试图靠近，便随时准备逃跑。我已经不再向他们示好了，也不冲他们微笑或试着跟他们讲话，这都白费劲。忘恩负义的绿洲！马哈茂德不是冒险救了他们的一个孩子吗？他们应该感恩才是，不该难为他。另外，眼前发生的事也让我和马哈茂德的关系越发糟糕了。

神庙落石事件后，他又开始酗酒了。喝两杯我尚能接受，喝得酩酊大醉时，我简直受不了，要是醉得人事不省，我就不想碰他了。事实上，我们已经有一段时间彼此不碰对方了。大多数晚上，我们同床异梦。我已不在乎这些了，相反，这样倒使我内心平静。尤其那天晚上之后，我就更不想搭理他了。那天晚上，他醉醺醺的，想跟我做爱，却没有成，他气疯了，恼羞成怒，骂骂咧咧，执拗地不断试着，不料屡屡不爽，便从床上跳起来，气得团团转，一边砸自己的脑袋，然后又跌跌撞撞地扑到我身上，再试，越试越恼。自从我们相识后，出现这种情况还是头一次，尽管我很厌恶他，厌恶自己，但还是安慰他说："也许喝多了，也许最近太累。"可安慰也没用，他试了又试，直把自己和我都弄得精疲力竭，以前和迈克尔在一起的可怕经历又浮现在我眼前……

后来几天发生的事情让我更为反感。第二天中午，他一回到家，还没等吃午饭就把我拉到床上，干成了，晚上又试了一次，又成功了。他明知我不喜欢粗鲁，却比以往更加暴力，好像在报复我，又像在报复他自己。如此这般持续了几个白天和夜晚。

也许他以为我们仍然像原先那样彼此恩爱，能做到真正的水乳交融，以为我的抗议只不过是一种娇嗔或调情。

不，今非昔比。他也许是，至于我，他的行为没有让我感受到真正的渴望，也没有享受到爱恋的美妙，他所做的一切不过是满足他的男性需求，一旦满足了，就把我搁置一边。不过这也反倒使我安宁下来，从心底里感激他。

也许我冤枉了绿洲，马哈茂德还是马哈茂德，没有变，或者说，他还是原来那个善变的他，不断从一种状态跳转到另一种状态。他一面违背教规，酗酒无度，另一面坚持每周五在清真寺做聚礼，履行公众义务，赢得别人对他的尊重。有些夜晚，我还见他摸黑从床上跳起来，略一洗涮，便沉浸在祈祷中，痛哭流涕。这样的情况少有发生，让我很吃惊。我不知道自己怎么办好，是同情他还是取笑他，心想：马哈茂德，你到底信奉什么？而我又信奉什么？我已许久不思考信仰问题了，不再去教堂，也不再一个人做礼拜。也许神灵有一天将不证自明，但是有关这个话题已不再让我伤脑筋了。

我看了一眼玩耍的男孩们，童年是多么让人愉悦的时光啊！天真无邪又是多么让人轻松！男孩们在地上挖沟，注进水去，渠边上插了些绿色的幼枝。男孩子们像父辈那样，将其浇灌成园圃。而最重要的是，他们没有忘记在苗圃四周建起一道高高的沙墙，他们自小就明白护院墙是必不可少的。女孩们则在另一边玩，隔着男孩们远远的，他们之间还立着另一堵墙！

我喜欢看女孩们玩耍的情景。在绿洲，只有在她们装饰一新的长袖衣服上，我才能看见缤纷的色彩。我也希望自己能学会如何给姑娘们编织细长的发辫，盘在头上像精美的花冠。可是，谁能教我？她们的母亲吗？母亲们只有参加葬礼或婚礼时才有机会集体出行，只看见宽大的蓝色大袍，那无声的徐徐移动的一团团物体，活像个会走路的警示牌。目睹此景，我真想大喊："人在哪里？"

最后，我站起身来，由于在太阳下坐得太久，脑袋一阵晕眩，不得不小心翼翼地慢慢登上楼梯。

屋里幽暗，比外面好多了。我关上门，想先洗个冷水澡，再躺在床上，把一切杂念——马哈茂德、亚历山大、长老、女人、孩子以及绿洲的一切统统赶个精光，然后睡个无梦的好觉。可是，刚踏进浴室，忽然传来一阵急促的敲门声。

是谁？不可能有人敲我们的门，也不像马哈茂德平日里的敲门声。

会是谁呢？

我惶恐不安地问："谁？谁呀？"

答话的很紧张，好像嘴巴贴着门在说话："玛丽卡！"

11. 马哈茂德

真是给我添乱！

这黏糊糊的大热天法尤娜来干什么？我希望，在她乘的轮船抵达亚历山大港之前，在她决定来锡瓦之前，我的信已经送到朋友手里。就算她疯了，也绝不可能去找一个向导带着一支跟她一样疯的驼队，护送她一个人来这里。而真正的麻烦还在于万一她确实找到一个人愿意陪她过来，那等着她的便是一场灾难。我肯定要为这场悲剧负责，就算我保护不了凯瑟琳，也无法自保，那也得保护法尤娜。

从警察局办公室往下看，绿洲平乱的军队撤离时留下的那门炮，就在院子里摆放着。我惊奇地看着它！矮小的炮筒下配着两个木轮，很像"卡鲁马车"的轮子。训练有素能操作的士兵都已经调走了，留着它还管什么用？或许像我猜测的那样是为了彰显国威。的确，我们现在多么需要这种威严啊！

绿洲在沸腾，每天都会发生家庭纠纷和争吵。

我说:"易卜拉欣,那些人救了你的命,你怎么忍心这么做?"

"长官阁下,我也不想这么绝,可有什么办法……我们都受政府管制,政府能生杀予夺,绝不会心慈手软。一旦你宽恕了当地的百姓,政府立即大军压境,发动新一轮讨伐,那时就不仅是鞭笞与关押,老百姓要遭更大的罪了。"

我无法按易卜拉欣的逻辑跟他做无谓的争执。在他能下地行走后,我就告诉他准备送他回开罗,请求赛义德准许他复员回家。我满以为这样做是为他好,不料他流露出哀伤的眼神,几乎要哭出声来。他说他虽然瘸了,但还可以为我效力。我吃惊地问:"易卜拉欣,我什么时候勉强过你?"

他说:"长官阁下,你现在就在为难我。你让我回开罗我办不到,我还想在这儿攒俩钱,家里一群孩子等着我供养呢。赛义德贝克——真主保佑他——他了解我的情况,他说过:你跟着长官阁下去绿洲吧,那里还可以拿到一份补助,好好把钱攒起来。他了解我,我们是同乡,他是我们苏非教团的团长,一个乐善好施的人。反英战争后,我们的队伍解散了,我被遣散回家,孩子们嗷嗷待哺,如果不是赛义德贝克为我说情,在警察局给我找碗饭吃,我和孩子们早就活不下去了。"

"出事后我也是为你着想,为你的身体着想。"

"事故的发生是真主的旨意,当时石块有可能砸到你,有可能砸死我,赞美真主,我活了下来,阁下,不要阻止我享受余生的权利吧。"

"易卜拉欣，就听你的。"

我心想：我希望他走，也许就为了让我再次忘记那让我感到羞愧的瞬间，目前看来最好还是把他留下，能不断提醒我别再逃避责任。

我没有按他的劝告去鞭笞和关押百姓。我和萨比尔长老一道会见了那几户拒不纳税的族长，试图借着救孩子的义举产生的良好氛围，改善关系，来说服他们缴纳税赋，这也确实是从他们的利益角度考虑，不要像原来那样遭到政府的惩罚。不料一些族长听罢，怒冲冲地抗议政府太过分，另一些虽巧辞善言，却迟迟没有交税的实际行动。

我的顾问易卜拉欣也要我注意，萨比尔长老说的不纳税的家庭大部分来自西部族。我说也许萨比尔更有能力说服自己的东部族纳税。易卜拉欣却说："真主是全知的，我并没有看到有多少东部族家庭纳税。"

从警察局出来，在回家的路上我琢磨着萨比尔长老的意图，如果易卜拉欣观察得对，那么萨比尔就是在挑拨东西部族之间的关系。可是政府只关心税赋征集得够不够，只要不够，马上大军压境，那时候，他们才不分东部西部呢。萨比尔聪明反被聪明误，他的意图是什么呢？这些都是不重要的。

重要的是，我如何能摆脱内政部给我下的套？来到绿洲，我并不喜欢这片水土和这方人，他们敌视我和凯瑟琳，甚至敌视我的士兵，这增加了我对绿洲的厌恶感。然而，我越琢磨作为统治者的我们对他们所做的一切，就越能理解他们，发现他们的行为其实完全出于本能。

我们来到这里，不像是兄弟，倒像侵略者；我们对待他们，不似乡亲，恰似一个个殖民者，不管乐不乐意，都要他们向征服者们纳税。我为什么对英国人的行为感到愤怒？凯瑟琳为什么对英国人在爱尔兰的作为感到愤怒？这完全是弱肉强食，我们在这儿的作为无异于英国人在开罗的行径。他们看见了易卜拉欣的善举，认为我也是善意的，便改变了他们的处事态度。但是他们难道没有看出我跟别人的不同之处吗？为什么他们这么固执，这么愚蠢？为什么想毁灭自己，毁灭我？唉，想这些有什么用？车轮滚滚，任何事物都挡不住它向前滚动。

快到家了，只见院子里、空地上玩的孩子们都安静地站着，眼睛直勾勾地盯着屋子，楼梯下面拴着一头驴。

孩子们一见是我，像平常一样跑开了，可是仍好奇地盯着屋子。

屋里忽然传来一声高喊，我也惊恐起来。

孩子们呆立在原地一动不动。当我意识到那喊声来自凯瑟琳时，立刻掏出了手枪，连蹦带跳冲上楼梯，大喊："凯瑟琳！出什么事了？我来了！"

我冲进门，一时间还弄不清半黑的厅里发生了什么，便将子弹推上了膛。

眼前只见站着的凯瑟琳，一手拿着根枣椰树叶柄，另一只手捏着撕开了的衬衫纽扣，轻轻地拍打着跪在地上的一个姑娘，姑娘哀求着抱住凯瑟琳的小腿。

我再次问："出什么事了？" 同时下意识地把枪对准了那跪着的姑娘，说时迟那时快，就在要扣动扳机的刹那间，凯瑟琳手里的叶柄也在同一时间里抽在了我手上。子弹打飞了，我疼得叫出声来，枪也随着我的尖叫脱手飞了出去，被凯瑟琳踢到远远的角落里。我捏着打痛的手，骂骂咧咧，脑子里可是一团乱麻，一点也不明白眼前发生的一切：是当地派人来暗杀凯瑟琳？为什么先下手杀她而不是我？孩子们恐惧地盯着我家又意味着什么？这姑娘侵犯了凯瑟琳，撕破了她的衬衫，还企图伤害她，可又为什么死死抓住她的小腿亲吻，而凯瑟琳还拿叶柄自卫？我一时蒙了。

我冲了上去，扒开姑娘那双紧紧抓住我妻子小腿的手，踢了她一脚。她尖叫着向门口跑去。我正想把她从楼梯上踹下去，可是凯瑟琳飞奔过来，用叶柄拦着，气喘吁吁地喊道："她躲过了你的枪子，赤身裸体跑到外面，难道你还想让他们打死她吗？"

凯瑟琳拾起地上的长袍扔在倒下的姑娘身上，叹了口气，生气地示意她把长袍穿上。

姑娘爬起来，瘦小的身躯像个幼童，麻利地钻进那件脏兮兮的男人的白大袍里，戴上面纱，向门口跑去。我迷迷糊糊地问凯瑟琳："她是谁？为什么要放她走？她怎么进来的？干了些什么？"

姑娘跑到门口，忽又转过身来，揭开面纱，我隐约注意到这张十分灵秀姣美的脸蛋。她向凯瑟琳奔去，灰色的眼睛里闪着光芒，泪水涟涟地指着自己的胸，又指指凯瑟琳，再指指地上的枪，用我们听不懂的方言喊着。她再次跪倒在凯瑟琳脚边，抱住她的双腿亲吻起来，哭诉的时候全身微微抽搐，像在呻吟。

我惊呆了，凯瑟琳也僵在那儿，撕开的衬衫敞着前襟，露出了胸前那两个匀称的球体，上半部分紧致白皙，下半部分透过她那黑色的丝绸文胸若隐若现。

姑娘的哭泣逐渐变成哽咽。我惊恐不安地问凯瑟琳："你明白她在说什么吗？"

她像着了魔似的喃喃地回答："一个词也听不懂，但我觉得她很愤怒，想让我们理解某件事，可我们就是不明白，所以，她想让你用手枪打死她！"

"我也想那么做！"

极度的愤怒赶走了我的惊恐。我跳起来，想去拿枪，凯瑟琳伸出裸露的胳臂把我拦住，尽量用平静的口气说："你看见了，她确实疯了，你不能像她那样疯狂。"

可是那姑娘忽然跳起来，伸出手像是去摸凯瑟琳的胸，我不知道她想干什么，可能想拥抱她，也可能想掐死她。我顾不得那么多了，从后面扑过去掐住了她的脖子，她尖叫起来。一股疯狂的嫉妒心控制了我，力量大得几乎要把她掐死。我觉得她如若再次触摸我妻子的身体，那我就要让她不好看了。凯瑟琳那蓝色的眼睛也在闪闪发光，她也在用听不懂的爱尔兰语喊着什么。突然她举起叶柄，敲在姑娘的头上。姑娘本想躲避我的拳头，不料却挨了一叶柄，尖叫一声，额头上顿时裂了个大口子，冒出一股鲜血。凯瑟琳抓起面纱，一边蒙住姑娘的头，让姑娘挣脱我的手，一边把她推出门去，狠狠把门撞上了。

女孩出去了，我这才注意到屋外是一片寂静。之前，

167

尽管屋里动静很大，但我还是听见屋外人声嘈杂，大人小孩大呼小叫，夹杂着持续不断的急促的呼喊声，现在却完全静了下来。我打开门，只见姑娘骑着毛驴，背对我们，哭着向东边那个死寂笼罩着的村庄走去。院子里一个大约四岁大小的孩子坐在地上哭，大人过来，低头一把抱起他，连眼皮都没抬，快步往村里走去。我迷惑不解，看着空旷的院子，一肚子的火无处发泄，反身进屋里激动地喊道：

"院里大人小孩全走了，走得一个不剩。"

凯瑟琳坐在凳子上，满脸通红。过了一会儿，说了一句：

"他们肯定知道她是谁。"

"这么说你也认识她？"

"是的，她叫玛丽卡，我去启灵殿的那天，她是唯一跟我搭话的人。那天她只告诉了我她的名字，今天又打扮成男孩来找我。稍后他们肯定会发现这个称为'女魔'的女孩从家里逃跑了。"

"女魔？你是说她就是我们听说的绿洲女巫？"

"不，她是女魔，禁闭期还没结束就逃了出来。"

凯瑟琳的话听得我一头雾水。她系好衬衫，突然冒出一句话，声调急促发抖：

"女魔吻了我的胸！"

我火冒三丈地喊道："凯瑟琳，别糊弄我！为什么让她那么做？过去她来过咱家吗？为什么叫她女魔？"

凯瑟琳更加生气了，她直了直身子，回答道：

"你……也在这绿洲，告诉我，为什么有人要求女人必须比她们的男人更理性？再说，你连谁是女魔都不知道，

168

还配做绿洲的长官吗？"

"这难道也是我的职责？"

"当然是！既然我研读了所有学者和来过绿洲的游客写的著述和评论，你也有责任研究它，了解它，不了解百姓你怎么管他们？只要你静下心来就会后悔刚才差点杀了她，我也后悔差点把她打死。"

她沉默了一会儿，又说："无论怎样，这个姑娘死定了，她的族人肯定会杀了她。"

我坐在凯瑟琳对面的凳子上，无所适从地对她说："我求你帮我冷静下来，我现在问你，这个玛丽卡到底是什么人？说她是女魔又是怎么回事？刚才家里发生了什么？"

她神经质地笑了一声，说："等等，让我自己先平静一下！"

她倦怠地坐在凳子上，深深地吸了一口气，用疲惫的声音说："我不认识玛丽卡，只在艾古尔米村见过她一眼……"

她沉默了一下，纠正道："我觉得见过她两回，第二次在我去乌姆·欧贝黛神庙时，有个男孩一直盯着我，这个男孩就是她，那天她跟今天一样乔装打扮成男孩。"

"这么说，她跟踪你有段时间了。我们还是回到正题上吧，我问你，为什么说她是女魔？"

我力图集中精力听凯瑟琳的叙述，却无法理解她的话，她先给我来了一连串的问题："你注意到玛丽卡原来的衣服是白色的吗？注意到她没有梳发辫吗？注意到她不戴任何

169

饰物、素面朝天，甚至不像所有女孩子那样涂抹眼黛吗？"

"凯瑟琳，你在开玩笑吧？我当然不会去注意这些，即便看见了，也不会关注的。在绿洲，我只见过一些在路边玩耍的小女孩，不知道大姑娘穿什么，怎么打扮。这有什么要紧的吗？"

她说她也没去注意妇女们的装束，但在有关锡瓦的书中读到过一些这方面的记载。"白衣服是这里寡妇们的丧服。当玛丽卡脱掉她的男性大袍，揭去面纱时，我一见她那件脏兮兮的白衫和不施脂粉的脸蛋，马上意识到她是个寡妇，正遭受着这个绿洲对寡妇的惩罚。也可能不是惩罚，只不过是世代相传的对死亡的恐惧，确切地说不完全是对死亡，而是对女性的恐惧。因为这种惩罚习俗只针对寡妇不对鳏夫，鳏夫在妻子死后不用满月就可以再婚，而寡妇则必须守寡到附在身上的克夫幽灵被驱逐后。她必须禁闭在家里四个月零十天；丧服不管多脏不能换洗；不能洗澡，不能化妆；不能佩戴首饰，不能梳头。这里最重要的是这个女人不能出门，也不能让别人看见。服丧期的寡妇被称为"女魔"，谁见了"女魔"一准会死，因为她已被死神附体。服丧期间的寡妇必须净化心灵，禁止跟人说话，别人也不许跟她说话。唯一被允许跟她接近的是那些有胆量的近亲，但也必须隔着墙才可以对话。这种状况要持续数月，克夫的寡妇才能被认为已洗清了自己的罪孽。服丧期满后，她才能在绿洲的泉水里洗澡，重新开始梳妆打扮，但那一天很危险，有人在村里游街串巷，高声喊着提醒大家：'女魔出来了，大伙当心厄运临头。没事好好待在屋里别出头露面，在尚未从死亡幽灵中净化前，女魔的邪性极大，见谁谁就会毙命。'"

听完凯瑟琳的话，我简直不敢相信自己的耳朵。中间打断过几次，让她一再重复才能明白。尽管这样，不少细节还是没弄明白。她讲完后，我还是不得要领，下意识地说道：

"怪不得我常听见有人在沙理镇和艾古尔米村之间来回喊叫，当然我什么也听不懂。"

我集中思路，继续问凯瑟琳：

"那么，反抗禁闭的寡妇会受到什么惩罚？"

"你是说玛丽卡会受什么惩罚吗？这个我不清楚，书里没提过。不过至今还没有哪个寡妇敢冲破这个禁忌。"

"可你说他们会杀了她。"

"那只是我的猜想。"

她略一停顿，急切地说："但愿是我猜错了，希望他们不要那么做，也希望你能救救玛丽卡！我真替她担心，她已经触犯了那么多的禁忌：在灵魂净化前就跑出了家门；竟敢从艾古尔米村逃到沙理镇。按照他们的说法，她已将死亡的诅咒撒遍了整个城镇。"

我站起身喊道："别忘了她竟敢侵犯你。"

凯瑟琳打了个手势，装作满不在乎地说："她还是个孩子，也许确实有些疯傻，我们已经够惩罚她的了，兴许还有点过头了，我绝不会原谅自己的行为。"

可我无法像凯瑟琳那样这么快就原谅了玛丽卡，脑子里乱糟糟的。我一定要复仇！一定要向闯入我家、侵犯我女人的人报仇，不管她是孩子还是大人，是疯子还是常人，是魔鬼还是天使，我绝不能原谅！

我气愤地说："为什么这个女魔偏偏闯入咱家而不去别人家？"

凯瑟琳吃惊地看着我说："你怎么到现在还不明白？"接着叫起来："你现在要去哪儿？"

我没有回答，出了家门。

12. 萨比尔长老

乡亲们，恐惧降临到你们头上了，它比我所有的预测更加恐怖！你们曾经对这些预测冷嘲热讽，这下可好，不以为然的事找上门来了。这股恐惧没人能躲得了，当那个女魔出来跟你们作对时，恐惧就闯入了你们家门。你们召集长老、女巫来商量对策，以便从这个弥漫在绿洲里的诅咒中解脱出来。

这个女魔昨天中午才出来，可是到了夜里，从沙理镇到艾古尔米村的整个乡镇已经哭成一片。妇女流产了，孩子莫名地发起高烧！女魔所经之地长势苗壮的枣椰树竟然蔫了！从不见一块火炭的房子忽然间火光烛天！每时每刻都有新的噩耗从一户人家或一处果园里传出。女魔经过的所有家庭，或是见过她的男人和孩子的人家，都免不了响起沉重的呜咽声。人们预测每分钟都可能有灾难发生，却不知道该如何制止。

乡亲们，你们这是活该。盘旋在人们头上的大鸟俯冲

173

下来，我也无法幸免。只是我不会为你们哀号，也不会为自己悲泣。让这股复仇之风席卷大地吧，哪怕我与你们同归于尽。但在末日来临前，我试图品尝一下平生如饥似渴的复仇滋味。

这不，我正等待如坐火炭的族长们过来，太阳升起前我就在凉棚下等你们了。

我绝不宽恕任何人。既不会宽恕西部族人，也不会宽恕埃及人，甚至东部族人。他们都得罪过我。我久候的时刻终于来到了，你们所有人都是我手中驯服的工具，我从未想到这一时刻竟然是以此种方式、因如此缘由突然降临。来就来吧，天下之事，殊途同归嘛。

我五岁时就经历过你们现在面临的恐惧。当时，我最痛恨的人——西部族的优素福对我父亲和东部族长老们施以奸计，可是乱世末路，我只好对这个"奸雄"俯首称臣。等明白过来时已垂垂老矣，失去了复仇的机会，但我不断学习，研究了他毕生的生活履迹。

我重温他走过的人生历程，铭记于心，更不放过任何教训和细节。一开始，优素福在绿洲故意制造族人间的混乱，当时埃及人的根基还不牢固，他怂恿东部族扎杰莱人包围了一个来绿洲盗墓的该死的洋人的营地，煽动他们去烧洋人的营帐，抢劫他的家什。可就在扎杰莱人准备行动之前，优素福早已暗中派人见过这位洋人，告诉他有人要加害于他。他便邀请洋人来自家做客，加以保护。扎杰莱人扑了个空，无奈便抢了洋人帐里的家什，把营帐付之一炬。

优素福清楚，埃及人的秉性是宁弃锡瓦老百姓的安危于不顾，也要付出巨大代价保全那些洋人。他便把那位洋人留在自己家里，几天后悄悄带他溜出锡瓦，去了埃及。在开罗，这位上当受骗的洋人当然会说，要是没有优素福，他早随同营帐一股脑儿烧成灰烬了。于是，受骗的洋人奖赏了优素福，委任他为绿洲地方长官，加派一支埃及人和贝都因人编成的大军随他来到绿洲。这便是我灾难的开始。

新地方官在乡镇周围布满军队，而我东部族长老也已拿起武器，严阵以待，准备自卫。这时新地方官优素福派出一名使者告诉他们，埃及人不是来战的，而是来求和的，只要他们派出一个长老代表团跟他们签个和约，绿洲就恢复和平了。我的族人中了优素福的奸计，派代表团去了埃及人的军营，可是代表团一到就全体被捕，随即宣布处以绞刑。在沙理镇坚守城堡的人不愿放下武器，也不交出他们的长官，优素福便来抓我父亲。我大声叫喊，拉着父亲不撒手。一个士兵抡起大棒就打，脑袋打破了，我也成了个半瞎子。

这恐怖的一幕是我童年仅存的记忆，那劈头盖脸砸下来的大粗棒子让我这辈子无论在梦里还是清醒时分都忘不了那帮人。我的左眼从此失明，只能看见模糊的影像。童年、少年时期失去父亲的经历和自己的孤独无助，让我忘不了这帮恶人。不过惨痛的经历也教会了我许多。我自小就懂得要木讷寡言，藏巧于拙。刚开始，我的沉默寡言出于恐惧和自卑，我常常离群寡居，不想后来成了习惯，竟十分受益。这个习惯也提醒我记住那位不露声色、工于心计达到目的的优素福，他使我认清目标，要以其人之道还治其人之身，向他族人复仇。

我不让任何人知道自己的心机，甚至不让人知道我左眼已失明，既然这只眼睛看起来正常，那就让他们以为这是正常的好了。我熟背《古兰经》后，叔叔们想送我去宗教学院爱资哈尔大学读书。我没有明说自己不喜欢埃及和埃及人，只说我喜欢去突尼斯学习。我从没有后悔自己后来求学来到宰图纳清真寺。在那儿我遇见了从乡镇南部过去的长老们，我听得懂他们的话，他们也明白我的意思，了解我的家乡和部族。

在那儿，我还遇见了那位给我预言书的人。当时，在清真寺里，他直盯着我的脸，目光如炬，令我生畏。他是个老态龙钟的长者，却健步追了出来，一把抓住我，几乎把我弄倒在地。他用不夹杂突尼斯口音的我们东部族的方言对我说："你就是我一直在等待的人！"我立马意识到他是我的同乡，不过我还是装着惶恐不安地问道："你是谁？"他没有回答，只是拉下另一只手的袖子，空空的袖管里只剩下半条胳臂。他抬起头，颈部呈现一道深深的疤痕，露出没有皮肤包裹的白肉，他说："我按照星宿的指引找到了你，你就是那个会为我和我们东部族向西部族人报仇的人。"

我心有余悸，不敢相信，想考验他一下，便说："跟我们交战的西部族人中也有像你这样受伤的，有的比你伤势更重。"他没理会，继续说："我毕生都在这里观察星象天体，通读了我们绿洲的运程，它像一本打开的书，一目了然。

176

只要绿洲不归属于我们或他们任何一方，这块土地将永无安宁之日。"

他的话让我想起了一件事，我说："一位西部族长老也曾试图掌控这块土地，最终没能成功。"他说："我知道，但你能成功，你注定可以，否则所有的预言都将应验。如果我们不能消灭敌人，那么你们族人的命运将和我的命运如出一辙，这一点你必须警告你的族人。"接着，他又给了我一句纯属多余的忠告，要我保持警惕，不露心迹，因为我的族人不爱听人劝说或警告，这一点和西部族人一样固执，而我可以通过谋略达到单凭拼杀无法达到的目的。在听到长老这席话之前，我早就记住并学会了这一课，我比他还渴望向敌人复仇。我已经记不清父亲的面容，但对杀害他的那些人的血海深仇却铭心刻骨。我要为他、为自己报仇，这难道不是正义的吗？

我不知道那位移居突尼斯的东部族人的预言能有几分真实性，但我还是一再跟族人重复那些预言，一方面希望它有一天真的会发生，另一方面也借此进行恐吓。光凭这一点我就能进行统治。至今族人们所做的一切还不足以解我心头之恨。不错，他们在一次战役中杀了任职不到一年的地方官优素福，之后，又通过几次战役，我们战胜了西部族人。可是这些战绩不足以实现我的梦想，我们还没有取得最后胜利，也就是说，像那位预言家所希望的那样掌控这片土地。现在已经到了不是他们打败我们，就是我们打败他们的时候了。我们双方曾经联盟过，可时间不长便宣告解体，今天如果我们的谋划超越不了地方长官优素福的策略，这种局面将不知会延续到哪年哪月。

一段时间以来我一直在考虑这个办法，那就是挑起西部族人和埃及人的全面开战，而我们则完全脱身事外。我可以深藏不露，两边讨好。我要让他们觉得我是个和平天使，同时也是个毁灭天使。我必须努力赢得这个初来乍到的讨厌的长官和他那该死的妻子的信任。这一切就是命运。

对治疗军士长腿伤之事，我也假惺惺地表示热心，跟我们同族被救孩子的家长同心协力。说实话，即使石块砸死了那个军士长，也不会引起我半点哀伤。一如往常，我的族人还是白白浪费了大好时机。我鼓励他们缴纳税收，不要像西部族人那样反抗。我知道如果我们的对手拒不纳税，而缴不齐税收将导致新一轮的军队讨伐，这样一来，埃及军队便和西部族人交上了火，跟我们东部族人没有任何干系。我可以像优素福一样，引着火苗，远远观望。我万分谨慎地向我的族人解释我的意图：如果我们按要求纳了税，而我们的对手抗拒上面的要求，这样他们就麻烦了。可是，族人们不听我的，竟然说："只要他们不交，我们决不先交！凭啥我们要先于他们？"

没关系，既然你们不想抓住这大好机会，那就欢迎女魔风暴席卷你们吧，这一回我让你们有好看的。

叶海亚啊，你不是要保护玛丽卡吗？现在还有什么话可说？还有什么事可做的？我知道你跟往常一样，会第一个到达会场，可我在这凉棚下等你半天了，你总用你那虚伪的好意和杜撰的历史来坏我的事，让那些蒙骗者们相信你超然于分歧和倾轧之上。实际上，你和你族人们一个鼻孔出气，完全跟我们背道而驰。我信不过你，你是全城镇最卑鄙的一个，不过这会儿我还是耐心等待，等着你和大伙儿。愿真主佑助我今天掩饰住自己的幸灾乐祸！西部族人啊，马阿巴德死后，我挽救你们免除了一场恶战，可是，今天对玛丽卡的行为，我拿什么拯救你们？今天没有什么理由来为你们说话了，我最好闭嘴。现在一切都随我心愿向前发展着。我听到从艾古尔米村方向传来你的驴叫声，叶海亚啊，我会像往常一样一见面就拥抱你，我梦想着你在我两臂间化为尘土。

族长们的聚会比平日里早了一些。我看出西部族的长老伊德里斯、阿卜杜·马吉德和叶海亚的脸上个个愁云密布，焦虑不安；而我们东部族长老萨拉姆、奈菲阿和阿卜杜拉则流露出压抑的愤怒之情。不过，大家一致的表情是惶恐不安。那好，让我再给你们的火上浇点儿油吧。

我用悲切的语调，低着头说："昨天，长官向我提出了要求，但是我不太明白他确切的意思。他要求我们惩罚玛丽卡及其家人，还要惩罚把她放出来的人，否则的话，他要亲自动手了。"

与会的全都提高嗓门，说长官和他妻子那天踏入我们地界的事。我暗地里说了句"阿门！"

阿卜杜拉长老说："当时如果我们听了那个叫麦布鲁克的年轻人的话，在长官和他妻子这两个丧门星一踏进绿洲时就把他们干掉，那岂不是更好？"

奈菲阿长老说："那时我们想逃避灾难，这下好了，陷入了更大的灾难……"

阿卜杜·马吉德打断了他的话，说："都别瞎耽误时间了，说点有用的。灾难已降临在我们头上，怎么办？对那个四处播撒毁灭孽障的女魔怎么办？"

会场上鸦雀无声。过了一会儿，今天显得格外羸弱的叶海亚长老开了腔，他像连自己的话都不信似的说："我听说灾难连连发生，从艾古尔米村一路过来，沿途有一棵枣椰树蔫了，不过，那棵树好像蔫得有段时间了……"

长老们气愤地打断了他的话，有人站起来高声嚷道："你这话什么意思？我邻居家所有的孩子都发烧了……黑蝎子从地底下爬出来，像蚂蚁一样爬满屋子……我亲眼看见一棵橄榄树烧了起来……照这样下去，我们都得死……你听听家家都传出哭号声。"

眼见大伙儿群起而攻击叶海亚，我心里一乐。可是，他等大家情绪安静一点后，转身问萨拉姆长老：万一碰上如此这般的灾难时，祖先们是怎么应付的。萨拉姆长老世代传袭记录绿洲地方志。

他回答叶海亚："这个地方以前没发生过如此灾难，这一点我很确定，但昨天我还是去查了一下早先记录的文献，没有找到任何提示。"

伊德里斯长老一脸悲恸地说："就算我们杀了亲生女儿，她的死能消除女魔的孽障吗？"

大伙儿又沉默了。我知道他们都在等待有人回答，便沉不住气地说："这样做倒是让长官阁下满意了，也不会生我们气了。"

180

窝着火的伊德里斯长老一下被点着了，他说："正是长官和他妻子给我带来了灾难，惹怒了真主！我才不考虑他高兴还是生气呢。对我来说，对付他比对付女魔的灾害要容易得多，现在先来收拾他吧。"

西部族其他的长老都冲他投去责备的目光，有人用手指着他，警告他。而叶海亚对此却毫不在意。

奈菲阿长老说："伊德里斯，消消气，我们好好想想。你没听见萨拉姆说这是绿洲第一次遭此厄运吗？乡亲们都在等着长老拿个主意。"

他的话好像给叶海亚找到了一条生路。叶海亚尽管一直声小气弱，犹犹豫豫，这时也抬高嗓门问萨拉姆道："文献上是怎么说的，萨拉姆？如果妇女们精神失常，我们是怎么对待她们的？"

萨拉姆吃惊地回答道："叶海亚长老，这是什么话？我们原来怎么做现在还怎么做。我们会请一位熟背《古兰经》的长老，他谙熟将鬼魂驱逐出妇女躯体的咒语，然后将疯女人关起来，直到她痊愈或死去。但这个鬼魂危害力不仅仅局限在躯体上，这是个大祸害，我们的祖先对此极为重视，这是个夺命鬼，破坏力很强，附体于女魔身上，我们的先辈们知其危害，所以将寡妇们禁闭起来，直至毁灭的幽灵远离她们……"

阿卜杜拉长老简单地吩咐道："那就按伊德里斯说的去做吧，这是天命，赶紧把她杀了，让她和她的鬼魂远离我们。"

忽然，叶海亚以一贯愤怒的口吻大声说："我们聚会这里是为了商量对策还是一个接一个地说要杀人，要杀人，好像你们都被死神阿兹拉依①附体了一样。求真主宽恕……"

我见叶海亚气得直哆嗦，活像一头落入圈套正在垂死挣扎的猎物。这时我才觉得是本人该出箭的时候了。我平静地说："玛丽卡是我们大家的女儿，她带来的祸害已遍及在座的各位，因此，现在不光是西部族人对此有发言权了。"

叶海亚激动得浑身乱颤，说道："我啥时候说过由任何一位西部族长老一人说了算？现在不就是按照你们说的那样一块商量，咨询萨拉姆长老有关先辈们的做法吗？"

阿卜杜拉长老也气鼓鼓地说："坦率地讲，叶海亚长老，我相信任何伤害这个姑娘的方案你都不会同意的。"

叶海亚再也控制不住自己了，声音大变："你也想杀死她？是啊，阿卜杜拉长老，玛丽卡是我的女儿，我爱她。不过，长老们，假如她的死正如你们所说的那样，能换回这片土地的安宁……如果你们能发誓，她的死能消除这个地区的孽障，那我绝不拦着……可如果她死了，一切都无大变，那怎么说？"

长老们面面相觑，说实话这个时候他们已经没有心思再听叶海亚说什么了，而是专心倾听从艾古尔米村果园那边传来的喧闹声。我暗自窃喜。

这时候，台阶下的路上来了一群西部族扎杰莱人，个个手里拿着枪，低头从我们面前跑过去。接着几十个城里

---

① 阿兹拉伊：伊斯兰教四大天神（天使）之一，掌管死亡，负责索取人的性命，被称为"死亡之王"。

的混混也加入其中，他们手里拿着土枪、长矛和棍棒，高喊"差官去死吧！异教徒去死吧！"的口号，有人还鸣枪向警察局冲去。

叶海亚长老明白这是要出事了。为了让自己的声音高过路上的嘈杂声，他站起来扯着嗓子喊："萨比尔长老，快制止这群疯子！他们会毁了咱家乡的……"

为了能让他听明白，我也提高了嗓门："叶海亚长老，这种毁灭会大过我们已然身在其中的灾祸吗？他们是你的人，你去制止吧。"

叶海亚长老走近阿卜杜·马吉德，弯下腰摇晃着对方的肩膀说："你知道我跑不动，追不上他们。你还年轻，快跑，去制止他们！跟他们说，这些做法我们以前都试过，后果就是战争、绞刑和坐牢。"

阿卜杜·马吉德低下头不敢面对叶海亚，他用我还能听得清的声音说："叶海亚长老，晚了！来不及了！"

叶海亚直了直腰，站着扫视了大家一眼，颤巍巍地说："这么说，在我们到来之前，你们早就商量好了，就我一个人蒙在鼓里？你们决定先干掉差官，然后再转过来收拾玛丽卡？今天的一切磋商都跟先前的一样一派谎言？"

他本想嚷嚷，但喊不出来只能哽咽着说："我真想一个人跟你们拼上一回！"

没有人回应。就算回应了，他也无法听清楚众人说了些什么。这时传来了铺天盖地的枪声和青壮年的呼喊声。叶海亚拄着拐棍，踉踉跄跄地想走下山坡去。然而就在他准备往下走时，刹那间周围变得一片寂静。

枪声和呼喊声戛然而止，所有人都朝警察局方向看去。

我也起身朝外看，发现那些扎杰莱人脸上也露出些许恐慌，有些人看着我们，手指向警察局，提醒我们注意南边。可还没等他们说出话来，火球已经在天上炸开了，迸出的火星像雨点般洒落下来，夹杂着长老们雷鸣般的喊叫，不绝于耳。大地在颤抖，凉棚在晃悠，枣椰树叶柄搭成的棚顶散了架，纷纷落在我们头上，碎片和尘土铺天盖地卷了过来，女人们叽哇乱叫的声调超过了爆炸声。冲击警察局的扎杰莱人全都失望地退了回来，你推我攘，也顾不上那些倒下的同伴了。有人在逃跑时瞥了我们一眼，好像在怪我们这帮人怎么到现在还不明白发生了什么似的，冲我们大喊："大炮来了！"

长老们清了清喉咙，转身掸掉身上的尘土，看着那些扎杰莱人一个个散去，喧闹声也随之消失。女人的叫喊声转成号啕大哭。这时，长老们才一个个缓过神来，但一个个愁眉锁眼，眼看着火团燃烧处升起的白色烟云，在天地交汇处旋转，火药气味四处弥漫。看到这一切，大伙都感到前途一片渺茫。

答案来得还不算晚。长官马哈茂德·阿卜杜·扎希尔出现在山丘下，他骑着白马，周围簇拥着一群骑马的警察。

他在凉棚的台阶下停了一会儿，纵马跑上几步，登上山坡，像是冲我们而来。但半途又停了下来，远远地看着我们。

他在马上冲我们发话了，嗓门很高，但语气平和。他指着那团白色烟云说："族长们，这只是一次警告，下一次

184

大炮将轰塌城墙和你们的房舍，先前你们跟军队作战时是尝过这个滋味的。"

他抻了抻缰绳，调转马头，准备打道回府。但忽然又第三次停下来，再次吼道："萨比尔长老，我要一周内收齐税款。告诉我哪几家抗拒不交的。伊德里斯长老、阿卜杜拉长老，明天做完晨礼后去警察局一趟。"

说完，他和士兵扭头就走。长老们待在原地哑口无言。我站在那里惊愕不解：在我把一切都安排好了以后！在碰运气把女魔之灾平息了以后，甚至这一次已争取到可以由西部族人独自和埃及人处理她的时候，事态却……

我瞥了一眼叶海亚，发现他呆若木鸡，还站在斜坡处。人们散去后，他一直背对着我们。这时他扭头扫了我们一眼，摇摇头，伤心地慢慢走下斜坡。

我嘟哝了几句，好像是在劝他："叶海亚，没关系的，机会还会有的！"

13. 凯瑟琳 - 马哈茂德 - 叶海亚长老

凯瑟琳

昨天到今天发生的事都是真的吗？

玛丽卡来了，先拥抱了我，后来跟我吵起来，我险些杀了她？绿洲方向炮声隆隆，接着是我而不是玛丽卡成了被囚禁的女魔，整个噩梦都是真的吗？

自从马哈茂德命令我待在家里后，我大门不出，二门不迈。他当时急匆匆地出了家门，我听见楼下马在嘶鸣，士兵们在等他一道去警察局，那边已经响起了炮声。出门前，我抓住他的臂膀，使劲拽住他，求他给我解释一下发生了什么。他挣脱开我的手，不耐烦地对我说："我命在旦夕。整个村镇认为我要为玛丽卡逃跑后发生的一切负责。"我气愤地问："是我让她来我这儿的还是她自己闯入家门的？这件事其实一开始就错了，正是这个错误导致玛丽卡离家出走，做出丢人的事，也正是这个错误，迫使乡亲们盲目地要复仇，我也不明白其中原委。"

他回答道："该发生的已经发生了。我必须明白，大炮声后笼罩绿洲的沉寂是假象，他们肯定正在商量对策。"他让我待在家里，哪也别去，直到他找到办法。我吼道："我不在乎他们的威胁，我宁愿去死也不愿像囚徒一样待在家里。"他挣开我的手道："想死的时候我也不怕，但现在不是死的时候。不能因为这个原因，也不能背这个黑锅。"他气呼呼地出了家门，说他会派士兵守在家门口，如果我胆敢放肆，他们就用武力阻止我。我听见他从外面锁上了门。

才过了一小时，这强制性的禁闭就让我透不过气来。原先，我待在家里好几天，闭门不出，看书写文，那是我自愿的，而现在并非我所愿。马哈茂德变了，变成了迈克尔！那我呢？我到底是谁？

我没心思工作，只好躺在床上盯着天花板，这到底是怎么回事？从昨天起，我一直在自责，玛丽卡的形象一直在脑子里转悠……马哈茂德打了她，踢了她，我还差点杀了她。一个美好的开始却落得如此悲哀的结局。

记得为她开门时，我一阵惊喜，她揭开面纱，我见到她美丽的脸蛋，怦然心动。她慌慌张张地走到客厅，指指我，又指指自己，接着从一个布包里拿出两个小石头女人塑像，笑着递给我。

我惊奇地仔细端详。塑像很原始，然而从雕刻纹理中却能看出女性流线型的窈窕身姿。她从哪里找到的？为什么要给我看？我也微笑着看着她，露出询问的目光。她靠近我，指指塑像的头，我茫然地看着，其中有一个塑像的面孔很像我，而另一个则像她。我指着塑像，用阿拉伯语问她："谁？"

我本想问她这是谁雕的，可是不知道如何把意思表达清楚。她拿起塑像，把二者靠拢，彼此贴合，再次指指我和她自己，接着高高举起塑像，两个塑像紧紧相依，就像拥抱在一起。我一直盯着她的一举一动。她似乎很渴，不停地用舌头舔舐着丰满的双唇，我也没想起来给她端点水喝，好像脑子一下子短路了。我只是傻傻地站在那儿，死死地盯着她那绛红色双唇和迷人的灰色眸子。

我的沉默和微笑鼓起了她的勇气，她把两个塑像放在餐桌上，犹犹豫豫地靠近我，几乎要和我挨在一起，那急促的气息灼烧着我的脖子。接着，她慢慢地举起双手，搂住我的肩膀，极其温柔地把我抱入怀里，我也张开双臂，把她抱入怀中。可是，我忽然大喊一声"不"，把她推开，她死拽着我的肩膀，撕破了我的衬衣，我用力推开她，连声喊着"不，不，我不是萨福！"①她回到塑像边，让两个塑像彼此拥抱。我摇摇头，坚决而气愤地说"不，不。"这时她突然使足劲把塑像扔在地上，塑像顿时摔得粉碎。她靠拢过来，尽管我不懂他们的语言，还是从她的语气中感觉出她在祈求我弄明白她的意图。接着，她跪在我面前，用抽搐的双手抱住我的小腿，小声地饮泣起来。接着，慢慢地站起身，两手顺次抓住我的小腿、大腿、腰部，最后

①　萨福（Sappho，约公元前630~前592），古希腊著名的女抒情诗人，一生写过不少情诗、婚歌、颂神诗、铭辞等。也称为女荷马、第十位缪斯女神。

把头靠在我的胸上，用满是泪水、唾液的双唇亲吻着我祖露的乳房。直到今天，我还在想一个问题：当时让我全身颤抖的感觉是蔑视还是欢快？当她再次跪在我脚边，而我操起枣椰树叶柄打她时，是想惩罚她还是表示拒绝这种诱惑？

我一遍又一遍地对自己说：我不是萨福！是的，我背诵过她写给她的女学生、女恋人的诗句，可是我不是她。我除了激动地重复"我不是萨福，我不是萨福"这句话外，完全不知所措。我本想再次伸出手把她从地上扶起来，将她的脸贴在我的胸上，可最终还是压下了内心的冲动，转而操起叶柄打了她，还差点儿把她打死。我不明白当时是生她的气还是生自己的气？生气是因为她吻了我，还是因为她亲吻时我全身在颤抖？从昨天到现在我一直在扪心自问：为什么从第一次看见她后，她的形象始终萦绕脑际？她敲我家门时，为什么我那么兴奋激动，心怦怦直跳？尽管我不赞同萨福同性恋的取向，可为什么又要背记她的那些诗篇？我自我解脱地安慰自己说：除了她的诗句，我不是也还背记了许多古希腊史诗吗？如荷马史诗，甚至能背诵萨福的男性情人阿尔凯奥斯①的不少诗篇！

玛丽卡走后，我还捡拾起地上摔碎的残片，试着想重新粘合起来，可惜白费工夫，塑像摔得粉碎，完全无法拼复。我一直在想是哪双巧手捏出了这个躯干、这只手和这张面孔？会是她，玛丽卡自己吗？

当我的手触摸着那些碎片时，脑海里情不自禁地涌出

---

① 阿尔凯奥斯（Alcaeus，公元前 620~前 580）：古希腊抒情诗人。

萨福的诗句：

> 没有听她说一个字！
> 当她离开我时，久久地哭泣。
> 　坦白说，我宁愿去死⋯⋯
> 　临行前，她表白心迹：
> 　萨福，一定要忍受这别离，
> 　我离开你，并非愿意。
> 　我说："去吧，快快活活地离去！"

可是，尽管我很清楚玛丽卡的乡亲们会怎么对待她，我还是没有能力对她说："去吧，快快活活地离去"，假如她侥幸活了下来，假如她还能回来！不⋯⋯

我从来不是这样的人！我永远也不会是这样的人！

凯瑟琳啊，这句话你已经说了有多少回！？在为亚历山大招魂时，你说过；在为马哈茂德离你远去而感到高兴时，你说过；现在，屈服于玛丽卡的诱惑时，你也这么说。那么，你到底是谁？在这里，有种力量在悄悄地改变着人们，在这个与世隔绝的广袤的大漠深处，有种力量在改变着我们。我不应该对马哈茂德的行为感到惊讶，他先是痛恨绿洲，转而同情这里的老百姓，最后竟然命令开炮来对付这里赤足的军队——扎杰莱人，这一系列奇怪的转变令我吃惊。马哈茂德就这样了，那你自己又怎样呢？我想说，在这个绿洲我俩都变了，可是，为什么不朝着相反的方向变化？为什么在绿洲我俩都没能找到真实的自我？

不！这不是我的本性！

可是，当她离开我的时候，我没有听她说一个字……

马哈茂德

现在，我既不能止步，又不能后退，现在，我只能对那些骑着马跟着我的士兵们负责，他们每个人都拖家带口，远离爱人。一小时前，死神与我们擦肩而过，我们创造了奇迹，摆脱了屠杀，现在我们需要再创奇迹。这片沉寂骗不了我们，也骗不了我。

到了警察局，我部署好兵力把守阵地，窗后屋上、院墙后面都安置了端枪的士兵，一切拭目以待。

如果他们发动新一轮的进攻，我们就不能再用同样的战术了。说实话，炮弹炸响时，连我都不相信自己的耳朵，希望那些因受沙土、潮湿等因素影响而锈迹斑斑的大炮别成了哑炮。还有那些炮弹。当我装上炮弹，射向天空时，似乎把自己也射了出去，飞出了这座城镇。当时，我确信命系一线，几秒钟就能决定生死。我已经以最佳方案部署好了兵力，保卫警察局大楼。我给士兵们下达了命令：如果扎杰莱人进攻大楼，我们就以火力还击，尽管那样做会导致双方极大的伤亡。

易卜拉欣一早来到警察局就告诫我说："镇上的气氛很紧张，有人召集西部族人来反对我和凯瑟琳，说我俩是导致这场灾祸的元凶，指控凯瑟琳施以妖术，放出了女魔。那些人怂恿西部族人来向我们复仇，以便消除让这块土地

191

生灵涂炭的诅咒。"他提醒我说估计今天他们就会有行动，发动进攻，这些人是亡命徒，当他们与外乡人交战时，视死如归，冒着枪林弹雨，如入无人之境，群起攻击，格杀勿论。

我赶紧派易卜拉欣回家提醒凯瑟琳不要出家门，并派两个士兵严加看守。不过，我意识到他们肯定先从我这儿下手，再攻击凯瑟琳，她的脱险取决于我的生还。

我想到了用炮火来威慑他们，因为他们曾经尝过炮火的厉害，先吓唬他们一下，却没想到创造了奇迹。现在我拿不准还能不能再使这一招。这一招救了他们，也救了我们免遭屠杀，为我们赢得了时间。接着，我必须用同样的办法，继续威吓他们，尽管我心里根本没底，但也要满怀信心！他们肯定知道明天我要拘捕西部族的伊德里斯和东部族的阿卜杜·马吉德，迫使两个部族一起缴纳税赋。如果明天太阳照样升起的话，明天早晨他们来警察局将是我成功掌控绿洲的决定性一步！

第二天当然如期而至，可是我总是错失良机，这次也不例外。其实，我一开始就错了，我不应该威胁萨比尔长老，我也不应该执着于向玛丽卡及其家人复仇。正如凯瑟琳说的那样，她还是个孩子，有些执狂，哪个理性的成人会向一个偏执的孩子报仇？再说，她未经家人允许跑了出来，背着他们，乔装打扮闯入我家，她家人能怎么办？她遭受了我们这通拳打脚踢，又受了伤，难道遭的罪还不够吗？

现在，易卜拉欣说，他们没能杀凯瑟琳，反而白送了几条命，便转而来杀玛丽卡，以便让百姓摆脱这个女魔的诅咒。包括我自己在内，谁能弄明白这里的陋俗？现在对玛丽卡我已无能为力了。如果他们执意要杀她，那也是他们受有关克夫迷信的蛊惑，即使我们不开炮，即使我对萨比尔长老没有说过一个字，结局都一样。

可是，尽管我为自己开脱，为什么内心深处还是有负罪感？唉，尽想些没用的，不如赶紧考虑一下如何解救另一个疯女人凯瑟琳吧。如果我们还想活下去，就必须尽快让她远离绿洲，把她平安送回开罗。可是，怎么做才行？

至于我自己，看来是躲不过去了，就按既定的路走下去吧：我将像前任们那样，关押、鞭笞几个当地人，迫使他们纳税；兴许还要让西部族人去压东部族人，或者反过来，正如临行前哈里菲先生劝告的那样，当时的我是既瞧不起他也瞧不起这个主意。

在绿洲，我将会走向怎样一种悲惨的命运呢？

叶海亚长老

我说过要独自跟你们交战这样的话吗？叶海亚，你在说梦话吧！你以为时间可以倒转！你以为你还是从前的你！可是为了自己，也为了玛丽卡，即使时间不能倒转，你也必须试一把！玛丽卡啊，我答应你，我的孩子。

可是毛驴不听话，它在嘶鸣，又仿佛在哭泣，一反常态，欲走又停，举足不前。老伙计啊，你还没老成我这样呢，我还能跑跑，你快点走吧！莫非把长老们吓坏了的隆隆炮声也让你受了惊，又或者让我感到窒息的刺鼻的火药味让你也喘不上气来？

能不能喘上气我已顾不得了，玛丽卡，我来了！

从倒伏的那棵枣椰树和神出鬼没的黑蝎子中我嗅到了毁灭的气息。可玛丽卡何罪之有？

孩子，我懂你的心。你一向放浪不羁，是一只自由的小鸟，却跟我们这帮僵尸为伍，你无法忍受对你的禁闭。曾几何时，也许我也像你一样，不，你比我更强。

驴呀，快走吧。昨天我一听说出事了，便去妹妹家打探，却没法看见玛丽卡本人。她家门口挤满了西部族女人，她们扯下头巾，示意不让男人靠近。也许是哈蒂嘉故意让她们这么做的，不让我见到玛丽卡，也不让我干涉他们对孩子的处置。驴呀，走快点，今天我一定要见到她……哪怕全城镇的男男女女都出来阻拦我！

连我这把年纪的人都无法接受和明白这种陋习，你们怎么能要求玛丽卡理解呢？美丽的玛丽卡怎么可能是死亡使者呢？她跟黑蝎子、房屋大火、倒伏的树木、生病的孩子有何干系？你们才有病呢！玛丽卡，这就是你曾经讽刺过的萨比尔宣扬的倒霉的预言，你不明白他们为什么把你幽禁起来，我这一辈子也没弄明白这派荒唐的迷信有何意义。

这个迷信激起了我的疯狂，也激起了部族间的战争，那一场场血的婚庆还没有停止却又要重新开始。他们嗜战好斗，找些鸡毛蒜皮的理由甚至毫无理由就大动干戈。先是每家族长们嘀嘀咕咕，继而大伙商量来商量去，最终酿成战争！这叫怎么回事？这是什么意思？庆典上有喝彩的尖叫和歌唱，也有乐鼓和礼物，可是庆典的新娘和新郎却是尸体和残肢！他们兴致高昂地准备这样的庆典，确定开始的时间、地点、判官，一切都要照章办事。时辰一到，双方部族排阵列队分立两边，每家都有自远古时代起的固定位置，跟他们的宿敌相对而立，阵后站着妇女们，她们尖叫着，唱着进行曲，呐喊助威。判官击鼓宣布庆典开始，所有的士兵便一哄而上，直杀得一具具尸体抬出来。接着鼓点再次响起，剩下的士兵再次出击。这样的庆典要持续好几天，直至两阵拼出个分晓。

玛丽卡啊，你为何不像你的舅舅那样控制住自己的愤怒，直面这场充满着进行曲、尖叫、嘶喊、哀号、鲜血和鼓点的疯狂的婚庆？为此，我一直孤军奋战，现在也是为了你，我将独自跟他们拼杀，放心，我尚能摆弄我的刀枪。

他们没跟你讲过我的故事。多年以来，他们不再给部族的孩子们讲述那些陈年往事，可我知道，他们私下里交头接耳谈论着我年少气盛时的疯狂。孩子，你别信那些话，我不是疯子，我只是想阻止他们的疯狂。

今天，我要给你讲讲我从来没有讲过的话题，让你理解我，我们一起来阻止这片土地上所有的疯狂。年轻时，他们把我看作西部族的骑士，一个最勇敢的人，因为面对敌手，我从未退缩，屡次交战从未失败。可是，日复一日，一仗接连一仗，我内心深处开始厌恶这种屠杀了，良心在折磨着我这个浑身沾满鲜血的刽子手。在一次战役前夕，我拒绝和族人们一起加入那场不义之战，因为很明显我们是过错方！我远离族人后，族里的兄弟、叔伯娘舅全来劝我，说什么你是本族的骑士，怎么能在开战前夕的关键时刻临阵脱逃？你怎能接受这般耻辱？我失去了耐心，甩给他们一句话："如果你们想开战，这就是最后一战！"他们急了："叶海亚，你什么意思？""我的意思是：这次我们跟他们交战和历次的战斗不同，以往也许我们胜，也许他们胜；可这次的结局必然是要么他们亡，要么我们亡！"他们大笑："叶海亚，你开什么玩笑？""我没开玩笑，这是我的条件，必须彻底了断这样的厮杀。"他们最后说："好吧，叶海亚，尽管你的条件听起来不可思议，但只要你答应跟我们一起战斗，我们就接受你这个条件，哪怕你是最后一名勇士。"我说："好，哪怕我是最后一名勇士，我也接受这个条件。不过你们要以《古兰经》起誓！"他们答应了："好吧，我们起誓。"

立誓后我和他们奔赴疆场。头一天，我先开了火，观察敌阵，探明他们的弱点，以备第二、第三天乘虚而入，攻其不备，从而实现诺言：我们中必有一个部族消亡。可是，不到中午，我看见本部族一些士兵败下阵来，无论我怎么叫喊要他们信守誓言，也无论妇女们如何羞辱、谩骂那些败下阵来的男人，都无济于事。下午，我发现跟随我的族人越来越少，最后只剩下我一人了。我从掩体中一跃而出，伴随着每次鼓点声向东部族阵营开火，可是，他们射向我的火力弹弹虚发，他们本可以轻易地将我击毙，却没那样做。忽然，他们向我扑来，把武器扔在我的脚边，亲吻我的手和额头，说我是地球上最勇敢的人，他们请求我留下来，跟东部族生活在一起，必定会得到优待。可是我骑上自己的毛驴，既没回家，也没有回自己的部族，而是浪迹茫茫大漠，决意不再回头。

玛丽卡，这就是他们至今缄口不提的关于我的疯狂故事。我知道我错了，孩子，但是你要相信我，我爱我的族人，希望他们该走的走，能活着的平安活着；相信我时刻准备着，到这般年纪依然愿意独自出征，跟他们交战，以便让你活下去。在这块人自作孽、迷信盛行的苦难土地上还有谁比你更值得活下去？

玛丽卡，哪怕用我的生命换取你的存在！

只是这头驴能走快点多好！

走到加维亚泉时，我看见一群人从艾古尔米村方向出来。其中一个抓住驴脖子让驴停在了路中央。他对我劝说了半天，我没说话。

不知在太阳底下站了多久，直到驴自动迈着缓慢的步伐把我带到妹妹家中。

我默默地进了屋，妹妹哈蒂嘉和孩子们七嘴八舌地正在说着什么，彼此吵吵嚷嚷，不停地打断对方的叙述，纠正对方的说法。只听得男人们迭迭发誓，女人们叽叽喳喳，我什么也没说什么也不问。他们正在说玛丽卡从长官家里回来后就把自己关进了小屋，不仅锁上了门，还把屋里的柜子、家具顶在了门背后。谁去敲门想跟她说话，她就骂谁。她扯着嗓门骂自己的母亲和姐妹，诅咒那个死鬼马阿巴德，说他压根不是个男人。还说为什么人们把她当寡妇，而自己根本还是个处女？马阿巴德圆房后拿给大家看的血不是处女膜破裂后流的血，那全是假的；如今她连妻子都不是，何来寡妇之说，又何来女魔这个称谓？她反反复复絮叨着，一会儿哭，一会儿笑，说马阿巴德才是魔鬼，因为他根本不是个男人！她甚至挑战所有敲门要进去的人，把他们劈头盖脸一通臭骂，诅咒他们即将大难临头，她切齿痛恨绿洲所有的男男女女、树木石头。但在灾难降临之前，首先她要讨个说法，他们得告诉她，为什么她是女魔？她曾向母亲诉说过那个两年前就跟她生活在一起的男人根本就没有跟她同过房，经常无缘无故地打骂她。母亲听后居然也打自己的女儿，拦着她以后不许再说这种话，身边有个男人守着就够不错的了。可是玛丽卡讨厌马阿巴德在身边，也因此痛恨上了全绿洲的男男女女。她恨大家，为什么在马阿巴德死后，真主正怜悯她的时候，大家还是不放过她，不让她走得远远的去寻找一段美好的同性友情？那个女子跟他们不一样，整个绿洲没有一个女子像她，这个女子比她自己的母亲更爱自己。舅舅叶海亚哪去了？她只想跟舅舅说说话，他为什么还不来？真主让你们的天地黯淡无光。

　　我一直默默地听着。他们继续说，最后总算砸开了门，玛丽卡让母亲一人进屋了，她接受了母亲。母亲见她手里拿着一把尖刀，披头散发地站在屋中央，头发上还沾着血迹。哈蒂嘉试着让女儿安静下来，给她递上吃的，她却啐了一口唾沫，哭着问母亲为什么要卖她？为什么要把她扔给马阿巴德？边说边举起刀对着自己的胸膛就扎了进去，嘴里还诅咒着所有男男女女。只见她前胸已血流如注，溅了母亲一身。

妹妹哈蒂嘉指着衣服上的血迹，哭着跟我诉说着，继而又扇了自己的嘴巴。我默默地站起来抽身走开了。

哈蒂嘉跟在我后面说："叶海亚长老，那殡礼……殡礼什么时候举行？"

我没有回头看一眼。

在回自己园子的路上，我寻思着刚才的所见所闻，扪心自问：哪儿还有真理？果真是玛丽卡拔刀捅进自己的胸膛，还是你们这些人合伙刺穿了她的心，以便像你们族长们说的那样"祛除女魔的孽障"。真理在哪儿？玛丽卡已经死了，就算我现在领悟了真理又有屁用？是男人的谎言、女人的威吓以及那个被仇恨冲昏了头的长官一起害死了玛丽卡。她的死有什么意义？

我不愿看到她的遗骸，我不愿在我的余生中一提起玛丽卡，眼前出现的便是那具尸身。我要让她一如既往地活着，她是我在这片土地上栽培的最美丽的花朵。

她曾需要绿荫和庇护，远离那些毒草恶花，可是……叶海亚啊，叶海亚！我一生中经历过多少次亲人死亡，双手掩埋过兄弟、妻妾、儿孙，可是孩子啊，为什么年迈的我却承受不了你的死？我哭你，也在哭自己。现在，我对你们的这片土地彻底绝望了。

年轻时我没有能力让她摆脱这片土地上的黑暗，年老了还是做不到，我试过了，却无能为力。真主没有给我指明一条道。现在我明白了我要走自己的路。我将永远跟你们分道扬镳，我不能再像年轻时那样有的是力气浪迹大漠，我将独居在自己果园的小屋里，闭门不出，绝不再见你们。

绿洲啊，现在我将离你而去，不是为了再次找回自己，而是为了向你永远告辞。

14. 马哈茂德

　　我不明白到底是什么起了作用，是那些只听见声响、只看见火花四溅的炮弹发挥了威力，还是扣留了两名长老把他们吓着了？对这两位长老我既没有拘押，也没有动粗，只是把他俩当作座上宾留在了警察局的一间屋里，让士兵们好生伺候，还允许他们的家人从家里带点日用品来探望。后来，不几天就有人送信说情，我就放他俩走了。

　　从第一天起，便有一驼驼枣椰和一罐罐橄榄油陆陆续续送过来，慢慢塞满了仓库，我们只得把一些食物放在院子里。萨比尔长老亲自过来，或派一个代表过来料理纳税事宜，说明这是哪一家的份额，要求开个收据表明该交的赋税已交清。我几乎整天都待在局里监督和盘查税额，眼见着所有的税收加上滞纳金已快要征集完毕。

　　就在这时，我在二楼的办公室里听到警察局那边人声鼎沸，中间还夹杂着孩子的叫喊。自打纳税之日起，我已习惯了这种喧嚣，这也许是迎候马特鲁港驼队的士兵回来了。可是，这次既没见到纳税的乡民，又没见到商队，只听见一阵阵马蹄声。

我走到窗前望去，冷不丁看见一位年轻的军官跳下马来，随他一起下马的还有六个骑兵，他们迅速站成一队，我派去迎候马特鲁港驼队的士兵也在其中。年轻的军官站了一会，像是在阅兵，而士兵们也向他敬礼致意，随后他让队伍原地立定。我发现，警察局的士兵这时也小心翼翼、一声不吭地列队看着这支队伍。年轻的军官示意其中的一位士兵出列有话要说，随后这位士兵在前引路，他俩朝我走来。

年轻的军官走进办公室时，我站起来迎上前去。他举手致以军礼，脚后跟重重地击打着地板，然后正步走到我跟前，递过来一个黄信封，用正式的口气说：

"瓦斯菲·希马特·尼亚兹上尉听候命令，长官！"

上尉？这么年轻就做了上尉？我三十多岁才获得这个军衔的，他看起来不到二十五，这是咋回事？

我指指办公桌前的一个凳子说："欢迎上尉，请坐。"

我仔细端详这位年轻人，他一头金发，一张娃娃脸，中等偏矮的个子，最吸引人的是他那双蜜色的眼睛，眸子快速不停地转动着。

等我回到办公桌边瓦斯菲才坐定下来。我笑着说："几个月前我来绿洲时内政部就已经答应给我增员，可是他们没有通知我你们何时到达，我好去迎接你们。"

我没有说出口，其实原本希望有更多的人马援助我。我快速瞥了一眼那份签满字、盖满图章的内政部来文，又说："我们确实需要你们，需要马匹，警察局只剩下赢弱不堪的马了。"

我击了一下掌，守在门口的军士长易卜拉欣进来了，我问瓦斯菲要不要喝杯茶或是咖啡，他说若能给杯水喝就感激不尽了，他不喝茶也不喝咖啡。

我笑着说："那你只能用水罐喝水了，我们这儿没有杯子。"

军士长出去后，我对瓦斯菲说："你先休息，明天再谈工作。现在第一个难题是安排你住哪里。"

他说："在开罗时，他们就谈到这个问题，他们向我解释了绿洲的传统习俗，说最好的办法就是住在警察局里，但那里的生活条件绝不可能比陆军学校好到哪儿去。"

我说："也许比陆军学校的生活条件还要差，你会见到……"

瓦斯菲忽然放下正在大口喝水的水罐，打断我说：

"对不起，长官阁下，也许我应该先向你报告，我已经把法尤娜小姐送到了您家里再过来的，他们带我到了绿洲，我把小姐送到家，然后才来向您汇报……"

猛地听见这个消息，我脑袋"嗡"地一下。发生了这一连串事情，我确实把法尤娜的事忘到了脑后。而瓦斯菲正颇有兴致地述说着亚历山大的行政总督又如何叮嘱他一路上要照顾好小姐，临行前总督帕夏和次长还亲自来为队伍送行，瓦斯菲兴奋得飘飘然了。最后，他说次长还向我问好。

我问道："次长是谁？"他回答："准将塔拉阿特贝克·阿

卜杜·阿齐兹。"

"谢谢你，谢谢准将。"

我心里一阵紧缩，没急着回家。看来目前有两大难题，我必须尽快把姊妹俩送回去，也许就随这支驼队返回。再看看情形吧。

我瞧见瓦斯菲衣冠齐整，旅途劳顿丝毫没有影响他的容颜，便随口问了一句，他认真地回答说为了见我，移交工作，今早已经换了军服，收拾了一下。

我给他解释了一下绿洲的工作环境，没有提及最近发生的一系列事情。我说目前头等大事就是帮助我们集齐剩下的赋税，想办法一次性随商队运回开罗。接着，我又陪他在警察局转了转，为他选了间合适的屋子，把行李搬进去。我让军士长易卜拉欣为新来的士兵们安排住处，准备午饭。走之前，我对瓦斯菲说，我必须先回家看看情况，如果他不太累，可以跟我家人一起共进午餐。

我敲了几下门，等了一会儿，门开了，看见凯瑟琳和法尤娜站在厅里的餐桌旁迎候我。我本想佯装高兴地说"欢迎法尤娜来到我们这片沙漠"，可是，站在门口才说了句"欢迎"就愣住了，眼前的姊妹俩活像对双胞胎，长得一模一样。

我慢慢走过去，张口结舌地重复着"欢迎……欢迎……"。凯瑟琳轻柔地笑了笑说："马哈茂德，之前我跟你提过我姐姐要来，感到诧异吧？"我恭维地说："的确是个美好的诧异。你俩都长着灰色的眼睛，高高的颧骨。"凯瑟琳说："但是，法尤娜比我亮丽多了。"

待我走近仔细再看，凯瑟琳的话没错。她姐姐法尤娜身材苗条，五官匀称，比凯瑟琳的金发更加浓密的秀发勾勒出一张楚楚动人的脸蛋。可是，当我去跟她握手时，她那笑容如嫣却十分苍白的面孔着实吓了我一跳。也许是旅途劳顿的缘故吧。

我们三人围坐下来，我对凯瑟琳说也许我要请新来的军官一起吃个午饭，法尤娜问："是尼亚兹上尉吗？"

"是的，瓦斯菲上尉。"

凯瑟琳对姐姐说："你得习惯这儿的称呼，人们面对面谈话时直呼对方的名字，开始我也很奇怪，他们会称我凯瑟琳小姐，或称他马哈茂德先生，你要知道，从现在开始你就被称作法尤娜小姐。"

法尤娜笑着说："这样听起来更舒服，不那么正式。"

这番闲聊分散了我的注意力，我开始细细打量法尤娜。她气质从容淡定，内心强大，却又不强加于人。我脑子闪过这样一个疑问：亚历山大行政总督和尊敬的次长是否应了使馆某位要人的托付或是为了一睹法尤娜的芳容才为她送行？让我惊讶的还有，尽管她很美，但却不是一个招摇的女子，倒更像是一个完美无缺的女性画像或雕塑，而不是一具血肉之躯。我又自问：这是否正是她到现在一直没有婚嫁的原因？

这时我听到凯瑟琳兴致勃勃地在问我："你原来就知道这些吗？"

我没注意她俩的交谈，凯瑟琳也发现我思想溜号了，便重复问道："你原来就知道瓦斯菲上尉很重视考古吗？"

"我还没来得及问他。"

法尤娜点点头肯定地说："他很有文化，讲得一口纯正的英语，可以和英国人媲美。"停了一会儿，又说："他的言谈举止像个地地道道的英国绅士。"

法尤娜用中性的口吻说着这番话，我弄不明白她是在赞美瓦斯菲还是在批评他。

我站起来准备出门，对凯瑟琳说："这下子可找到跟你一块聊考古的人了。"

凯瑟琳把我送到门口，悄悄用阿语对我说最好留瓦斯菲一起吃晚饭，这样法尤娜会很高兴的。她姐姐感到胸部不太舒服，遵照爱尔兰医生的叮嘱，来我们这块气候温和干燥的地区生活一段时间养养病。

我小声嘟哝了一句："这么说其实上埃及倒更适合她养病喽，你是知道我们现在的处境的。"

法尤娜说得没错。午餐上，瓦斯菲的举止像个真正的绅士，他对餐桌上的规矩比我了解得多，一个劲儿地夸凯瑟琳厨艺精湛，品味不凡。他跟姐妹俩彬彬有礼地畅谈，时不时说些俏皮话，逗得姐妹俩频频浅笑或哈哈大笑。

吃完午饭，瓦斯菲跟凯瑟琳滔滔不绝地谈论起考古来，两人谈到的书籍和人名我连听都没听说过。瓦斯菲说他通读过所有关于锡瓦古迹的资料，期待着能访遍这些古迹。

凯瑟琳摇摇头，苦涩地告诉他也许会遇到麻烦，因为大部分古迹都坐落在民居间，他们不允许外国人进去游览，她试过几次，均未成功。可是瓦斯菲信心满满地说他肯定有办法进去。

我很惊讶，心想：凯瑟琳，你到现在还不吸取教训吗？这一连串的事件不都是你去造访神庙惹的祸吗？我以为你在听说了玛丽卡之死，自己又被禁闭在家里数日，深感悲伤之后，绝不会再次回到那危险的考古爱好中，可你却不以为然，一点也没变。我必须赶快让你和你姐姐远离此地，你给自己和别人都带来了真正的危险。

我的思路回到他俩的谈话中。此时，凯瑟琳正十分关切地问瓦斯菲，措辞中那股认真劲儿真令人不解：

"既然你读过所有文献，那我问你一个问题，假如在锡瓦确实有希腊神庙，你估计在哪儿？"

瓦斯菲也小心道："这个问题需要我们深入研究了这个地区才能回答。也许在此处确实有罗马时期的神庙，从神庙的命名来看，它是座希腊或罗马的神庙，肯定不像是古埃及的。"

凯瑟琳说："我读过第一位走访神庙的旅行家的记录，他说这是锡瓦最美的神庙，但是现在已经完全被毁，只留下一根石柱，也不过是一块石头，散落在赫米萨湖附近的沼泽地里，几乎已消失殆尽。"

我禁不住大喊道："太好了，幸亏它已消失！"

大家都吃惊地看着我，我说："是啊，省得人们再劳心费力地去研究啦！"

一阵沉默后，法尤娜带着一贯的微笑问道："听你俩说，这个神庙在湖泊附近？"

凯瑟琳答道："是的，西边的赫米萨湖。"

法尤娜说："为什么说它已消失了呢？也许还在水下，也许庙宇里仍在进行祈祷仪式！"

我和瓦斯菲惊讶地看着她，凯瑟琳笑着说："我也这样猜想，法尤娜你快说来听听。"

法尤娜看着我们，继续说："你俩不知道水下宫殿的传说吗？你们的神庙中难道不曾发生过像爱尔兰柯尔克国王和他女儿发生的故事吗？我给你们讲讲，你们就信了。"

凯瑟琳兴致勃勃地说："是的，法尤娜，说来听听！"

姐姐便启口娓娓道来：

"从前有个富贵的国王住在一幢美丽的宫殿里，宫殿四周是一片开阔翠绿的河谷。尽管这位国王很富有，然而让他引以为傲的真正宝藏却是宫殿庭院里那泓汩汩喷涌的泉水，爱尔兰从来没见过如此甘甜、如此清澈的泉水。人们从各地纷沓而至，来畅饮这甜美的圣水。前来的人越来越多，挤满了宫殿，国王担心泉水会越喝越少，泉源会枯竭，便琢磨用高墙把泉眼围起来，不让人们靠近。此后每当有人要喝泉水时，国王就派自己的女儿菲欧尔拿着钥匙去开门，用专门打制的金桶提一桶水来供大家品尝一口。国王不放心把钥匙交给仆人，担心有人会偷水。是的，到了这种程度，国王成天担心的就是这点地下财富了。一天晚上，国王举办盛大宴会，请来了王子贵人，殿堂金碧辉煌，乐律流泻于宫殿四周，厅里摆满了餐桌，桌上吃的喝的应有尽有。"

法尤娜继续讲着，我仔细端详她，脑海里却不时跳出尼阿玛的影子。我情不自禁地将二者对比起来。法尤娜平静地将传说徐徐道来，仿佛传说中的爱尔兰王宫是个人人皆知的地方，听者就生活在其中，此时倘若打开门，便能远远看见宫殿就坐落在爱尔兰乡村的怀抱里，四周绿茵如毯。而尼阿玛呢，她却生活在自己叙述的传说中，她动情地讲述着，在泪水中，仿佛自己变成了被囚禁的公主、着了魔的国王、被抛弃的情人。在战胜魔鬼的那一刻，她脸上因兴奋而容光焕发。在传说中，我和她仿佛一起变成了国王、穷人、恋人、苦行僧。这两位女性谁叙述得更引人入胜呢？

尼阿玛传说中的英俊王子竟然出现在法尤娜的传说中！"他出席了柯尔克国王的盛宴，和公主菲欧尔一见钟情，他目不转睛地看着公主迷人的脸蛋，她也不愿扭转因爱情而羞得绯红的脸……王子邀请她跳舞，她靠在王子的臂膀上，两人踏着曼妙的舞步，伴着优美的旋律，像两只翩翩起舞的蝴蝶。乐师们从未如此深情地演奏过，若不是舞者们不得不停下来坐到餐桌旁，乐师们会不停地演奏下去，希望这永恒的舞步不会停歇。"

我看了看凯瑟琳那听得入迷的神情，再看看瓦斯菲那双不停转动的眼睛，流露出孩子般热切的表情。法尤娜还在讲述着："晚饭的时候，国王派女儿去打一桶珍贵的泉水。公主的白马王子陪她穿过庭院，来到泉边。当她弯下腰准备提起装满水的金桶时，觉得水桶很重，脚下一滑，跌入水中，王子想救，已来不及了。泉水喷涌而出，淹过大门，继而流向整个庭院。王子赶紧跑向宫中求助。可是水流被高墙围住，在院墙内恣意流淌，漫过庭院，水位迅速上升。当王子游到宫殿时，水已经没过了脖子。最后大水淹没了山谷中的王宫以及整个翠绿的山谷，形成了柯尔克湖。"

法尤娜停了一会儿，看了大家一眼，接着说："奇怪的是，国王和宾客们没有被大水淹死，公主菲欧尔也没有淹死。次日晚上，她又和她的白马王子在水下翩翩起舞了。从此，每天晚上湖底歌舞升平，聚会宴饮，直到有人幸运地抢走了水里的金桶，原来这里发生的一切都缘起金桶啊。你们相信没有人能看见你们的这座水下神庙吗？"

没人应答法尤娜的问话，她用坚定的语气继续说："至今，只要你走过柯尔克湖，你的耳目足够敏锐的话，便能透过清澈的湖水看见宫殿的塔尖和宫墙；到了晚上，能听到盛宴中传来歌声乐声，不过这番景观只在夏季才有，因为冬季湖水结成了冰！"

我们沉浸在传说的魔幻中，急切希望法尤娜继续讲下去，可是凯瑟琳忽然大笑起来，鼓掌道："法尤娜，我曾经很肯定，曾经相信你会那么做。"

接着，她对我们说："我觉得法尤娜是爱尔兰传说世系中最后一位说书人。我们曾经有几百个，甚至几千个这样的说书人，大家聚在他们周围，听他们说书。可是现在所剩无几。法尤娜仍旧记得所有的故事，难道不是吗？"

法尤娜挥了挥手，说："别提这些了，幸运的是除我之外还有很多人记得那些爱尔兰传说。现在，你们倒是跟我说说，从这个传说中明白了些什么？"

我们互相看着对方，无言以对，只有凯瑟琳应答道："别问我，我从小就知道这些传说及其深意。国王遭到了惩罚，因为他不让穷人喝上泉水。"

法尤娜说："这是我们小时候听故事时的理解，现在又有何感悟呢？"

凯瑟琳微笑地耸耸肩膀。

法尤娜说："这也是答案。"

她又转身对我说："你呢？"

我犹豫了一下，回答道："我觉得这是个美丽的传说。"

法尤娜脸上显出严肃的表情："你说得对，但是你应该从中感悟点什么。讲述完了并不意味着传说结束了，它要由听者来完成。"

我沉思了一会儿，回答道："传说也许意味着我们所见到的未必是真相，也许在清澈的水面下隐藏着一种我们不知道的生命，也许真理隐藏在事物的表象下，这就是传说的意义吧？"

法尤娜笑着说："也许是，我不是跟你说过，每一个听众都是传说的创作者吗？你呢，尼亚兹先生？"

瓦斯菲皱紧了他那张孩子般的脸，第一次垂下眼帘，像个考场中的小学生。可是他说：

"我不擅解密，只是不明白凯瑟琳小姐为什么说国王遭到了惩罚，相反，故事不是提到国王、公主、王子、宾客们都生活在水下永不停歇的盛宴中嘛。"

凯瑟琳打断了他的话："但是，你别忘了，他们永远被囚禁在了水下。"

我说："也许整个宫殿在没有被淹没之前就是个监狱，

也许整个世界就是个监狱！"

凯瑟琳用开玩笑的口吻对姐姐说："法尤娜，请注意！现在，我丈夫阴暗的一面开始起作用了，你别在意。也许再讲一个故事他又会乐观起来！"

可是，这时法尤娜显得有些心不在焉，她抿着嘴唇，两手抓着餐桌，脸忽然涨得通红。

她用手捂着脸，身体颤抖，短促而断续地咳嗽起来，她使劲憋着，不让自己咳出声来，接着用餐巾布捂着嘴巴，试图站起身来，却又坐了下去，咳得浑身发抖，呼吸急促，喉头发出痛苦的咳嗽声。我和瓦斯菲都站了起来，惊恐不安，凯瑟琳站在气喘吁吁的姐姐边上，搂着她的肩膀，不知所措。她努力控制住自己的恐慌，指着桌上的药瓶对我说："马哈茂德，快给她喂一勺药。"法尤娜轻轻挪开凯瑟琳的手，边咳边摆手表示不要管她。危机过去后，她用力抓住凯瑟琳的手，抬起泪眼看着站着的妹妹，似乎对自己的行为很生气。她喘着粗气，激动地对我们说：

"对不起，我让大家扫兴了……这是……第一次。"

我们嘟囔着对法尤娜的行为表示不满，她努力喘了口气指着药瓶对妹妹说："多喝药也没用……没用的……饭前我已经喝过了。"

她控制住自己，继续说："爱尔兰医生叮嘱我说不要把病菌传染给别人。我不允许自己……你俩……还有凯瑟琳。"

我不满地说："现在还说这种话？要紧的是你的健康。"尽管我从来也都不允许自己这样对人讲话，可是这一次还是加重语气重复着。

凯瑟琳弯下腰，亲吻了一下姐姐的脸颊，用开玩笑的口吻说："法尤娜，你传播的都是没有病毒的细菌，但愿我能替你染上病菌。"

聚会很快结束了，我陪瓦斯菲回到警察局，俩人沉默不语。半路上，我停住脚步忽然问瓦斯菲："你说法尤娜为什么要给我们讲述水底宫殿的故事？"

"你为什么想听我的意见？"

瓦斯菲也站住了，有些惊讶地说："长官阁下，她讲故事就是为了娱乐，她这么一咳倒让我已把故事忘得干干净净了。"

我继续走着，回答道："你说得没错。"可是心里有个声音在说：她没有白讲故事，至少她想了解我们。她想了解我们点什么呢？

此时，瓦斯菲同情地说：

"驼队来的路上她有时也会发病，大家都为她感到哀伤。病魔发作时她总是远离我们，不让我们接触她。我们知道在这种情况下她不愿我们对她表示关心；只有危机过后她才愿意让大家看见她的模样，她仍然面带笑容，仿佛什么都没发生过。"

第二天早晨，我正准备派军士长易卜拉欣去把萨比尔长老请来给他介绍瓦斯菲时，萨比尔突然不请自来，踏进了办公室。玛丽卡之死和开炮事件发生后，他很少来这儿。他说他听到新长官来了，便过来以族长的名义表示欢迎。

我客套了一下，向他问好，便把瓦斯菲上尉介绍给了他，并解释说从现在起瓦斯菲将全权负责跟他联系办理有关课税事宜。让我感到吃惊的是，瓦斯菲说他十分高兴认识令人尊敬的萨比尔长老，在来绿洲之前就听说过很多关于长老的学识。

当着长老的面，我忍不住直接问瓦斯菲道："你怎么会认识他？"

回答声带着明显的兴奋："通过瓦赫巴·萨勒马维下士，他和我一起到达绿洲。他是马特鲁港人，在这儿生活过一段时间，认识锡瓦的所有族长。"

萨比尔长老说："我也认识他。"

说着，上尉请求"稍等"，他要出去一下马上回来。瓦斯菲回来时手里拿了个红色天鹅绒包裹的长方形小匣，对萨比尔长老说他父亲今年去麦加朝觐了，从希贾兹带了些礼物回来，祈求吉祥如意，他希望萨比尔长老能笑纳区区薄礼。萨比尔长老脸上也露出惊讶的表情，他打开盒子，取出一串黄色的念珠，拿在手里揉搓着说："纯琥珀的！"接着一个劲地感谢瓦斯菲说这可是从天房带来的真正的吉祥物啊，他一定会为瓦斯菲和他父亲多多祈祷。

萨比尔长老走后，我气愤地对瓦斯菲说："上尉先生，你为什么要这么做？"

瓦斯菲不明白我为何生气，满脸困惑地说："准将赛义德贝克叮嘱我要向族长们示好，所以我找个机会表示表示呀。"

"那你也得先征得我同意呀！你不了解这位长老。这个人……"我打住了，不知道该说什么好，如果能从头解释，我会一五一十告诉瓦斯菲的，可是现在还不是时候，我不想说。

瓦斯菲脸上露出沮丧的表情，他说："对不起，长官阁下，我绝不再冒犯。"接着又略显迟疑地继续说："我还带了些串珠给其他的长老，当然也有您的一份，您允许给吗？"

我挥挥手示意让他下去，说了一句"上尉先生，你想怎么做就怎么做吧，去执行赛义德贝克的叮嘱吧。"

他刚出门，我就听见一阵急促的敲门声。

军士长易卜拉欣进门来，他挥挥手表示致意，说："对不起，长官阁下，原谅我问个问题：萨比尔长老为什么今天亲自到您办公室来？事件发生后，他常常站在警察局门口，派个人传递他的请求……"

"他想认识一下新来的长官。你干吗问这个？"

易卜拉欣沉默了一会儿，说："原谅我长官，我担心这个人。自从我腿伤治好后，他没跟我说过一次话，路上碰见了，翻眼瞧瞧，好像不认识，既不问候，也不寒暄。"

我满不在乎地摆摆手说："易卜拉欣，别在意这些。"

"我倒不在意，可是我想跟你说的是，我对他不太放心。我在镇上听到了不少议论，听说那天是他怂恿扎杰莱人来攻打警察局的。"

"即便没有听到镇上的事，我也知道这些。那天早上他主持了族长例会，他看见扎杰莱人向警察局挺进，他和任何一个族长都没有阻止他们的行动，明摆着他头天夜里就知道他们要袭击我们，可他没有向我报告，也没提醒我。这些我都知道。你还有点新的吗？现在关键的是要他集齐赋税，太太平平地上交给……"

"长官，你要太平到什么时候？这种太平本身就让我害怕。我为您担心，为夫人和她姐姐担心。"

"这跟她姐姐有什么关系？"

"我乞求真主保佑她，保佑我们大家。可是，长官，有复仇心理的人绝不会忘记仇恨的，复仇者是个疯子。我曾经有个战友，人很好，是好人家的孩子，能读能写，在军队里一直晋升到军士长。他埋头苦干，节假日时从来不像我们一样回家度假。就这样，有一天他还是遭遇了不幸。因为他祖上曾经跟另一户人家结下了宿仇，那家人一直想伺机加害我战友家。那家人从来不杀村里的任何农民，一直跟大家和平相处，却独独要砍下我战友家人的脑袋。于是我那可怜的战友无辜地送了命。"

我说："我的军士长，你放心吧！"

"长官，请原谅我，你和我得留在这里，这是我们的工作，也是我们的饭碗，一切听真主安排。但是，为什么不让夫人和她姐姐赶紧离开这里？"

"我会考虑的，你先下去吧。"

易卜拉欣走后，我站起来，在办公室来回踱步，尽量避免靠近窗子，我不想让人看见我。易卜拉欣说出了我的心里话，自打法尤娜来了以后，我一直在考虑这件事。我不敢保证凯瑟琳不出什么意外，也许明天她就出家门制造新的麻烦。玛丽卡死后她感到悲伤，也许假装悲伤，之后，她又回到了老样子，好像什么也不曾发生过。整个村镇也是这样，玛丽卡一死，所有关于火灾、蝎子以及其他灾祸的传言都销声匿迹了。仿佛整个城镇只等着她流血，血一流一切都归于平常。可怜的姑娘啊！

昨天凯瑟琳在跟绅士瓦斯菲侃侃而谈时，我预感到将有大祸临头。我会尽力拖住随上尉来的马特鲁港驼队晚几天启程，以便有时间安排好姐妹俩的行程。

上尉！这个上尉！

瓦斯菲毕业于陆军学校，毫无疑问出身于一个富裕的切尔克斯人①家庭！我不嫉妒他，可是为什么偏偏是这个幸运儿来到悲惨的绿洲？他肯定有关系可以帮他说情免除这份苦差事，可是为什么他还是铤而走险呢？他为什么要讨好萨比尔长老？易卜拉欣啊，你跟我想到一块儿了，你心里不踏实，我也满腹狐疑，一波未平又起一波啊。这次连塔拉阿特都闯进了记忆，尊敬的行政次长先生！我从来都不想成为他那种人，对他的职位也不感兴趣，可又偏偏遇到他。我到底想要什么？为什么问题总是找上门来？

问题正出在你自己身上，亲爱的马哈茂德少校！在这个世界上，想两面讨好是捞不到半点好处的。半个好人，半个坏人；半个爱国者，半个叛国者；半个勇士，半个胆小鬼；半个教徒，半个好色鬼……你总是介于二者之间。

---

① 切尔克斯人（Cherkesses）：西亚民族，又称契尔卡斯人。主要分布在土耳其、叙利亚、约旦和伊拉克。原住高加索黑海沿岸至库尔德斯坦地区。属欧罗巴人种地中海类型。使用切尔克斯语，属高加索语系阿布哈兹－阿迪盖语族。原信基督教，16~18世纪改信伊斯兰教，属逊尼派。

我没有亲手杀害玛丽卡，却将她置于了死地；我想挽救小马哈茂德，却在迟疑间让石头砸伤了易卜拉欣的腿；曾有一阵子我对祖国和革命者充满了热情，可在考验我的时刻到来时，却否定了他们，自己也停滞不前了。我从来就不是个内心完整的人。塔拉阿特对自己想要的东西很清楚，一旦背信弃义，就一条路走到黑，出卖自己，出卖朋友，获得想要的报酬。而我无偿地出卖自己，然后对自己、对英国人、对整个世界都感到愤愤不平，却不知自己想要什么。甚至对爱情也是这样，总是满足于一时之快，最终还是半途而废。我离弃了我的挚爱尼阿玛，最终失去了她，在凯瑟琳出现之前我没有再卷入过任何一段真正的异性关系，而跟凯瑟琳的交往是另一回事。我原以为在发生了玛丽卡事件后，心里已经和她了断了，可是玛丽卡却每晚横躺在我和凯瑟琳之间，让我俩彼此难以靠近对方，后来她竟然闯入了我的梦境。

那天晚上，噩梦连连，玛丽卡戴着面纱来了，只看得清楚一双大大的眼睛。她奔跑在依翠傍绿的湖边，我追赶着她，当快要抓住时，却怎么也追不上了。湖水变成了广袤的沙漠，我颓丧地坐在沙子上，她转身看着我，我却看见她是一个两眼如炬、面目狰狞的女魔，我顿时惊吓得大叫一声。她手持一根像枣椰树一样大的叶柄，向我的胸前横扫过来，想把我埋入沙里让沙子吞了我，可就在灭顶之前，我看了她一眼，看见了她那张只见过一次的美丽的脸蛋，柔美的金发飞扬飘逸，眼眶里泪水盈盈。我一下惊醒了，胸闷得难以呼吸，好像自己真的被埋进了沙土里。

我兀自站在警察局的办公室里，费力地喘着气，似乎又回到了梦中。

我坐回办公桌旁，一千次地告诫自己想那些没意义的事是没有用的。我绝不可能逃离玛丽卡的眼睛，也绝不可能逃离凯瑟琳、萨比尔和易卜拉欣，甚至逃不脱塔拉阿特的面孔。自从瓦斯菲来后，这张昔日的面孔又浮现在我眼前。我无路可逃。

那就让我想想其他的事吧，比如一些美好的事，可是一生中有哪件事比尼阿玛更美好？每当逃离之路被堵上后，我都会情不自禁地想起她，同时，她也在惩罚我，她拒绝让我再看到她的面孔。当然，我不会责备她。

我扭头看向窗外，只见碧空如洗，漂浮着几朵淡淡的白云。警察局院子里传来瓦斯菲高亢的声音，他在向士兵们发号施令，听起来严肃认真。

我渐渐会明白他的，不用着急，即便读不懂他也无大碍。

他到达绿洲的第一个星期五，我陪同他和一些士兵去了沙理镇的大清真寺做礼拜。最近一段时间以来，他们给我们专门腾出一块空地。祷告结束后一些族长们会跟我握手，但啥话也不说。可是这次萨比尔握了握我的手，玻璃般的眼睛看了我一眼，转而握住瓦斯菲上尉的手，不无自豪地把东西部族的族长们一一介绍给他，然后看着我随口提了一句："族长们想要欢迎一下新来的长官，当然要征得您的同意。"我点点头表示同意，便和其他士兵先离开了清真寺。后来我听说了他们请上尉在萨比尔长老的果园里吃了午饭，还互赠了礼物。

　　我当然明白族长们拉拢瓦斯菲实际上就是刻意在疏离我，以尊重、讨好下属胜过长官的方式来羞辱我。我估计瓦斯菲是想要证明他能胜任新的工作，但到现在为止我并没有反对过他所做的一切。

15. 凯瑟琳

你说他叫叶海亚长老？我认识他。

我跟马哈茂德和法尤娜讲述了自己唯一一次见到长老的经过，我原以为如果约上长老哪一天来家里见见法尤娜，马哈茂德会理解的。法尤娜说："凯瑟琳，既然你认识他，那咱们设法约约他，哪怕跟你一起去他家见他也无妨。"不料马哈茂德却跳了起来："不可能，很久以来他一直拒绝会见任何长官和士兵，怎么可能……"

看得出法尤娜很想见长老，我便打断了马哈茂德的话："我要是处在他的位置，也会拒绝的。就好比对一个久已与世隔绝的人下一道军令，让他不要自闭一样，他断然不理会。可是如果就我们两个女人去找他，求他帮忙，兴许情况就不一样了。"

马哈茂德换成阿拉伯语跟我说："在这个节骨眼上你走出家门本身就很危险。你应该明白，危险不仅威胁你，还威胁着和你一道去的法尤娜。"

法尤娜听马哈茂德提到自己的名字，便用恳求的口气说："马哈茂德，你就同意吧，求你了。我不指望出现什么奇迹，但是，如果有什么药物能减轻这种咳嗽，哪怕一点点，我也……"，说到这她沉默不语了。

马哈茂德从法尤娜身上移开视线，陷入沉思。然后说："就你们两个出门我不放心，派个兵送你们姊妹俩吧。"

我俩异口同声地喊出"不"字便笑了起来。

马哈茂德站在那里犹豫了片刻之后走了。我确信他一定会派个士兵跟在我们后面。

我换上马裤，法尤娜也换上灰色衣衫，披上毛披肩，等了很久马哈茂德才找来了两头驴。我明白，眼下整个绿洲都在跟我们作对，有人愿意租驴给我们的确不容易。

我扼要地跟法尤娜说了一下玛丽卡的事，只提了她以"女魔身份"来找我以及她的死因。法尤娜听了女魔的传说后并没有大惊小怪，但当听到玛丽卡谜一样的死因时，却掠过几许忧伤，问了一句那姑娘是他杀还是自杀。

她说："凯瑟琳，我说句话，你别生气，不管是不是自杀，总之她是被杀害的。这里的习俗爱怎样就怎样吧，他们自己对此满意就行，跟我们喜不喜欢毫无关系。他们认为寡妇是凶兆也好，不是凶兆也罢，跟我们又有何干系？这就是他们几百年来一直延续的生活，他们并没有因此而死人，直到洋人来到了这里。"

我为自己撇清干系，自卫道："我可什么也没做，是她自己在禁闭期间突然闯进我家的。"

法尤娜没说什么。

我的确在姐姐面前为自己鸣冤，如果把故事一五一十都讲出来又会怎样呢？

我好不容易才从这场危机中走出来。听说玛丽卡死后，我把自己关在家里好几天，陪伴我的是她的容颜和我的悲伤，每分每秒都在回忆跟她那唯一一次，也是最后一次的相会。我试图捋出个头绪，做个自我判定。是她诱惑了我，还是我引诱了她？又或者确实有一股魔怔或恐惧在作怪？她进门时可能正走火入魔，意识到我们之间无法用语言沟通，便想出了两个塑像这一招。可是，一旦发现无论用话语还是塑像都无法让我明白其心意时，她愤怒了。她到底想要什么？当她拥抱我时，那拥抱是多么轻柔温馨，像在拥抱孩子，那一瞬间我被萨福和她的同性恋情诗折服了，弄不清自己是真心拜倒在莱斯博斯岛①的女诗人裙下还是害怕自己受了玛丽卡的影响？当时我是欢迎还是推却？迷茫中我把玛丽卡使劲推开了，衣服也撕破了，她也害怕了。也许她想证明对我不存恶意，所以才跪倒在我面前，抱住了我的小腿。之后发生的一切在我脑海里仍是一团迷雾，她为什么要亲吻我的胸膛？那一瞬间到底发生了什么？是我裸露着的胸膛刺激了她，使她身不由己亲吻了它，还是我自己把她拥入怀中的？接下来轮到我害怕了，不由自主地操起枣椰树叶柄，在那可恶的诗句的驱使下打了她。

我至今弄不明白玛丽卡到底怎么想的，或许她是完全

---

① 莱斯博斯岛（Lesbos）：为希腊第三大岛、地中海第八大岛。该岛因古希腊著名女诗人萨福而闻名于世，由于萨福在传说中是同性恋者，故英语中"女同性恋"（Lesbian）即由此岛名转化而来。

无辜的。我能做的也只是清算一下自己而已。我终于使自己解脱出来了，也就是说，打她真的不是出于我的本性，那是人处在最糟糕状况下本能的脆弱反应。在这片绿洲里那致命的孤独导致了人们的恐慌，是的，那一刻只是一种幻觉。我只能凭着自我意志力把自己从恐惧和虚弱的边缘中拉回来，我不必为所发生的一切负责，发生的一切也并不重要，对玛丽卡的死我何罪之有？可是如果我把其中的原委对法尤娜和盘托出，她也能理解我、认为我是无辜的吗？无论我多么纠结，我还是决定把这一页彻底翻过去。

我俩默默无语地在太阳底下坐着，等着马哈茂德派人送信来。幸运的是马哈茂德对我和玛丽卡之间发生的事情毫无猜忌，只看到她袭击了我，撕破了我的衣裳。

终于听到了驴叫，有人在喊马哈茂德，我打开门，看见楼梯底下有位高头大马的士兵骑着驴在等我们。他边上站着一个孩子，沉着脸，牵着两头驴。法尤娜也走到门口，挥挥手，绽开笑容，用糟糕的阿语说：

"早上好，萨勒马维先生！"

那位士兵也热情地向她问好。法尤娜随口说了一句："跟我一起随驼队过来的，懂点英文，人特好。"

这时阳光普照在我们面前的这块空地上，我们左边就是坚固的城堡。尽管如此，法尤娜仍然感到冷风嗖嗖，便回屋取了件蓝色带条纹的斗篷披上，这是绿洲妇女的便服，她边系紧斗篷边说："不好看吗？"

我诧异地看着她说："至少能保暖。"

她颇感自豪地说："他们叫它'塔尔附体特'，是驼队里的一位女眷送我的。"

一群孩子站在远处往我们这边瞧，高声喊叫着，我猜想他们是在骂我们。萨勒马维呵斥他们，挥舞着手里的枪吓唬他们，孩子们吓得跑得远远的。

我用阿拉伯语问他："离这儿有多远？"他说："大约一刻钟工夫。"

法尤娜头一次骑驴，试着骑上去后高兴得大笑起来，像个孩子。我提醒她有时驴会突然跳起来，左右摇摆，想把骑驴人甩下来。我叮嘱她要紧紧拽住缰绳。

萨勒马维走在前面，那个脸色阴沉的孩子像往常一样跑在后面。我们穿过沙理镇，向东朝艾古尔米村走去，那边有条土路直奔神庙。这条路正是玛丽卡从我家跑出来一路淌着血回家的路，这是她最后看到的世界。够了！我不是答应过自己永远不再想这些吗？

果园围墙后传来扎杰莱人熟悉的歌声，但是无花果和夏秋其他水果的芳香却消失了，飘过来的是土地里阵阵沤肥的腐臭。我痛苦地思索：此时此刻第一次感觉到季节的变化。自从马哈茂德把我关在家里以及后来法尤娜闯入后，我就没再出过家门，仿佛和这个世界割断了多年，又好像自己从来没走过这条道似的！

终于到达了一个围着院墙的果园，只见园子里枣椰树叶齐整如扇，随着微风有节奏地沙沙作响，和风为我们送来阵阵薄荷、茉莉、柠檬的芳香。

我们站在敞开的门外，萨勒马维派那个孩子进去报信。孩子去了很久不见出来。我看见法尤娜满怀希望，脸上挂着她那永不消失的微笑，东瞅瞅西瞧瞧，兴奋地说："凯瑟琳，这真是个奇妙的地方，谁见了这般绿树清泉，必然忘却自己正身处沙海之中。"

"可是，沙漠离我们并不遥远，极目远望，这片葱绿之外便是无垠的黄沙。"

说话间，孩子出来了，后面跟着一个与他年纪相仿的男孩，两个孩子向萨勒马维通报说长老闭门不出，谢绝见客。

我气愤地对萨勒马维说："不可能！我亲自进去跟他说。"

我向大门走去，萨勒马维站在我面前，伸开双臂，挡住了去路，用深沉的嗓音有礼貌地跟我说："夫人，这不行，即便在正常情况下，女人未经允许也不能独自闯进男人的家宅，现在这样进去的话，我们的主人长老会很生气的。"停了一会，他继续说："这样做会使长官阁下在绿洲的处境更为艰难……"

如此看来，萨勒马维什么都知道了。

我无奈而失望地僵立在原地，法尤娜要我告诉他即使长老不想见我们，我们也想听听他的建议，或者给我们介绍一下治疗方法，又或者给我们介绍另一个他信得过的人。

萨勒马维跟两个孩子又交代了几句，我们继续站着等待。我看着法尤娜，她仍不失平静，但是失望的表情明显地爬上了脸庞。她以屈从的口吻说：

"如果这么请求还不管用，只好打道回府了。"

就在这个时候，我看见两个孩子跑了出来，跟萨勒马维嘀咕了几句，后者露出笑容，示意我和法尤娜向后撤步。一会儿，叶海亚长老本人拄着拐杖走了出来，脸上依旧戴着那副麻绳绕耳的眼镜。

我感觉他比上次看见时苍老了许多。长老站在门里面，气得涨红了脸。

他既不看我也不看法尤娜，雷鸣般的嗓音跟萨拉马维说了几句我们听不懂的话，萨拉马维谦卑地比画着手势，竭力在安慰他，但是长老还是想转身回去。此时法尤娜赶紧让我跟长老说，她听说长老潜心膜拜真主，而对真主的最好膜拜就是帮助需要帮助的人。

我大声地把法尤娜的话翻译给长老，用这样的表达开始："我姐姐对您说……"

长老连看都不看我，颤抖而清晰地回答道："告诉你姐姐，谁也不能借着真主之名说话，唯有真主才有资格评估和判决……"

法尤娜说："无论哪个宗教，拒绝敲门求助的人就是犯罪。"

"除了那些杀人成性、身怀仇恨的敲门人。"

"我的内心从来不仇视任何人。我过来找你为的就是求得你的帮助，可你断然拒绝。真主知道我并不恨你。"

长老往我们这边靠近了一点，但还是没有走出园子大门。他透过眼镜仔细端详着法尤娜，问道："这是你妹妹的意思还是长官的？"

我机械地为他俩做翻译，没有立即回答。法尤娜说："我无法代表我妹妹和长官的思想，但我知道任何心怀仇恨的人都是一种病态。真主让我身体得了重病，特来向你求助，但真主也把我从仇恨这个疾病中解脱了出来。"

这时我才插进我的话去："叶海亚长老，至于我自己，也从来不恨任何人。"

他老眼昏花地盯着我的脸，随口说道："你爱我们吗？你和你丈夫热爱我们这方土地和这方族人吗？"

不等任何人回答，他掉转身子，拄着拐杖，扶着男孩的肩膀径自回去了。

法尤娜站在那里，看着长老渐渐远去直至消失。我也呆若木鸡，无力地看着姐姐。她慢慢向驴走去，这时一阵剧烈的咳嗽涌上来，她一只手捂着嘴巴，另一只手示意我回家。

萨勒马维用颤抖的声音说："来绿洲的路上她带了一种药，咳嗽时一吃就好。"

"我们没带药，带了也没用。"我淡漠地说。

"快走吧，我现在不需要药，真盼着长老能帮助我。"法尤娜在催促。

"真主诅咒他！"我喊道。

法尤娜蹙额皱眉对我表示不满，她说："凯瑟琳，都看见了？你不是很肯定他是对的吗？"

我更加气愤了，喊道："我不像你是个圣徒！"

"我不是圣徒，也不喜欢别人这么称呼我。"法尤娜回答，"父亲给我这个称号时我就羞愧难当，希望你不要这样叫我。我不是圣徒，我们做个凡人就够了，足够了。"

回家的路上，法尤娜一直弯着腰，默不作声地坐着，好像整个身子都瘫倒在驴背上。我自语道："法尤娜，你不能怕死！如果你不是圣徒，那从现在起就成为圣徒吧，战胜病魔，创造奇迹！既然这个病不传染，它怎么可能置你于死地呢？既然爱尔兰医生的治疗不管用，而这该死的长老又不肯出手相助，那一切就靠你自己创造奇迹了。我不相信有关神奇草药的传说，更不相信这位长老有什么灵丹妙药，陪你来只是为了成全你的心愿。"

这位长老说我厌恶他，恨他，说我和马哈茂德心怀仇恨。其实满腔愤恨的人是他自己！我们怨谁恨谁了？怨恨这片绿洲还是这里的老百姓？简直是大错特错！这里的人值得我们同情，而不是仇视，既然他们远离我，我也没有必要为他们枉费心机；对那些愚昧而短视的长老们我也没有恨过，甚至在今天之前我还爱着叶海亚长老。不，"爱"这个字眼有些夸张，我的意思是那天他让我肃然起敬，他和其他长老不一样。现在一切都不证自明了，他比他们还不像话。法尤娜，无论这件事多么让你生气，真主一定会诅咒他千遍，我才不会像你这么轻易就原谅他的。

到家时，法尤娜已精疲力竭，我搂着她的腰，她用胳膊扶着我的肩膀，气喘吁吁、一步一歇地爬上那破败的楼梯。开门进屋后，她就瘫倒在厅里最近的椅子上，上气不接下气地说：

"自来这里后……就没有出过家门……这不……我已经动弹不了了。别担心，凯瑟琳，睡一会儿就会好的。"

我看着她的脸，勉强挤出点笑容："法尤娜，别担心，我明白这次跟以往一样，危机一会就会过去的。"

是的，我真的不是担心，而是害怕，怕得要死。

早晨醒来，情绪坏极了。

法尤娜还在床上躺着。早饭时我跟马哈茂德没有多说什么，只是让他邀请瓦斯菲上尉晚上来家里喝茶。

他惊讶地问："今天吗？你不是说法尤娜身体不佳吗？"

"就是因为这个我想让他来家里，也许小小的变化和陪伴对她有好处。我们过得很孤独，致命的孤独啊。"

"我不认为瓦斯菲的陪伴会……"他将信将疑地说。

我打断了他："你吃醋了？"

"吃这个小屁孩的醋？"他吃惊地反驳。

我忍不住用神经质的口气继续说："那好，今晚就请他来，同时告诉他我想看看他那些有关绿洲的书。"

整个白天我都是在二层法尤娜的卧室里度过的。我把早餐端到她床边，她没有像往常一样拒绝。往常她总是坚持洗漱完毕，打扮得像要出门参加重大活动似的，而后自己下楼到厅里来吃早餐。可是，今天早上她一直躺在床上，微笑也掩饰不住极度的疲惫。我一直陪着她，提议搬到底层的房间里住，好免去上下楼梯之苦，可是她宁愿留在楼上。

军士长易卜拉欣已提前过来通知我俩，太阳落山后马哈茂德会带着瓦斯菲回来，让我俩就在厅里等。休息了一天，法尤娜好些了。她梳洗打扮了一番，努力表现得跟平常一样。

马哈茂德敲了两下门像一阵风似的进来了，极力掩饰住脸上的激动。跟在身后的瓦斯菲却带着一丝令人诧异的微笑，提着一个沉甸甸的大包。

马哈茂德手里拿着一包东西在我俩眼前晃了晃，说："猜猜，发生了什么？"

"我们怎么能猜得到？"我开口道。

还没等我们猜，他已经开始兴致勃勃地快速讲了起来："萨勒马维下士来找我了……我的意思是，我刚准备走，下士来到了办公室，带来了这包东西，是一个男孩给他的。猜猜是谁给的？里面装着什么？"

法尤娜说："马哈茂德，好奇害死人呐，你赶快说这个神秘的包裹里有什么？"

马哈茂德拿着包裹，举到眼前，边仔细端详边说："里面有瓶药和一瓶油，谁送来的？是叶海亚长老，除了他不会有别人！他叮嘱说让法尤娜用油涂抹在胸上，然后整个晚上盖上毛毯，早晨起来后第一件事就是喝这个药。"

"长老？"我说，"简直胡思乱想！"

我满腹狐疑继续说道："昨天他还拒绝见法尤娜，连听听她的病情都不乐意，怎么可能今天给她送药治疗？"

瓦斯菲插话道："凯瑟琳小姐，我也这么问，可萨勒马维说长老盯着法尤娜小姐的脸看了许久，也听到了她的咳嗽……"

"仅凭这一点就可以诊断病情？"我问。

法尤娜打断我说："凯瑟琳，别多问了。他乐意帮助我们，尽管他很生气，但我相信他是个好人……"

"当然了，所有人在你眼里都是好人，法尤娜！"我大笑道。

"不，世上只有好人。也许他的治疗会有效，他看起来是个经验丰富的长老。"她语气犀利地说。

"肯定会有帮助的，他们的药总能创造奇迹。"马哈茂德也兴奋地附和道。

大家围坐在餐桌旁，瓦斯菲把包放在边上，说："我们时间不多，长官阁下得休息一会儿，晚上还要出门去沙漠巡逻呢。"

"你也去？"我问。

他带着遗憾的语气回答："不，阁下要一个人去。"

"得有人留在局里呀。"马哈茂德嘟囔了一句。

我开始为大家倒茶，瓦斯菲不好意思地说他要很淡的茶。马哈茂德说瓦斯菲很注重保养，他既不喝茶也不喝咖啡，除非出于礼貌。

"也许他有其他爱好。"我说。

瓦斯菲把放在身边的包提起来，笑着说："我只爱好读书，我把手边的书都带来了。"

倒完茶，我接过书，开始读起书名来，这些书竟然与我从开罗带来的一模一样。著名的米诺图里图册以及他在1820年去绿洲时做的神庙的绘图集，还有德国旅行家罗尔费斯①关于绿洲专著的译本，再就是其他一些我知道的书

---

① 罗尔费斯（Gerhard Rohlfs，1831~1896），德国著名探险家，曾参加在阿尔及利亚的外国军团，此后周游北非、撒哈拉沙漠和尼日利亚等地区，后任德国驻桑给巴尔领事。

籍。忽然我发现英国皇家地理杂志刊登了一篇关于埃及西部沙漠及其部落的新作，撰稿人是一个名叫帕姆利的学者。我请求瓦斯菲先生让我看看这篇文章，过几天还他。他说我想看多长时间都行，他已经看过了，他在读到这篇文章前就知道包括启灵殿在内的锡瓦所有埃及神庙，其历史可追溯到波斯人入侵古埃及之前，即后王国时代的振兴时期，国王修建了这个启灵殿……

一边的马哈茂德已经听得不耐烦了，他打断瓦斯菲道：

"瓦斯菲，照你这么说，当波斯人准备进攻埃及时，我们用修建神庙来迎候他们，很好！法老认为大军压境时修建神庙比建立军队更有用。为什么不呢？"

瓦斯菲对马哈茂德这种挑衅的口吻略显尴尬，他赶紧用句现成的表达来搪塞："战争就意味着荣辱兴亡！"

"马哈茂德，"我赶紧插话以免瓦斯菲显得尴尬，"神庙在埃及人眼里不仅是一个建筑，更是一所防御工事，是国家的象征。神庙顶部饰以满天星斗，类似天穹，地基便是埃及的厚土；画在廊柱上的植物枝繁叶茂，而廊柱本身象征着尼罗河三角洲生长的修长挺拔的纸莎草。在万圣之圣节日到来时，那位保护国家免遭厄运和敌人进攻的神祇就会显灵的。"

马哈茂德装作极为严肃地说："伟大啊！太伟大了！"

这下把我也惹得多少有些惶恐，便嘟囔了一句："这是他们的信仰，马哈茂德……"

大家都不说话了。过了一会儿，瓦斯菲问我："凯瑟琳小姐，我在书里读到在万圣之圣节日到来时，古埃及人顶礼膜拜锡瓦的阿蒙神，认为他是落日之神。我知道他们将阿蒙神和太阳神'拉'合二为一，可就是弄不明白为什么把他当作落日神膜拜？"

"你说得没错"，我回答道，"我也读到过这一点，也思索过。瓦斯菲上尉，你知道埃及西部，换句话说西边地平线处是奥西里斯①的王国，那是冥国。古埃及人认为冥国在西部沙漠的某个地方，而锡瓦恰恰位于埃及最西部，为此他们也许认为那里就是太阳落山的地方。"

马哈茂德冷不丁爆出一声大笑："照你这么说阿蒙神同时也是冥神喽！"

瓦斯菲忽然激动地高声说："不仅如此，他还是永恒之神！"而后转为平常那种彬彬有礼的语气说："永恒，长官阁下，永恒！西边地平线处就是永恒的世界。"

马哈茂德一直注视着他，努力掩饰住自己的恼怒。他问瓦斯菲，身为警察局里有才华的一名年轻军官，怎么会对历史古迹那么感兴趣，难道就没有别的自娱自乐的嗜好吗？

"这不仅是个爱好，长官阁下，"瓦斯菲说，"我是试着去了解祖国和祖先们的历史，研究他们的遗迹和举世瞩目的伟大，以便以他们为榜样。如果我手里有权，我一定要开设古埃及历史和古迹的课程，让孩子们从小学习，他们会明白当时的埃及国力强大，政府治理有方，我们应该像他们那样强大起来，光复昔日的荣耀……"

---

① 奥西里斯（Osiris）：古埃及宗教、神话中的王室丧葬神，是冥府之主，又是来世之主。

马哈茂德也不示弱："可是你知道自从英军占领祖国后，学校的历史课只讲授英国史，禁止讲埃及史。当然，孩子们也能从英国史中学到治国和强大的重要性。"

瓦斯菲皱了皱眉，感觉出马哈茂德在讥讽自己，便说：

"阁下，我认为他们禁止教授埃及史是为了避免孩子们学到叛乱和背叛的那段历史，以免玷污他们幼小的心灵。"

"上尉先生，你指的背叛是什么？"马哈茂德追问。

"当然指奥拉比的叛乱还有跟随他的逆贼们。"

"你是指奥拉比帕夏吗，尼亚兹上尉？"法尤娜插话。

"你也知道他？"瓦斯菲惊讶地问。

"是呀"，法尤娜开始回忆，"奥拉比革命时我还小，可是我父亲和当时许多爱尔兰人一样，认为奥拉比帕夏是位反英民族英雄。父亲把英雄的画像挂在自己的办公室里，挂了很久。"

瓦斯菲说："这么说，你父亲不知道，你当然也不知道奥拉比背叛了其主子赫迪威，在全国鼓动骚乱，幸运的是他的叛乱以惨败而告终。"

法尤娜皱起了眉头，努力克制住自己的愤怒说："在爱尔兰，许多领袖在反英革命中都遭到了失败，可是我们仍尊崇他们为民族英雄，至少他们这样试过。"

"但是奥拉比……"

"我们为什么不换个话题？"法尤娜已失去了耐心，苍白的脸颊也因气愤涨得通红，可马上又勉强挤出一丝微笑表示歉意，"政治常常引发分歧，也许谈谈古迹更好……"

我心想：谢谢你法尤娜！真不知道该怎样结束这种棘手的政治话题。我邀请瓦斯菲来就是为了古迹这个话题，这个家伙何止能教训一下那么简单，他几乎在为英国占领埃及做辩护，奇耻大辱啊！可尽管如此，我也不想掺和到你对他的进攻中。理智告诉我现在最好闭嘴，因为我需要他。可是我也在观察马哈茂德，预料他肯定会为此大为光火，准备反击瓦斯菲。不料他竟然没有张口！怎么会突然哑火了呢？什么时候我才能正确理解马哈茂德的行为举止？此时此刻他缄默不语，直视着短时激动中的法尤娜，好像是生平初次相识这么个人物。无论怎样，我现在必须即兴说上两句，打破这种沉寂，让大伙好受些。

我绽开微笑，装出兴高采烈的模样说："法尤娜的建议确实好，咱们就撇开政治回到古迹上吧。我想问问瓦斯菲，古希腊遗迹在埃及也得到重视吗？这些遗迹也被认为是埃及的吗？亚历山大大帝和托勒密家族被认为是埃及人吗？"

"当然是，"瓦斯菲仍面带不快，"连埃及人自己都在为亚历山大加冕，称他为埃及法老，而托勒密家族在埃及生活了好几代，他们自然是埃及人。"

"那么你们认为占领了你们的国家、在那里生活了几代的英国人也是爱尔兰人喽？"马哈茂德终于出乎意料地开腔了。

我用手指指着马哈茂德的脸，用开玩笑的口吻说："别再次把我们带入到政治中了，刚说好的我们不谈政治，做这种对比不太合适。"说完又对瓦斯菲说："上次你想说些有关罗马神庙的事，这方面你到底读过什么？我很关心。"

瓦斯菲努力控制住自己的不快，尽量用平和的语气说："你一定读到了我读过的文献，这个神庙多半是古希腊或古罗马时期的庙宇，因为他们称它为'多利斯神庙'，很明显神庙里的柱子是古希腊多利斯风格的，而非古埃及式石柱。"

我说："可惜呀，现在已无法确证了，因为神庙已经完全坍塌了。"

"是的。"瓦斯菲进一步说，"我读到过，附近地区确实是有一些凿在岩石上的墓穴，只是已被洗劫一空，上面没有任何刻凿的痕迹，但很有可能是古希腊或古罗马时期的墓穴。"

我想了想，又问："你想去看看这个地区吗，瓦斯菲上尉？赫米萨离这儿不远，那里古迹丰富，是别处没有的。如果你愿意，我可以陪你去。"

"如果长官阁下同意的话。"他犹犹豫豫地应答。

正心烦意乱低着头的马哈茂德说："上尉先生，休息日你是自由的，想去哪儿就去哪儿吧。可是，凯瑟琳……难道法尤娜也跟你去？"

"我是说等她身体好了以后，只要天气好，她也会很快好起来的。"我只好快速应答。

法尤娜注意到我们在说她，就对我说："凯瑟琳，当然了，我一定会陪你去看赫米萨湖，兴许在那里还能发现水底世界呢！"

大伙出于礼貌都笑了。夜谈就这样结束了，而晚会就在牵涉政治那一刻起其实已宣告死亡，后来几次想起死回生都没有奏效。马哈茂德成功地阻止了我的话题，我也只好保持沉默。瓦斯菲趁大家都无语的当儿，收拾好书籍放回包里，只留下杂志在餐桌上。他感谢我为他上茶，其实他只呷了两口。

他起身要走，法尤娜坐着伸手与他握手告别，她说："常来看看我们啊，尼亚兹上尉。"这让他大悦，他祝愿法尤娜用上了拿来的新药后就能快快康复。我走了两步送他，感谢他的光临，马哈茂德也跟着走到门口。我听瓦斯菲说：

"我会吩咐他们为您准备好白马，我知道您喜欢它。"

可是走到门口突然听到马哈茂德说："我跟你一起回警察局吧。"说完他头也没回就与我们挥手告别了。

俩人一走法尤娜就起身拿上那个包裹，边说："我上楼休息一会，也许今天就试试长老的药。"

我看着她慢慢地往狭窄的楼梯走去，费劲地登上阶梯。法尤娜，你要知道，尽管我不相信土药，但还是多么希望它能治好你的病啊，我梦想着有奇迹发生。是啊，你确实已创造了奇迹，你拔除了长老心中的怨恨和愤怒，让他把这些药送来。法尤娜，继续创造奇迹吧，活下去，你若能活下去，马哈茂德就能继续活下去！

没错，马哈茂德肯定爱上了你。啥时候我开始感觉到的？也许就在他第一眼看见你时，当时他愣在门口心慌意乱，不知所措；还有现在，他的眼神极力在躲避你。这样做也许很理智，也许很不理智，总之他不是一个好演员。

今天他的行为以及脸上的表情活脱脱一幅我跟他初识时的模样，当时他要么缩进自己的壳里保持沉默，要么避免对视，显出感伤忧郁的样子，以此来躲避降临的爱情！而这次面对你时，他显得更加张皇失措，更加忧伤。他当然知道他得不到你，而我也明白即使他爱上了你，我也不会生气，不会因自己是个被抛弃的妻子而吃姐姐的醋。我心想：这样很公平，这是因果报应，因为我从你那儿偷来了迈克尔。你快快奇迹般好起来吧，我会把他让给你，或把你让给他。可是，你接受他吗？你也爱上了他吗？我没有看出你眼睛里对他有爱，我的意思是眉目传情，那也是一种爱。女圣徒认为这种迟到的异性互爱是一种罪孽吗？如果这样做对你身体有好处，那就不要多虑啦，只管创造奇迹恢复身体吧！再说之后你也可以把他扔给我，我的意思是让他自己去收拾残局。实话告诉你，自从来到绿洲后，我们已不再恩爱，而玛丽卡的鲜血更使我们貌合神离，不再像一对夫妻，他不再抚摸我，我也不想再触碰他。

这一切都是怎么发生的？若能跟一个像你这样单纯的小姐谈谈这些，我早就去请教你了。事实上，我只能靠自己，与其进一步检视自己，弄明白发生的一切，倒不如把这些都忘掉，统统抛到脑后。我应该重整旗鼓，回到工作和研究中来。这是找回真正的凯瑟琳的唯一路径。

正当我心猿意马地翻看着瓦斯菲留下的书稿时，忽然听到马哈茂德那熟悉的敲门声，随后他开门闯进来。

"巡逻之前你要休息一会吗？"我问。

他两只胳膊撑在餐桌上，手掌托着脑袋，说："不，今晚不去了，推到明天了。我觉得很累。"

我对自己笑了笑。马哈茂德，我知道你为什么累！我全知道！

16. 马哈茂德

朵朵轻盈的白云飘在空中，看不出老天会下雨，却遮住了阳光，挡住了温度。

从办公室窗子望出去，我看见云朵时聚时散，散开时像一个个荡开的圆圈。今天对凯瑟琳和法尤娜而言可是够难熬的。法尤娜真不走运，之前我们一直被这里致命的炎热所困扰，而她却在我们夜里得想法取暖的季节来了。我希望叶海亚长老的药能起点作用。昨天我看见凯瑟琳偷偷瞟她姐姐时，眼里满是焦虑，当时法尤娜脸色苍白得要死。不，别提死这件事！当瓦斯菲把革命者说成叛匪时，法尤娜不是激动得脸色绯红，回击了他吗？不！服了药后她一定能恢复元气，晚上她还能讲述她的爱尔兰传说，眼睛里会再次闪过雷电，她那能穿透灵魂的清澈眼神将永远留存。

别想了！

我站起来，走到窗前，俯瞰警察局的院子。上尉先生，太阳刚升起你就带兵练操，难道还没有跑够、走够、跳够吗？这群可怜的士兵现在已经被训练得完全可以跟任何一支军队交战了，可那又有什么用？关键时刻什么都抵不过大炮的威力——只要大炮能响！我可能要派你去沙漠里巡逻，与贝都因人交战，考考你的胆识。现在你讨好他们和讨好族长们一样，都没用。要么你把他们赶走，要么就是他们把你逮住！

当法尤娜说失败并不会抹去革命者的英雄色彩时，你连眼皮都没眨一下，作为我的客人，你出于礼貌没有言语，可是我分明在你的眼睛里看到了恼怒。你到底在痴迷研究哪位埃及祖先的古迹，我亲爱的金发切尔克斯上尉？

革命期间我遇到过一些善良的切尔克斯人，他们把埃及当作自己的祖国一样来热爱，但他们中的大部分人都认为自己才是这个国家的主人，多次密谋策划要暗杀奥拉比这个"农民"起义军。奥拉比革命失败后，他们就像你一样感到幸灾乐祸。既然如此，那么那些农民祖先的古迹跟你有什么关系？你何必要恢复他们的荣耀？

也许你的目的正是法老！也许你认为他们才是你的祖先，是埃及奴隶们的主子。你们一直以来就仗着土耳其主子来奴役埃及人，奴隶们一旦造反，你们便借着土耳其人，投靠新主子英国人击败了奴隶们，你们保住了自己主人的地位。话说回来，我又是怎么看待革命者呢？在审查中我说了他们是"暴徒"，我和你有什么区别？

想到这我有多厌恶自己啊！

我坐回到办公桌旁。忽然听见院子里响起一阵嘈杂声，瓦斯菲大声喊操的声音戛然而止。我再次起身往窗外望去，看见士兵们站着稍息，萨拉马维下士在跟瓦斯菲说话，后者在专心读着什么，继而转身命名两位士兵朝警察局大门方向跑去，他自己却朝楼梯方向走来。

他冲进我的办公室，军士长易卜拉欣跟在他的后面，可是瓦斯菲转身对后者用命令的口气说："出去，关上门。我要跟长官阁下单独谈话，谁都不许进来。"

易卜拉欣遵命出去了，脸上满是吃惊和不悦。我尽量保持平静，问道：

"上尉，发生了什么？"

他没有忘记向我致礼，而后递过来一张叠好的纸条，一边说："赞美真主，昨晚您没有出去巡逻。方才一个孩子把这张纸捆在石头上扔进了警察局院子就跑了。萨勒马维下士看见了，想去追赶，可孩子跑得很快，我派了两个士兵去追了，但愿能把孩子逮回来。"

我打开折叠的纸条，上面歪歪斜斜写着两行大字：

"这几天晚上长官不要单独出去夜巡，有人伺机要杀害他。"

我注视着纸条，明摆着就知道是谁写的，掰指头就算得出来这里谁识文断字。可是为什么他要派人送来这个警示呢？绿洲到底有谁总跟我过不去，非要迅速地置我于死地？

我重新折好纸条，放在桌上，无语地看着瓦斯菲。他像往常一样木呆呆地站在那里，问我：

"长官阁下，这个威胁意味着什么？我希望士兵能把扔纸条的孩子带回来审讯一下。阁下怀疑了谁吗？我们可以马上去抓。"

"我们能把所有绿洲人都抓来吗？"我微笑地回答。

"当然不可能。"他尴尬地说，"可是我们可以请求萨比尔长老……"

我打断了他："瓦斯菲，你真的不知道这个威胁意味着什么吗？到现在为止你竟然没有从萨比尔长老和其他族长那里听说你到来之前发生的事吗？"

他脸上明显露出恐慌的表情，说："长官阁下，我想……"

"你想增援，谢谢。"我说，"可是没有必要派两个士兵去追，况且他俩绝不可能找到孩子。既然没看见孩子长什么模样，就算找到了也认不出来呀。你现在就可以下去了，上尉，接着去练兵吧，如果乡民们想要再次进攻警察局，这种训练会很管用的。"

瓦斯菲出去了。我听见军士长易卜拉欣按照习惯敲了几下门，他进来时脸上显得极度不安，问道："对不起，长官阁下，怎么回事？"

我看着他的脸好一阵子，他被看得越来越焦虑以至全身发抖，脸上的皱纹也越来越深了。自从上次捡了一条命后，他真正迈入了暮年。他还是打破了我的沉默，急不可耐地说：

"告诉我，真主会对你满意的，到底发生了什么，我把你当作——没有不敬之意——自己的儿子，真主可以作证。"

"我明白，易卜拉欣，你不说我也明白，你在我心目中也占有重要位置。事情是这样的……"

我毫不介意地把发生的一切都透露给了他，他听罢脸上的皱纹更密了，语气里透着忧伤说：

"你还记得那天我跟您说的话吗？他们永远不会忘记的。您自己多留心就是了……"他欲言又止，停了一会儿，继续说："留心这位上尉吧！"

"为啥这么说？你了解他什么？"

"我不了解他，但所有的士兵都在抱怨他，他不像你，是个好人，我很害怕他那双眼睛，像猫一般的眼睛。"

为了让他放心，我平静地说："易卜拉欣，你啥也别怕。下去吧。"他常常忘记行军礼，这次却没忘，可是出门之前他又停住了，晃着手指说：

"你可以信任瓦赫巴·萨勒马维下士，他是个好人，我很早就认识他了。"

"谢谢，下去吧，易卜拉欣。"

他走后我试图集中精力写信，回复内政部的最后一次来函，以便让最近的驼队带回去。可是徒劳无益，怎么也集中不了注意力。

那封信倒没让我产生烦恼，而威胁无论从我来后还是来前早就存在了，甚至觉得它为什么还迟迟不发生！如同我们说的那样，与其等待不如早日来临。他们如果随时想挑起，那什么事情都拦不住的，由此可以断定他们也在计较得失，掌握时机。已经有两个时段我们度过了危机与他们相安无事了。第一段是在所谓的我英勇救孩子后，虽然我们开了炮，但还是度过了一段安宁期；另一段是在玛丽卡引起的灾难过后，现在看来虽然暂时平静，可是凯瑟琳引起的祸患威胁仍存在。这不，她又吵吵着要带着法尤娜去赫米萨湖，再次去冒险！我绝不能允许她这么做。她总是想一出是一出，我当初怎么就跟她搞在了一起？是我主动搭上了她还是她搭上我的？这一点无关紧要。燕尔新婚的那些晚上，她总让我想起尼阿玛，于是我对自己已有的一切知足了，心想自己绝不可能再找到尼阿玛，也不会再回到 20 岁的年纪。我对自己说，既然失去了尼阿玛，那就好好珍惜凯瑟琳吧。可是自从来到这个绿洲后，感觉总是有一种说不明道不清的东西破碎了。在这里，我们之间如日中天的关系走向了日薄西山。这里如同凯瑟琳描述的那样是西部地平线的最后一站，我们的婚姻关系也跟这里一样，一盘散沙，而玛丽卡的风暴又把这段关系破坏殆尽。

再说，法尤娜为何偏偏在这个时候过来？

打住，想点别的吧，想想工作！可脑子不在状态，既无心统计数据，又无法下笔给内政部写信。对了，为什么不给赛义德写封信呢？他惦记着兄弟情义时不时来封问候信，可我费尽脑筋想从字里行间读出一些关于"被保护的城市"开罗或者内政部的一些消息，又总是读不出。是的，在动荡的时局中，赛义德正是用这样小心翼翼的处事方式才算保住了自己，没有失去自我，我怎么就做不到他那一点呢？我拿出他最近给我的来信，重读了起来：

"兄弟大人，我亲爱的马哈茂德·阿凡迪·阿卜杜·扎希尔：

您好，非常想念您。心中的情意溢于言表。愿真主保佑您身体健康，心情舒畅……"

好一个心情舒畅！我该如何答复这位好心人而又不撒谎呢？

没用。我只好又起身，像往常一样开始在宽敞的办公室里踱步。但还是没用。一想到别的事，她就闯进脑海。怎么办？凯瑟琳说她父亲称法尤娜是女圣徒，这位病快快的女圣徒干嘛这个时候来绿洲，让我本已受煎熬的心再添一层煎熬？今天并非她的圣洁和善良俘虏了我，实话说我在做个善男信女这方面的兴趣已然淡薄。当年我常去参加共济会聚会的那段时间把我教坏了，当然我并没有完全失去信仰，可是自从那以后，我变得不再纠结合法和禁忌这些问题了，后来在读到阿富汗尼攻击共济会并宣布与它脱离关系后，我也退出了共济会，尤其见到欧洲的共济会成员支持英国占领埃及后，我更恨上了这个组织。但我还仍然坚守着对理性和逻辑的信条，它高于一切，同时心里还保留了些古老的信仰，比如，每年斋月我都真心地做一次年度忏悔，在这个月里我不近酒色，恪守五功①和余功，潜心朗读《古兰经》，可是斋月一过我就恢复了老样子。在不时感到内心不安时，我从祷告中找到平衡，此时便会多

---

① 伊斯兰教义规定穆斯林要恪守五功：念诵证词、做礼拜、把斋、施舍和朝觐。

247

多地祈祷。凯瑟琳不知其中底细，欣然接受了我这个样子，或者更确切地说她不在乎这些规矩。那么，她对宗教是怎么看的呢？我觉得宗教对她来说不外乎就是挂在胸前的银十字架，但也不过是"祖母留给我的"这句话而已。那么法尤娜呢？夜谈中并没有听见她说过什么经验呀，训诫呀之类的话，也没听她念过什么祷告，她只讲美丽的传说。她确实是个……

打住吧！

有人在敲门，真得感谢这个敲门人！我像得救似的高声喊道："进来！"

军士长易卜拉欣打开了门，说萨勒马维下士求见。我准许后，军士长喊下士进来。萨勒马维身材魁梧，进来时挡住了门口，军士长只得侧身出去。我不知其来意，便想先问问他陪凯瑟琳和法尤娜去见叶海亚长老的详细经过。可是想到易卜拉欣说过的话，便转而问他是不是在易卜拉欣随大军到绿洲平乱时就认识了他？他回答说，是在那很久以后，他俩是在奥拉比军队里一起参加卡法尔杜瓦尔之战时相识的。

我想起了亚历山大的贝都因人事件，便略感吃惊地问道："你和他一道参加过奥拉比军队的战斗？"

"是的，长官阁下。我们一起战斗，他是一名勇敢的战士，在一次战斗中他冒着生命危险把我从死亡边缘救了下来，当时我在战壕外，子弹扫过来，他一个箭步跳出来把我拉到他身边。"

我沉默了一会儿，开口道："明摆着，舍身救人是军士长易卜拉欣的一贯善行。"

萨勒马维没听明白，不再言语。我继续说："但是战后他们把你遣散了，也把易卜拉欣和其他所有士兵遣散了，不是吗？"

"没错，但是他们调我去马特鲁港警察局工作，那里没有多少训练有素的士兵。"

"你现在找我有什么事吗，下士？"

他说他之前就请求见我，被孩子扔纸条之事耽误了，他们去找孩子，连个影子都没找到。他现在想跟我汇报，叶海亚长老派他的孙子带来一封信，信里说他想尽快见到我。

我沉默了一会说：

"好奇怪，他随时都可以来见我的。"

"长官阁下，怎么可能？他已经承诺过到死也不离开他的园子。"

"这么说是让我亲自去他那里……"

"阁下，您拿主意。但要去的话，请允许我跟您一块去。"

"那是当然的，我不认路。"

在去叶海亚长老家园子的路上，我想顺路回家告诉凯瑟琳一声，也好了解一下法尤娜是否已经开始治疗。可是当我下马时，一个安排看门的卫兵把我拦住了，跟我说："一位绿洲妇女正在屋里。"

"又是一位绿洲妇女？"我喊道，"又要发生什么灾难了？"我蹦跳着想上楼梯，萨勒马维站在第一级台阶上示意我站住，用谦卑的语气说："长官阁下，稍等片刻，问问卫兵到底发生了什么，以防万一。"

卫兵急切地把他看见的经过报告给我：他看见一个女人扶着一个孩子的肩膀从家里慢慢走来，从步履看她是位老人。走近后看得更清楚了，脸上有一部分没有被面纱遮住。她想上楼梯，被卫兵拦住了。她操着很费解的半阿拉伯语半当地土语跟卫兵说她认识女主人，想见她。

萨勒马维问卫兵："她说她叫祖贝黛吗？"

"是的，下士先生。"卫兵回答道。

我向萨勒马维投去询问的目光，他说："我认识她，长官阁下。这位老太太会说一点阿拉伯语，当时随驼队和我们一道来的，很喜欢法尤娜。法尤娜想买她的"塔尔附体特"斗篷，老太太就送给她了。"

卫兵接着说："我没让她上楼，长官，我让孩子先上去敲门通报一声，小夫人站在门口示意让祖贝黛上去。上到门口后，小夫人就把她搂入怀中，俩人一道进了屋。"

卫兵激动地说完了事情经过，用手指了指坐在远处沙地上看着我们的孩子，用自辩的口气又说："这就是一起来的孩子，他会告诉你当时我是怎么拦着她的。"

我想继续上楼，萨勒马维在我耳边悄声说："哪怕是个老太婆，长官，即使一百岁的老太婆，男人也不能进屋。"他指着铺在楼梯上的斗篷继续说，"只要她把斗篷放在门口，就意味着男人不准入内，这是他们的习俗。如果你进去了，坐在那儿的孩子会去通报的。放心吧，那位老太太不会伤害别人的，我们还是继续去办我们的事吧。"

我犹豫了一会儿，回到马上，萨勒马维也上了马。现在是他在下达指示，我悉听尊便就是。这也无妨，我正好验证一下易卜拉欣的忠告，相信并考验他一回。我们朝着艾古尔米村方向走去。经过城镇前面一块空旷的沙漠地，便走上了横穿园子的农田路了。园子被围墙围着，里面的歌声一听到马蹄声便戛然而止，园子入口处站了几个扎杰莱人，经过第一家园子时我就看到他们射出的仇恨的目光，听到那些还能听得懂的嘈杂声，我故意不去看他们。他们中也有几个人热情地向萨勒马维打招呼，还有意重复着他的名字，向我表明他们问候的是他而不是我。

本来我走在萨勒马维的前面，但当经过一条小水渠时，他赶上来与我并驾齐驱。我问他："下士，你知道长老为什么要见我吗？"

"能知道的我都告诉您了，兴许他想跟您聊聊小姐的病情。"

他那低沉的声音忽然颤抖起来，我以为他要哭了。

我拉住缰绳，停下马，惊讶地问道："怎么了，下士？"

他低下头，极力控制住自己："原谅我吧，长官，我也在想你刚问的问题。叶海亚长老只见过小姐一次，他当时很生气……尽管这样，他还是爱小姐的，所以给她送药来。您要是看见小姐在驼队里如何待人接物的就好了，她和士兵们、锡瓦妇女们、贝都因妇女们和她们的孩子们谈笑风生。主啊，真不知道她用哪种语言谈的，她不会他们的话，他们也听不懂她的语言。可尽管这样，双方用话语、手势、欢笑交流了一路。当剧烈的咳嗽袭来时，小姐就独自躲在了一边，妇女们看见她这幅惨状都哭了起来……"

我夹了一下马肚，它迅速奔跑起来，萨勒马维跟在后面。够了、够了、够了！马儿在疾驰，我看着前方，没有理会扎杰莱人的羞辱，也没有注意到我们已经经过了加维亚泉，当看见乌姆·欧贝黛神庙的廊柱时，我才发现，就是在这里，这里是一串灾难的开始！

我直奔神庙，向导从后面追上来喊住我："等等，长官，你上哪去？路在这边。"

他指了指左边一条窄道，我这才回来跟在他后面。

终于到了长老家园子门口。和我们一路上看到的那些园子相比，这个园子很小，从围墙来看，我估计也就半个费丹①。萨勒马维击了一下掌，喊了几句话，一个男童出来了。萨勒马维跟他说话的时候，男孩一直盯着我，他啥也没说，过了一会儿回来示意让我们跟着他。

园子入口处跟寻常人家一样，有很多枣椰树，还有一些尚未结果的苹果树，后面是一些橄榄树，植物散发出阵阵莫名的清香，沁人心肺。进了园门不远，男孩指指地上铺着的一块苇席让我们就座，几棵相依的枣椰树荫下摆放着几个坐垫。我坐了下来，萨拉马维一直站着，我示意让他也坐下，他却蹲得远远的，好像随时准备起身。的确，他要起身迎接长老，我也站了起来。

长老拄着拐杖慢悠悠地走过来，萨勒马维上前与他握手道："我们的主人，您好！"他想亲吻长老的手，可是对

① 费丹：埃及土地面积单位，一个费丹相当于中国的 6.3 亩。

方很快把手撤了回去。

我也上前与长老握手，他拽着我的手有一会儿工夫，从镜片后面仔细打量我，然后说了一声"坐吧。"

我刚到绿洲时在族长代表团中见过叶海亚长老，往后在星期五聚礼中也多次见面，他的眼镜引起了我的注意，但不记得是否跟他说过话，今天一见感觉他比最后一次在清真寺见到他时苍老了一些，怎么也得八十多了吧。

萨勒马维扶着他的胳膊，帮他靠着一棵枣椰树坐在一个坐垫上。长老微笑地说："谢谢，萨勒马维，你知道我需要帮助。"

"是我们需要您的帮助，我们的主人。"下士说。

长老神经质地嚷嚷道："什么'我们的主人'？扯淡！萨勒马维，我早已经不是主人了，别再这么叫我了。"

长老把目光扫向坐在面前的我，说道："我的信送晚了，长官！赞美真主，幸亏你昨晚没有出去夜巡。"

蹲在我和长老之间的萨勒马维说："主啊，我的心告诉我是您送的信儿，我们的主人，可您又是怎么知道他们蓄谋的计划？"

长老沉着脸嘟哝道："我们的主人！我们的主人！"我看着萨勒马维，做了个手势，提醒他不要多言。他自觉地起身，坐得远远的，听不见我们的谈话。

萨勒马维走远后，长老看着我说："这个地方没有秘密。你看见那些东游西逛、在民居和园子间走来走去的孩子吗？没人注意到他们，可是他们知道所有大大小小的事，传播最重要的信息。"

沉默片刻后，他给我吟诵了一联诗句：

乐善好施有好报，
人主之中留芳名。

"你救了跟你同名的叫马哈茂德的孩子，他也想救你，是他昨天告诉我你坚持要去夜巡，也是从他那儿得知他们在伺机害你。"

"他们是谁？"

长老摇摇头："我不能说出去，差官，我不能背叛乡亲，也不想告发他们，总之你留点神吧。"

他好像有点走神，然后说："你要保证不去找那个孩子，也别去审讯他。"

"放心吧，长老，我保证不去找他也不审讯他，很感谢你和那个孩子，因为你俩都想救我。"

"别谢我，你自个儿警觉点就是，免得你和我们有更多的人流血。"

我本能地脱口而出："我不怕死！"

"你甚至盼着它的到来。"他平静地回答。

"你也会占卜？"

"只有魔鬼才去偷窥幽冥，长官。赞美真主，我跟他们不一样。你为什么昨晚在警察局的院子里高声宣布你要出门夜巡好让大家都听见？你早就习惯夜间出门潜入沙漠，有时一个人去，有时跟士兵们一起去，让盗贼们不敢靠近绿洲。之前你从不向任何人宣布，可为什么昨天要这么做？

你明明知道自己的处境非常危险。我不会占卜，只有真主才是全知的。长官，但我能从你所做所言中看出一些征兆。"

他边说边拉紧拴在耳朵上的麻绳，固定好眼镜，又不说话了。

过了一会儿，我开口道："就算是吧。可是两天前你拒绝见我妻子和她姐姐，还说了一些关于我的事情，这些我都听说了。我也知道你跟绿洲其他的人一样，不喜欢我，不过在开了炮和发生了玛丽卡事件后，到底是什么因素促使你忽然关心起我的死活了？"

他脸涨得通红，忽然气愤地说道："你为什么不能少说两句？为什么偏偏提起那些事情？玛丽卡不仅是我的外甥女，而且是我最珍爱的女儿。"

"是你的外甥女？"我像被蜇了一下似的喊道，"我真不知道她是你的亲人！没人告诉过我。"

"现在你不是知道了吗，可知道了又有什么用？当我看见你妻子时，你希望我怎么做？她让我想起她和你给玛丽卡带来的一切遭遇，是你俩杀了她。"

"是她自己，这个女魔在禁闭期间跑了出来，引起了全镇的恐慌。"我申辩道。

"她不是第一次跑出来。她自小就习惯乔装打扮穿上男装跑出去，让别人认不出来。是你们两个扯下了她的男装，把她抛在路上，让她蒙羞。后来事情弄成了那样。长官，不仅如此，你甚至跑出去要报仇。报什么仇？她把你妻子杀了？"

我深感悲伤，解释道："当我进屋时，看见妻子正在自卫，衣服已被撕破，我确实以为她要杀我妻子。"

"蠢货！她为什么要杀她？我听她最后这么说过，她想找一个非本地人做朋友，因为本地人恨她，她也恨他们。她便去了你家寻找友情，而你俩却以仇恨迎接她，最后杀死了她。"

"长老，她不是自杀的吗？"

他稍稍直了直背，用气愤得发抖的声音说："玛丽卡没有自杀！她那么热爱尘世为什么要自杀？她曾……她曾能从一切事物中找到美，从园圃里，从神庙的废墟中，我也为此喜欢上了那些人们见了就害怕的古迹，玛丽卡……"

"那么是你们杀了她？"我固执地追问，希望他回到主题上来。

"谁这么说？谁认定是她拔出刀子刺向自己的心脏？……他们所有人，还有你们所有人都是帮凶，甚至包括那些发明了女魔传说的祖先们……"

长老忽然不说话了，调整了一下坐姿，放松了一下身心，竭力控制住自己的愤怒。他低下头，脸上浮起一层悲伤的阴云，半晌才低沉地说：

"有一次，我发现园圃里开了一朵美丽的花，又像是一株娇媚的植物，可我没有播种过这粒种子，也没见过她过去的样子。不过我还是精心呵护，悉心浇灌，让她远离那些恶花毒草。可是好景不长，她日渐枯萎，我无力令她复苏，也无法重新再培植出像她那样的花草。我多么希望玛丽卡还活着，可是她走失了……"

我吐出了一直在脑袋里转悠的一句话："但是，长老，仅凭这个理由你就可以让他们昨天来杀我！为什么不呢？"

他抬起头，费劲地说："如果不是很久以来我就认识到自己最恨流血和杀戮的话。长官啊，我是个凡人，从小就这个暴脾气，但一直在努力克服，我知道自己生完气就会后悔，就想悔改。这不，我请你和你妻子原谅我，玛丽卡爱你俩，为了她……"

他声音哽咽，只好停下话来。我说：

"长老，是我们原谅你还是请求你原谅我们？你要是知道我对你女儿的遭遇感到有多后悔就好了！"

"可是光后悔有什么用，最重要的是悔改。"

"该发生的已发生了，现在怎么才能悔改？她死了，一切都结束了。"

他盯着我的脸有一会儿，迸出了一句话："如果一个人无法原谅自己，又怎么可能请求别人原谅他呢？"

接着，他摆了摆手说："但是，长官，这不是我今天邀请你来的原因，我请你来是为了说说你妻子的姐姐。"

我的心颤抖了一下，希望在长老面前我的这点心事没有露在脸上，他那昏花的眼睛完全能读出我的心思。

"她真是一个善良而勇敢的人。"他说，"可是两天前，我近距离看见了她的脸，听到了她的咳嗽。"

说到这儿他又有点分神了，好像在想别的什么事。他略带赞叹地说："我这辈子在每个宗教、教派和种族中都见过像她这样的人，极少有人生来就得到主的恩赐，赋予他宽容的秉性和纯洁的心灵，那是主的馈赠，并非他们努力的结果。这种人为数极少。因为主不想让我们都成为天使。主知道我们都是叛逆者和罪孽者，我们应该悔改，应该每天奋斗，不断努力、精进，直至心灵得到净化。"

他又不作声了。我督促他回归正题："长老，你说到了她的咳嗽，你想说什么？"

他没看我的脸说："但愿我什么都没说，可是我担心——孩子，祈求真主是我想多了——担心她身患无人能治愈的重症。"

我惊恐地喊道："不！她家乡的医生没有做出这样的诊断，只说去气候干燥的地方可以治疗。"

"听从真主旨意吧。我说了我祈求真主是我想多了。可是我提醒你和你妻子得有个思想准备，知道应该怎么做，也许她的病情确实是湿气太重，郁积于胸，久病不治。"

我惶恐不安地嘀咕道："你昨天给她的药不是去除胸腔积水、祛湿的吗？"

"真主才能治她的病。"

"当然，但是……这些药能不能对症？"

他勉强地笑了笑，脸上的皱纹更深了，对我说：

"长官啊，你听懂我的话了吗？"

我没有马上明白。他盯着我的脸继续说："总而言之，我给她的药是自己已经配好的，真主会指引我想想其他的药方，如果她的毛病就是胸部湿气太重，那么最好的办法就是把自己埋在烫烫的沙子里。可是我们现在已进入了冬季。"

他停了一会儿，继续说："我知道如何使用这种疗法，但是我不能离开这个园子，况且男人又不可以用这个办法为女人治病，我今天便派了一个妇女去你家，她懂得这种疗法。"

"祖贝黛？"

他点点头，不无遗憾地说："但是，我说过最好的疗法就是热沙疗法，可我们现在正是阴冷的冬季。"

我抓住了这根救命稻草："暖洋洋的日子会来的，即便在冬天也会遇到些热辣辣的天气。"

"是啊，但高温应该持续几天，甚至几周，才能让沙漠腹地完全热起来。"

"祈求真主能让天气热起来。"

他又笑着说："让我们的祈祷唤起主的旨意！"

我低头琢磨：这么说，在一昼夜之间长老为法尤娜送去了自己配好的药，又送信提醒我提防暗杀，还派了祖贝黛去家里，现在还原谅了我和凯瑟琳，希望我们原谅他！他做了这么多的善事！他也是圣徒……我是说……他够得上是个真主宠爱的人吗？尽管他否定这个称号。这么说真主宠爱的人一定能治好那位女圣徒的。可是他又说这个顽疾没人知道该如何治疗，这次碰面既给我生还的希望，又带来死亡的绝望！

我意识到长老在跟我说话："你要祈求真主注定治好她的病，而我为你多多祈祷跟你自己讲和。"

"什么叫跟我自己讲和？"

他好像没听见我的话，继续说："跟大家讲和，长官。我知道这些事情的发生并非一朝一夕，我知道也许这么做需要付出整个一生。"他似乎想起了一件事，又说："最好不要把你现在听到的告诉你妻子和她姐姐，除非你已决定带她去别处求医。"

"还去哪儿？她已经在她家乡试过了，是那儿的医生把她打发到这儿来的。"

"那就不要多说了，别让她失去希望。"

说到这，他用两手撑着地面准备起身，我赶紧站起来抓住他的胳臂扶他起来，萨勒马维见状也赶紧过来，抓住长老另一只臂膀，像抱着似的把他扶起来，直到他站稳脚跟。

"谢谢，萨勒马维。"他说，"明天设法到我这来一趟，也许我给你点新药，你给长官家送去。"

他伸出手跟我相握，尽管年事已高，可手掌很有力，他也跟萨勒马维握了握手，转身拄着拐杖消失在园子的树丛中。

出来的路上我问萨勒马维："你为什么一开始称他为'我们的主人'？为什么这引起了他的震怒？"

"他是这个绿洲里我认识的最好的人，长官。"萨拉马维兴致勃勃地说，"您看见了吧，他跟小姐只有一面之缘就那么关心她的身体。尽管他生气，但是还说要送点新药给她……"

我沉默了，但是我明白他要说什么。

在回来的路上，萨勒马维用他总让人感觉几乎要哭似的低沉而颤抖的嗓音说："长官，小姐也是个大好人。你没有见当时在驼队里她是怎么做的，所有的人……"

我激动地说："已经讲过这些了，下士，再不要说她了，就当她快要死了。"

这种哭诉听够了！

我对自己说："假如她真的要死，我就太不幸了！"

17. 凯瑟琳

又是一个多云的早晨。

对法尤娜来说这样的温度太低了。我的心阵阵紧缩，得赶紧想个办法。可是在这样微弱的光线下书是没法看的。所以想要帮助她的话，先得要帮自己。我说过，决不允许自己败在绿洲之地，一定要找机会自个儿出门，哪怕以死为代价也在所不惜。就像玛丽卡那样，明知道要付出代价却还要出走。现在我越是设法不去想她，偏有这事那事把她拉回到我的脑海里。她不是闯入我的梦境，就是重现于某件事中，绿洲发生的所有事都能让我忆起她来。而马哈茂德也偏偏哪壶不开提哪壶。当他告诉我玛丽卡是叶海亚长老的亲戚又是长老的一块心头肉时，我大吃一惊；当他说到玛丽卡来我家就是为了找寻我们的友情，说白了就是跟我的友情时，听口气似乎是在数落我。

马哈茂德想让我感到无地自容，因为我打了玛丽卡，还把她赶了出去。我再次提醒他，事情是他自己搞砸的，不但让玛丽卡丢了脸，还把她弃于路上，我有何罪之有？他不接受我的观点，还让我尊敬那位长老，要我对他日日夜夜感恩戴德，因为尽管我们做了那么多对不起他外甥女的事，他还是送药帮助法尤娜。

我能说什么？是的，他隔三岔五送来药草，让法尤娜试用，药草先泡水，再熬煎，早晚各服一次；他还送来各色油膏，涂抹在脖子和胸上，对用药的时间和方法都给出了详细说明。可这有什么用？法尤娜每次都说尝试了最新的药后，情况有好转，关键是需要更多的时间。

而我却看不出这些原始的药材有什么疗效。只见她日渐苍白，越发消瘦，唯一的变化就是剧烈的咳嗽不再那么频繁，可每次却比以前更加剧烈，似乎这些药材的作用就是抑制住强咳嗽，将频频发生的危机积攒起来，最终一次性剧烈爆发。爆发时她脸上憋得青紫，两眼凸出，令我骇然。她从不诉苦，我却看在眼里。这位长老到底做了些什么值得我感谢呢？

凯瑟琳啊，至少长老尽了力，那位叫祖贝黛的妇女也尽了力。但是他俩并没有为我个人做什么。那位妇女来时总给法尤娜带些椰枣、核桃什么的，她那掺杂着一点点标准阿语的话听起来很费劲，可是跟一点都不懂阿语的姐姐讲起来连手势带语调，却谈得蛮投机。让我惊讶的是法尤娜在与祖贝黛谈话时马上用上了现学的锡瓦方言词汇和表达方式。我试着也想那么做，学语言可是我的长项啊。可是每当我一靠近，想听听她俩的谈话时，那个狡猾的老太婆就不多说了，也不跟我对眼神，让我很难堪。好在通过推理我也记下了些词汇。记得祖贝黛第一次来我家时，我冲她微笑，我俩困惑地看着她，想弄明白她说些啥。只见她两手做成杯状，移动手掌，好像将某物体移开，指着地上，用阿语说："放下去！放下去！"后来经马哈茂德解释才恍然大悟，她的意思是让我们将身子埋进热沙里。可惜前几个月热死我们的大晴天现在没有了。

法尤娜特别喜欢这位皮肤黝黑、满脸皱纹的老太太，细细的眼帘上涂着厚厚的眼黛。看起来法尤娜因祖贝黛在身边跟她侃侃而谈而感到非常开心。让我惊讶的是，祖贝黛初次来家时，法尤娜抓住她的手，惊喜地看着她手掌上文的"黑娜"①，用锡瓦土语问她："尼土？"（我可以吗？）我佩服法尤娜在身体如此糟糕的情况下还如此兴致勃勃地发问。祖贝黛马上就明白了，而且痛快答应了。第二天，她不仅在法尤娜的手掌上文上了"黑娜"，而且还在手背上了加了几条纤细的树枝，一只小鸟栖息于枝头叶间。法尤娜沾沾自喜，喜笑颜开地给我展示她的双手，还给马哈茂德欣赏。

只要这样做能使她快乐就好！

嗯，只要这样做能使她俩快乐就好！祖贝黛可以日复一日地来家里。如果她孙子不陪她来，她就独自一人骑着驴过来，还给法尤娜带来礼物。可是每次该走的时候她都会指着天空，指着惨白的日头，无可奈何地击一下手掌。

---

① 按照古埃及的传统习惯，姑娘出嫁前一天晚上要在双手和脚趾、脚背上用特殊的植物染料纹上花卉、植物等图案，打扮得花枝招展，称之为纹"黑娜"，婚礼前一天晚上也便称为"黑娜之夜"。

好吧，让我们等着热天的到来。

可是马哈茂德能等得了吗？

他也日渐消瘦，之前他一向胃口很好，什么都吃得下，可是自从法尤娜来以后，他总是饭量不大，我看他坐在餐桌旁，低着头，不看她，困难地吞咽着食物，好像什么东西卡在喉头。他常常随便扒上几口便离开餐桌，什么都不喝，甚至连通常晚上喝上一杯的习惯都没有了。难道他也想洁身自好当个圣徒？他变得安静、温顺。这让我从他善变无常的心性中得以解脱。最近这两天我还发现他的手在颤抖，我心里有数，多希望能告诉他：你躲得过她的眼神却躲不过对她的情意。

我忘不了有天晚上，他可怜兮兮、愁容满面地走进家门，我从没见过他这副似哭非哭的德行。他远远地躲着我，咽了一口唾沫，问我是否把法尤娜带回亚历山大或开罗求医更好。我立刻明白了他的意思，他想通过让法尤娜远离他的视线来达到逃避的目的。我平静地说我完全同意这个方案，只是他认为法尤娜的病情允许她随驼队进行长途跋涉吗？她扛得住沙漠夜晚的寒冷吗？这无异于将她判处死刑。一个颤抖的声音从他喉咙里冒出来："谁的死刑？"我假装没听见，说："那就让我们等待好天气吧。"我看见他脸上露出喜悦与绝望抗争的复杂表情，屈从地说："让我们等待吧。"那一刻我真的很同情他，也可怜他遭受着在床上辗转反侧、夜不成寐的苦痛，有时，他刚睡着就被噩梦惊醒。尽管这样，他现在已与我形同陌路，好像我俩从未做过一场夫妻。

幸运的是法尤娜对此毫无察觉，就凭她那股单纯劲儿是不可能想象到她的妹夫正热恋着她，即便我告诉了她我和马哈茂德之间早已结束了，她的想象力也无法产生这种念头。如今我唯一期待的就是她能痊愈，再就是这期间我的研究能有所进展。总而言之，我要和她一起离开这儿，这是我的最后决定，我要和马哈茂德、玛丽卡以及埃及这个绿洲、这里所有的人有个了断，将所有的这一切都甩在我的背后。

利用阳光能投射进客厅的机会，我开始阅读历史学家阿里安的有关亚历山大大帝后期生活的书籍，他跟我一样是个亚历山大迷，他不像其他苛刻的评论家那样只看见亚历山大大帝在征战中的所为，而是注重挖掘这位马其顿国王的个性魅力。我开始随着从窗子中倾泻进来的日光挪移位置。接着便听到了法尤娜的脚步声。

她站在厅门口，已经穿上了冬日的装束，还披上了那件毛斗篷。今早她看起来比昨天精神点。我感到让她搬到底层来和我们一起住是对的，省得还要劳驾马哈茂德上楼去看望她。她坐到我边上，指着书说：

"我打扰你工作吗？"

我微笑地给她介绍："这本书以前我已经读过几遍，几乎能背下来。"她拿过书，看了看封皮，说："是关于亚历山大大帝的另一本吗？在爸爸的书房里我也读过，我知道由于绿洲曾经的历史，你对亚历山大大帝很感兴趣。可是为什么要读那么多书？到底什么让你如此着迷？"

266

"他的墓穴！"

法尤娜大笑起来："他的墓穴？我以为你对他的生平感兴趣，而不是对他的僵尸！我也读了许多关于他的书，可从来没有对他的生平产生过兴趣。他嗜血如狂，毁掉了许多城池，仅在黎巴嫩提尔港口的行径就足够吓人了。提尔城的居民发起了城市保卫战，这惹怒了国王，他下令长久地围城，终至破城而入，又下令屠城，杀了数千民众。"

"这些我都知道，其他事件也知道一些。法尤娜，在你来之前，我思考过，他这个人除了大肆屠杀外，也有过一些壮举，比如，每到一处都建立新的城池，进军亚洲就是试图统一东西方。"

"当然了！他想把东西方统一在他的帝国版图中，成为他的奴隶！你听说过有哪个帝国不是喊着高尚的口号建国的呢？今天的英国不也是在宣扬它的帝国使命和在全世界传播文明和繁荣吗？来吧，看看这种掺杂着鲜血的文明是怎样从爱尔兰传播到埃及，再到印度，再到我也不知道的地方的！"

我不想和她辩论，只要话题一转到让她忆及英国人及其在爱尔兰的屠杀，尤其是对我们的家乡康诺特郡的杀戮，她的情绪就会变得很糟糕。

"无论怎样，"我说，"让数百名历史学家感兴趣的关于他的帝国和征战，我不感兴趣，正如我告诉你的那样，我只对他的墓穴情有独钟。他曾立下遗嘱，把他的尸体埋在锡瓦，可是他们把他埋在了亚历山大城，那里哪有他的墓冢？"

她惊讶地回答道："成千上万个伟人的墓冢跟穷人一样已灰飞烟灭，消失在历史的烟尘中，而亚历山大大帝便是其中一个，这有什么奇怪？"

"奇怪的是我们在亚历山大发现了许多普通希腊人的墓冢和古迹，却见不到任何一片石瓦或一处古迹指明他们国王本人，也就是该城的缔造者的陵墓，也在此处。历史学家都说其陵墓或神庙就在亚历山大城中心，还说许多帝王将相、文人骚客、名流显贵出于好奇，慕名而来，或把亚历山大大帝奉若神灵前来寻求他的福佑。"

法尤娜皱起眉头，陷入沉思，然后说道："是的，记得有一次听你跟父亲说起这些，我觉得父亲猜测其墓穴在一次地震后沉入海底，难道不是吗？他可没有否定亚历山大大帝在亚历山大城。"

"我也没有否定，但是常常自问为什么那儿没有留下丝毫遗迹？"

我给法尤娜解释了自己的推理，认为亚历山大大帝的尸骸有可能从他建立的城池被秘密转移到了绿洲，他希望那里才是他的归宿。

法尤娜又恢复了笑容，说："如果真像你认为的那样他们把他的墓穴埋在了这里，凯瑟琳，那就让他安息吧，又何必去挖掘他、记起他，我们有很多像他这样的人和继承他衣钵的人物。"

我也笑着说："别担心，无论他在哪里，我都不会打扰他的清静，我勘查他的陵墓或墓穴并非癫狂之举，这项考古研究需要大量的人力和物力，我都不具备。我仅仅想找个证据，不，甚至只是个标识，好作为令人信服的依据，写篇论文发表，以便别人能将这项工作继续做下去。"

"也许我没有完全明白你的意图，凯瑟琳，你是说想找个证据来证明你的理论吗？"

"是的。"

"那好，你依据什么得出这个结论？"

"靠直觉。"

"可是我们在学校里学到的是，只有掌握了证据后才能得出结论，你却反其道而行之，先想象出结果，然后再去找证据，你不觉得这很怪异吗？"

"不，有许多发现正是通过这些癫狂之举得以实现的。"

"可是有许多疯想到头来仍然是疯想！"

法尤娜大笑起来，可又猛然收住笑容，以严肃的口吻说：

"原谅我，凯瑟琳，我在跟你开玩笑，别介意，你继续你的工作吧。"

"我当然明白你在开玩笑，我绝不会放弃我的工作，永远不会。"

我一时兴起，忽然问她：

"你为何放弃迈克尔？"话一出口我就后悔了，可是为时已晚。

她吃了一惊，看了我一阵子，然后答道：

"你为什么也不让迈克尔安息？他已经在不受困扰的那个世界里，而我们还在这个世界里受着困扰。"

"对不起，我没有那个意思……"

她再次默然，陷入沉思。后来她又说："这件事让你很担忧，凯瑟琳，结婚前你就跟我讨论过，我回答过你。现在，我说是的，我爱过迈克尔，这对你有丝毫帮助吗？现在说这些有什么好处？难道不是当着大家的面，他选择了你，而我也欣然同意了吗？你为什么总是不信呢？"

我没有言语，她继续说："但是，我承认当你同意嫁给迈克尔时，我很吃惊，你并不爱他为什么同意嫁给他？"

"我也不知道，但我为此付出了代价。"

"他也付出了代价。"

"他把我的生活变成了地狱，那里有着没完没了的争吵。"

"有一次争吵我也在现场，我记得当时他批评你的一篇从希腊语翻译过来的文章，说译文中有些错误，你却说他那是在嫉妒你。"

"是的，他就是在嫉妒。"

"那就让我们忘记过去吧，重要的是你现在爱着马哈茂德，难道不是吗？你婚前和婚后的一封封长信让我深感欣慰，我明白你终于找到了真爱，你爱他，他也爱你，我理解错了吗？"

"没错。"

她直视着我的眼睛，平静地问道：

"那你俩为什么不幸福……你和他？"

她的问题来得突然，我喃喃自语道："我们不再像过去那样相爱，在绿洲发生了些事情。"

"我希望你俩能挺过去，我并不想窥探你的秘密，但你俩应该得到幸福。"

"法尤娜，"我激动地说，"告诉我，如何才能找到这份幸福！我一生都把工作当作信条，这一点来自父亲的遗传，而你遗传了母亲的安静和从容。父亲常常鼓励我贵在坚持，教导我，我的目标就是工作，让我要学门新语言，要写文章，兴许有一天还能写本书。我按照他的嘱托去做了。可是哪里可以找到幸福和内心的安宁？"

"你比我聪明多了，凯瑟琳，怎么反倒向我讨要忠告？小时候，你每次学会一门语言，或读给我听你翻译或写就的论文，我就嫉妒你，后来为你感到自豪，感到自己也实现了某种成功。现在我相信你确实在工作中找到了幸福，不要太在乎我或者别人说些什么，你比我们更知道自己要走的路，走下去吧。"

这么说法尤娜已经感觉到了我和马哈茂德的关系已经破裂，当然，她那么聪明，怎能瞒得过她。我们虽然表面上装得若无其事，可就算我有勇气道出一切又怎能说明白连我自己都弄不清楚的事？比如说，我告诉她我们的婚姻随着玛丽卡死去而消亡，我又怎么能给她解释清楚事情的原委？我和玛丽卡唯一的见面仍然鲜活如初，无论我怎样一次次告诫自己什么也没发生，告诉自己历史已经翻页，但她亲吻我或我把她的脸压在我胸前时的战栗仍然传遍全身。无论我如何否认，她那泪水和唾液的潮润仍然在那，没有消失。我试着安慰自己一生都是正常的女人，我和马哈茂德享受过恋情的欢愉，可是脑子里还是潜入一个念头在嘲笑自己。萨福自己也享受过跟男人的欢愉，比我还要正常，她至少做过母亲，很爱她女儿，而我却不受孕。不！

如果法尤娜听到这些话，她还会以我为荣吗？她说她先是嫉妒我，后来转而为我自豪，为什么？她显然不知道我一直在嫉妒她，我平生一直把她看作人类善和美的最高典范，是我最敬爱的人。可另一方面我也常常嫉妒她的一切品德，也许到现在还在嫉妒她，她到现在都没有告诉我她是否真的爱过迈克尔，对我的问题悬而不答。也许她是对的，就让他安息吧！也让她问我的为什么嫁给他的问题悬着吧，我也不知道答案。让我们抛掉过去的阴影，眼前的幽灵就已经够多的了，光是玛丽卡的幽灵就已经够对付了。

我的确要回到工作中去，如果在工作中都无法找到内心安宁的话，那么至少工作将使我忘记去寻找那永远也来不了的内心安宁。法尤娜劝我要继续下去，还有其他办法吗？似乎总有什么人在驱使着我让我继续前行。

几天来我一直沉浸在阅读历史学家们撰写的关于亚历山大终结的著作中，以期温故而推新。也许我能找到法尤娜所要的证据，先别急着下结论。她说得对，光凭着直觉和癫狂是不够的。唉，她总是对的！

我将整理一些事件的线索，也许事件本身就能露出蛛丝马迹。亚历山大死后发生了什么？他们想履行他的遗嘱，把他埋在阿蒙绿洲他父亲的边上，为他带来最后的哀荣，给他定制了一辆巨型轮车，以便放下装有他躯体的灵柩，车两边装饰着绘画和镀金雕像，讲述国王从英雄到神灵的一生。车子由几十头骡子拉着，一路从巴比伦拉到埃及，几百个铃铛的叮当声在数英里之外都能听见，这支出殡的队伍穿过沙漠、河谷、森林，也穿过死者建起的城市和毁灭的城市，一直走到埃及。

灵车走了两年终于从巴比伦抵达尼罗河谷，但没有按照遗嘱继续走向目的地绿洲，副王托勒密迎接了出殡车队，改道将其拉向他的首都上埃及的孟菲斯，在那里为他建造了陵墓，让亚历山大大帝见证和守望着他后继者的雄才大略。不久托勒密就宣告自己登基称王，当他把首都从南方迁移到亚历山大城时，把亚历山大大帝的遗骸也迁了过去，将陵墓安置在世界奇观之一亚历山大灯塔和他修建的藏书丰富的亚历山大图书馆之间。此时，它不再仅仅是个陵墓，已成为宙斯－阿蒙神之子亚历山大神的庙宇，其廊柱具有希腊多利斯建筑风格。在他一年一度的节日庆典时，络绎不绝的朝觐者队伍云集于此，平常也有一些朝觐者赶来向他祈福，膜拜放在石棺里的经过防腐处理的神祇。后来他们用水晶棺椁替换了石棺，好让他的遗容显得更加神采奕奕。历时几个世纪，这座神庙成为所有经过亚历山大城的伟人的游览胜地，其中有尤里乌斯·凯撒、马可·安东尼，毫无疑问这两位都在埃及艳后克利奥帕特拉女王的陪同之下，还有他们之后的其他罗马帝王，他们所有人在这位永不言败的开拓者英雄面前感到汗颜，也许他们都嫉妒他。他的荣耀，后辈中无人能企及。

可是，六个世纪以后，忽然没有人再提起灵柩和遗骸，狂热的罗马帝王为了他的新教颁布了关闭所有有偶像崇拜的庙宇，其中包括亚历山大神庙，而此时基督教业已成为帝国唯一的宗教。

那么，放在水晶棺枢里经过防腐处理的神祇到哪去了？神庙又到哪去了？为什么没有留下任何踪迹？历史学家们对此哑口无解。是像父亲猜测的那样沉入了海底还是像法尤娜说的那样被时间剥蚀？

我的头脑为什么拒绝接受一个绵长而奇伟的神话，它就这样被截去了尾声？

是我的脑子拒绝接受这些说法还是我执着于自己能在此生中建立伟业？为什么不呢？人生如白驹过隙，就像亚历山大大帝理解的那样。一个想在身后留下芳名的人不应该犹豫不决或迟缓怠慢。他开拓了世界，而我只不过梦想他能回归他父亲的怀抱，实现自己的遗嘱，由此我也能实现自己绵薄的荣光，以弥补跟马哈茂德、迈克尔相处带来的失败。还有要永远忘却玛丽卡的阴影，即便没有成功，这样做也是我打发时间的有益尝试。总之，内心安宁的生活已经遥不可及了。

不管怎样，我的直觉还是能合情合理地为亚历山大的故事画上句号的，因为基督教并没有很快结束亚历山大城和整个埃及对偶像的崇拜。当时有不少仁人志士为捍卫他们的天启信仰为基督教殉道或饱经折磨，当然也有不少志士仁人为了他们的偶像神祇甘愿接受基督教徒的折磨，为了阿蒙、伊齐丝、荷鲁斯等其他古埃及神祇献出了生命。如此说来，在这些对神祇的忠实信徒中为什么没有亚历山大·本·阿蒙－拉的追随者呢？当时这些信徒应该为数不少，假若他们在关闭了亚历山大神庙后就把他们的神的圣体秘密地转移到了其父所在地绿洲，那么，情况又会怎样呢？这里是安息亡灵的最佳场所，它远离罗马教皇的统治，远离埃及政权的管辖，基督教还没有传播到此，对埃及神祇的崇拜在这里一直绵延了几个世纪。所以对亚历山大的信徒们把圣体在几个世纪流落他乡之后转移到此处以实现其遗嘱的推论符合逻辑。我的头脑告诉我为什么不，我的直觉告诉我这太可能了。可是证据在哪儿？

我又重读了来过绿洲的旅行家们关于锡瓦地区古迹的所有书籍，像往常一样，视线停留在了关于赫米萨湖附近已消失殆尽的多利斯式神庙的描述上。根据法国旅行家卡尤的描述，该神庙的面积尺度正符合希腊神庙的标准，更重要的是，他指出该神庙的多利斯风格的廊柱在绿洲仅此一处。可是，该神庙现在到底在何处，能让我求证点什么？

瓦斯菲上尉可以帮我，我们可以一起去神庙遗址勘察一番，去那些我无法独自去的地方。可是马哈茂德还在关我的禁闭，我无法邀请瓦斯菲来商量此事。自从瓦斯菲说了革命者是叛匪后，法尤娜不喜欢这个人了，不想再看见他。法尤娜干吗那么认真？他说他自己国家的事情，那是他的自由，亚历山大大帝不是英国的克伦威尔，公然践踏爱尔兰的康诺特，屠杀那里的百姓。你为什么迁怒于马其顿国王？况且我现在需要瓦斯菲的帮助，我必须得想出个办法。

可是，我首先要确保自己不乱阵脚，我该怎么做？

法尤娜热情地说："为什么不，凯瑟琳！出去吧！"

我端详着祖贝黛满脸褶皱的脸，那里明显地流露出拒绝和怀疑的表情。我和法尤娜用阿语和锡瓦方言还带上手势费劲地向她解释我想租用她的驴，一会儿一定平平安安还给她，她却固执地重复道："伊兹特病了，驴生病了！"我努力说服她绝不会让她的驴受累，也不会拖延时间，甚至说我就在家附近转转，法尤娜也极力帮我劝她，让她放心。法尤娜用手指着楼梯下的兵说："卫兵就在下面，若发生了什么，他们会保护我，保护驴的。"说着，她把手搭在祖贝黛肩上，带着妩媚的微笑说："我给你再买一头伊兹特！"祖贝黛总算同意把驴借给我了，但很勉强。

我没有向法尤娜道出实情。我只是说想趁祖贝黛一个人来的机会借她的驴在家附近转转，如果老太太愿意的话。不料法尤娜听完立马同意了，说："你的确需要出去走走，散散心，别成天在屋里待着。"她这话其实在暗指她自己，顺便发个牢骚。我没有和她理论，我被关禁闭其实与她无关，我还需要她的帮助来说服这位固执的老太婆呢！

祖贝黛一同意，我就换上了准备好的衣服，打扮成锡瓦妇女的模样：穿一件宽大的深色衣服，长长的裤子，用法尤娜的那件"塔尔附体特"斗篷把自己从头到脚裹得严严实实，面纱几乎完全遮住脸，只留下一对眼睛的缝隙。

我慢慢地下了楼梯，心跳不止。看见卫兵奇怪地看着我。没关系！在他们回过神来准备行动之前，我就回来了。

我像祖贝黛那样骑上驴，两腿悬在两侧，稍一夹，它就快速地走起来，直奔艾古尔米村而去。这是玛丽卡、叶海亚长老走过的路，途经加维亚泉，还有其他很多地方。我对自己的乔装打扮充满信心。一些扎杰莱人听到驴叫声走出果园，随意地看看我，又回身去劳作了。尽管这样，我的心还是越跳越快。还说自己无所畏惧呢？这不，已经害怕了！我也是用幻想自欺欺人的主吧？

时间不多，容不得我多想，得赶紧催这头磨磨叽叽、虚弱不堪的家伙快走。她的主人说得没错，这头驴一路上停停走走，停下来时叫上几声，似在呻吟。好在最终还是走到了。

我环顾四周，阒无一人。

我把驴拴在那棵小马哈茂德曾躺过的枣椰树下，进了神庙。拿出之前藏在斗篷下的本子、笔，快速奔向那堵我曾誊抄过铭文的墙壁。我浏览着铭文，用手指描摹着上面的字母。没错,它确实是一篇对阿蒙－拉的祷词,非它莫属。我还要验证水源在何处，我绝不会欺骗自己，必须设法解码古埃及一般性书写的栏目。在重读铭文时我发现上次记录时有误，便把本子贴在墙上，尽力认真记录下我所看到的一切。可是心急火燎，又抄错了，赶紧擦掉重写，一边抱怨自己：没时间了，不能浪费！

刚记录完一页纸，就听见外面一阵嘀咕声，继而人声嘈杂，接下来变成了大肆喧哗，我心跳得像鼓点一样，声声入耳，手一抖，本子掉在地上，正弯腰捡拾的空当，扎杰莱人愤怒的面孔已经挡住了神庙入口。

我趴在地上，第一块石头没有砸到我，可是接二连三的大小石块纷纷向我砸来，我双手抱住脑袋，护住脸，大叫起来，他们也叫喊着。接着就听见马嘶蹄响，继而传来枪声。石击停住了，扎杰莱人转头向枪响之处瞭望。

一阵寂静过后，萨勒马维下士低沉的嗓音和易卜拉欣军士长的声音在喊我，接下来看见了他俩。萨勒马维扛着枪，站在扎杰莱人中央，拍着他们的肩膀，微笑地跟他们说话，易卜拉欣冲到我面前，急切地问：

"夫人，没事吧？伤着没有？"

他看着我周围散落一地的石头，更加焦急了："那些坏蛋没伤着你吧？"

"没有……易卜拉欣军士长。"

我绝不能出声，不能喊痛，其实身上多处都在作痛，好在护住了头和脸。我摸了摸头和脸，想确定一下是否受伤，还好，没有见血。

萨勒马维大声地跟扎杰莱人说笑，终于成功地遣散了他们，而这边易卜拉欣悲伤地问我：

"夫人，你干吗要这样？"

我尽量保持正常的语气反问他：

"你俩怎么知道我在这儿？"

"卫兵报告了下士。祖贝黛的斗篷还在家门的台阶上，他们意识到出门的人不是她，而是……"

萨勒马维下士走过来说："对不起，夫人，我们应尽快赶回家，不要等到那些扎杰莱人改变了主意，也尽量赶在长官阁下听说此事之前，我们没有请示他就往这儿赶过来了。"

我捡起本子，坚定地迈着步子朝那棵枣椰树走去。至少祖贝黛的驴子没有受到任何伤害。

萨勒马维骑上马，把易卜拉欣也拽上马背坐在身后，枪上了膛，走在前面，我骑上驴跟着。因为无须再伪装，我放下斗篷，露出脸来。身上阵阵剧痛不时袭来，我强忍着一声不吭。

马哈茂德像疯子似的冲进家门。

涨得通红的脸上显出我从未见过的愤怒表情。

我一到家，祖贝黛也愤怒地走了，嘴里喋喋不休地抱怨和斥责着。我已经不在乎能否听得懂她的话。她出门时第一次没有拥抱、亲吻法尤娜。

法尤娜坐在餐桌旁，我的对面，低着头，一脸的悲伤和颓丧。

还没等马哈茂德说话，我就说："对不起，我错了，对不起。"

他张张嘴想说什么，可是如鲠在喉，脸憋得更加通红，最后终于爆发了：

"夫人也会说道歉？！"

接着又结结巴巴地说："我……我……我，我是最后一个知道的？"

他向我走来，张开臂膀，摊开手掌，像要打或掐我，可是举起的手忽然打在自己的脑门上，又结结巴巴地说："我要……我要……我要掐死萨勒马维和易卜拉欣，我是最后一个知道的？我发誓我要……"

"马哈茂德，等等！"法尤娜站起来。马哈茂德忽然不吱声了。此时法尤娜面如死灰，但她抑制住强烈的激动，用清晰的声音说道：

"冲我发火吧，马哈茂德，凯瑟琳没有错，是我让她出去转转的。"

他呆呆地站在那儿，看着法尤娜，似乎听不明白她在说些什么。接着，他说："连你也这样？可是为什么要这样？"

他掉转身，像冲进来那样冲了出去。

法尤娜把手放在我的肩上，用颤抖的声音反复地问道："可是为什么啊，凯瑟琳？"

18. 马哈茂德

我比往常醒得更早，周围一片漆黑。

又度过了一个少眠的夜晚。

这人名字叫黛莱……黛莱妲……黛娅莱妲？

从睁开眼睛那会儿起这个名字就一直在我脑子里转悠，怎么也想不起来，一个难记的名字，一个更加难记的故事，法尤娜。

到底叫什么名字再也想不起来了，细节也迷失在脑海里。故事中有个邪恶的国王想霸占无辜的少女黛莱妲，而姑娘却爱上了一个英俊的骑士。我已记不清后来是国王杀了她心爱的人和她的两个骑士兄弟，还是别人杀了他们；也记不清这位美人是因为痛失情人而自杀，还是因悲伤过度忧郁而死。总之，故事的细节已忘得一干二净，只有结尾清晰地留在了记忆里：这对恋人死后，国王还是不肯放过他俩，他要让他们永世分离，便把姑娘埋在离骑士的墓地很远的地方，中间还隔着一条河或一条水渠。不久姑娘的坟地上长出了一株植物，像是常青藤，藤蔓越长越长，蔓延遍地，越过水渠，与对岸她爱人坟地上长出的枝杈彼此缠绕，二者的相拥又催生一棵小树。国王命令砍倒树干，截断枝杈，可是春风吹又生，它们再次拥抱。一次，两次，很多次，直至国王彻底绝望，停止了砍树。死亡中他俩的爱情终于战胜了邪恶的意志。

她已不是那个晚上讲故事的微笑的法尤娜了，她变成了另一个，一个面无血色、话语悲戚的法尤娜。当她不说话时，凯瑟琳急切地问道："你为什么缩编了故事，省略了里面优美的诗歌？"她站起身来说："就讲到这吧，今晚我累了。"

的确，整个晚上她都在不停地咳嗽，身体每况愈下，我也越来越感到无能为力了。叶海亚长老在易卜拉欣身上起了疗效的药材在法尤娜身上并没有创造奇迹，该怎么办好？凯瑟琳拒绝我提出的让她姐妹俩回开罗的建议，也许那里能得到更好的治疗。她用我也心知肚明的话回答我："怎么回去？旅途就会要了她的命。"可是留在这里不仅会要她的命，更会要了我的命。如果叶海亚长老对她身体状况的直觉判断是对的，那么恢复的希望就渺茫了。热天的到来还遥遥无期，否则我们可以试试最后一个办法。但她能坚持到夏天沙子热烫起来的日子吗？她还能活下去吗？她一定要活下去，如果要说在这个家里谁最值得活下去，那非她莫属，不是我，也不是凯瑟琳。

咳嗽声稍稍轻了些，我的心也略微轻松了点。自法尤娜搬到底层后，我渐渐能清晰地分辨出她的咳嗽状态，听觉变得敏锐起来，甚至能听到她的呼吸。我到底想要从她那儿得到什么呢？其实什么也不要，只要她活下去，就像叶海亚长老说的那样，他希望玛丽卡能活下去，只有这样他待在这个世上才有意义。而我，为什么在家里、在办公室里、在路上，她的脸庞总追逐着我，挥之不去呢？甚至当我一个人躺在床上，或凯瑟琳躺在我身边时也是如此？那剪不断理还乱的东西到底会把我们带进一个怎样的结局？

她又咳了起来，这次很剧烈，我的心也在怦怦直跳，我必须出去，远离这里。我跳下床，凯瑟琳还没有醒来，我的动作和她姐姐的咳嗽声竟然没有吵醒她。在遭到石击受了伤后，她疼痛呻吟了好几个晚上，这时才睡死过去。她只在为祖先的神庙担忧时才会失眠！我真希望那天他们对她不是石击，而是……

不，法尤娜，原谅我，我不希望你妹妹遭遇任何伤害！

我很快洗漱了一下，穿上衣服，出了家门。

外面仍旧漆黑一团，第一道曙光还远未到来。警察局里没人醒来，只有值夜班的卫兵看见我这么早来了，吃了一惊。当我穿过院子时，看见一个移动的影子在往外走，天太黑，我没看清楚是谁。

那个人也没料到会碰上我，他朝我走来，惶恐地向我问好，然后静静地站住了。

"萨比尔长老，你好。"我说。

凯瑟琳在神庙遭袭击后我看见过他一次，他过来找我，假装对扎杰莱人的行为向我表示道歉。像往常一样，他说话含沙射影，带着对凯瑟琳的责备："因为夫人去了神庙，那些'无知的人'怀疑她在那里施魔法。"其实他在责备我，既然我允许夫人去神庙，那就应该派足够的卫兵跟着。私下里我承认他是对的，可表面上我只说了声谢谢，我说我会谨慎从事，不会让这样的事再发生的。瓦斯菲坚持要让萨比尔长老带着我们去找那些袭击凯瑟琳的扎杰莱人，要当众鞭笞他们，好让大家引以为戒。我果断地说："我接受萨比尔长老的道歉，事情就到此为止吧。"

在黑暗的警察局院子里，我们面对面无声地站着，最后我开腔了：

"发生了什么事，萨比尔长老，需要你亲自来警察局？"

他更加惶恐了，回答道：

"没有……没有，长官阁下，刚才我在上尉先生那里，……我们在审计税赋。"

我强颜欢笑地说："这么早就来审计呀，萨比尔长老？"

"是啊，他让我晨礼之前过来，他喜欢早早开始工作。"

"确实是早起的鸟儿有虫吃。再见，长老。"

我离开长老上楼进了办公室。值夜班的卫兵想叫醒易卜拉欣军士长，我制止了，我说我们还是按照每天正常的时间开始上班吧。

一进办公室，我就感到凉飕飕的，便关上窗子，独自一人坐在黑暗的屋里，我需要独处，需要在这种静默中沉思。

思考点什么好？我沉溺在自我的反思中。每每翻开人生的一页，便发现它比前一页更糟，但愿我非我！比如说，但愿我是我兄弟苏莱曼，我是沙姆的一个商人，而他是警察局的警官，为什么不能呢？

同是一对父母生养的，仅仅因为偶然因素，俩人便命运交错。原本也完全可以让运气垂青我，我就成了他。好些年没见到他、弟妹和孩子们了，他的容貌已在记忆中褪色。他切断了与过去的一切联系，远离我们，开始了一种全新的生活。我对他毫无怨言，他从来没有不尽孝道，母亲活着的时候，他一直寄钱给她，尽管当时他刚白手起家，需要每个铜板。让我内心深受伤害的是，当我给他发去母亲去世的电报时，他本人没回来，仅回复了个唁电，说既然已经出殡、入土，他回来又有什么意义，不如将他的旅费捐给慈善机构以告慰亡灵。当时我希望他能亲自回来，我们一起悼念母亲，当时我很需要他。但是，也许他做得更对。如果我是苏莱曼，我一生就不会过得这么混乱不定……如果我是苏莱曼……如果我是……

出殡的帐篷很宽敞，我立身准备接受前来为马哈茂德·阿卜杜·扎希尔家吊唁的人，可是座席空空，没有一个人来。诵经的长老坐在高高的长凳上，嘴巴忽张忽闭，不出声音，没有人到场。帐篷变成了一个挤满人群的大花园，有许多孩子在那儿玩耍，我独自走着，抱着一卷白布。我叫住了一位老汉，问他墓地在哪儿，他没有停步，用手指指着说一直走。我顺着他指的方向继续走，发现自己走在一条长满常青藤的河堤上，藤蔓依依，垂及水面。我拉着一位美丽女郎的手，一起欢笑。我对她说："你能想象到吗？我已死去，现在又复活了。"她自豪地说："那全靠我啊。"我们一起在河里泛舟，我终于看清了这位女郎原来是尼阿玛，便笑着问她："什么时候你改变了发色？"她回答："自从你抛弃我后……"忽然她大叫起来,手指着我的后方,岸上的许多人也指向她指的方向,我扭头一看,一条张开大嘴的巨型鳄鱼正向小船扑来……

我抓住尼阿玛的手，一起纵身跳离了小船，快速地在水面上奔跑，又回到了满是虚席的帐篷下，诵经人的嘴还在一张一合，发不出声。

尼阿玛气愤地说："这位长老至少也得背诵出声来呀？"我气愤地走上前去，发现他不是在背经，而是在笑，从眼睛中我认出了他是谁，我抓住他的长袍前襟，暴怒地喊道："是你，长老……"

接着我喊了一声："进来！"

易卜拉欣的敲门声把我从打盹中惊醒。

我美梦初醒，昏昏沉沉，不知道他在说什么，从他那悲伤的语气中大致明白了他在抱怨我，因为我不让卫兵把他叫醒，他说难道他在警察局里已经如此不中用了？我理解他的想法，叫他给我端上一大壶茶水来。刚刚睡得很沉，没注意到已经开始上班了，虽然关着窗，霞光已经射进屋里。我站起身，打开窗子，在屋里快速踱步，以便恢复点热量和活力。

易卜拉欣回来了，我喝着茶，他一直站在我面前，我的手止不住颤抖，茶水溅在了办公桌上。我把水壶放在桌上，问他：

"还有事吗，易卜拉欣军士长？"

他迟疑了一会，告诉我说萨比尔长老今天黎明前就来见上尉了。

"我知道，碰上他了，他说他来跟上尉一起审计税赋。"

"审计？为什么俩人偷偷摸摸地进行，长官？这不是第一次了，长老经常深更半夜过来，两人躲在办公室里，不让任何人听见，离开的时候局里人都还没醒来，这叫审计吗？"

"你现在给我下去，军士长，不许监视上尉，也别监视任何人。如果果真发生了什么事，我们到时会发现的。"

易卜拉欣抗议道："怎么可能，先生？到时是指什么时候？在斧子砸到脑袋之前，我们应该考虑周全。"

"但愿我们能考虑周全，你现在下去吧，易卜拉欣。"

他发着牢骚出去了。我怎么跟他说才好？说我不在乎这些事？所有该遭受的都已发生了，而且结束了。

一整天我都在局里瞎忙活，随便找点事做做：去仓库视察了一下；动手给内政部写信，报告部里粮食弹药短缺，需要随下次的商队送来。瓦斯菲上尉过来给我过目集齐赋税的账本，告诉我他今天早上已和萨比尔长老一起审核过了，完全符合部里的要求。我知道他已听说我见到了萨比尔，这是故意过来给我看账本的，其实他早该这么做了。他坐在我面前，盯着我，眼珠子滴溜转，倒弄得我紧张兮兮的。我瞥了一眼账本，谢过他，搁在一边。他手里还拿着一摞报纸，递给我说："是最近的驼队带来的，兴许长官想读读。"这是一些过期的我憎恶的《穆格塔姆》报，我快速浏览了一下个别标题，又原封不动地还了过去。我说：

"看样子年轻的赫迪威和他老子还是不一样啊，好像不太喜欢英国人。"

"会喜欢的。"他信心满满地这么说。

我问他："何以见得？"

"我们的政府缺不了英国人，我们需要他们。"

我笑着说："但是，那天晚上你强调我们埃及人祖先的伟大，赞美他们的业绩，难道他们的子孙不能像优秀的祖先们那样去治理国家吗？"

"不是现在，首先我们一定要向英国人多多学习。阁下，你看看，连埃及人的古迹和他们的伟大都是由英国人帮我们发现的，我们对他们一无所知。凯瑟琳小姐几乎为知识而献身，那些傻瓜们都对她做了些什么，她还一心想为他们服务？"

我没说什么。他继续热烈地说着，眼珠比平时转得更快："那天晚上我没能向阁下解释清楚我的观点，因为法尤娜小姐打断了我的话题。我想说逆贼们的叛乱阻碍了社会的进步。阁下一定亲眼看见了那些日子里国家经历的混乱，我的父亲也跟我讲起过那些往事。"

"你父亲到底看见了什么？跟你讲了些什么？那时他是干什么的？"

"他当时是军队里的准将。"

"是奥拉比分子调查委员会的头头？"

他吃惊地说："不，我想不是。总之，他现在是个预备役军人，但他记得骚乱和冲突的所有详情。他说那些叛匪中有个叫穆罕默德·欧贝德的人，竟想要谋杀我们的主子赫迪威！阁下，想象一下，当时国家有多乱！"

我轻轻一笑："我想象得出，上尉先生！"

我用想要结束话题的口气接着说："简单地讲，你认为奥拉比分子们犯下了损害埃及的罪行，因为他们想让埃及人来统治埃及。"

他轻蔑地抿了抿嘴唇，说："先生，正是这个病魔导致了国家的破败！当平民介入到统治部门时，混乱和虚弱便接踵而至。阁下，你看看法国，大革命开始后，老百姓参了政，国家便沦丧了。即使真主赋予他们无与伦比的军事天才，比如拿破仑，英国人还是打败了他，碾碎了他，因为法国政府是由一帮流氓地痞在执政，而英国政府则由一些强有力的政治家在运作。"

"是大师们。"

"是政治家们，先生。"

"是的，大师级政治家们。"

我站起来说："我们一定要找一天来讨论这些问题，上尉先生。"

他也站起来说："很荣幸，我将从阁下那里学到很多东西。"

他以一贯的方式敬了个礼，开门就要出去，此时，我平静地说：

"听着，瓦斯菲。"

"先生。"

"奥拉比帕夏比十个赫迪威加在一起更光荣；穆罕默德·欧贝德中校比所有那些把我们卖给英国人的卖国贼赫迪威、帕夏们更光荣。"

　　他站在打开的门边，目瞪口呆地望着我。我平静地说："出去！"

　　我回坐到办公桌旁，心里有个声音在讥讽自己：你的话晚了二十年，亲爱的少校先生！你应该向瓦斯菲之外的其他人说出这番话！

　　可是，为什么偏偏他的话勾起了我的回忆？是什么让我在现在如此绝望的时候回忆起那些光荣岁月？原因很简单，那天我就在现场！

　　那些日子我和赛义德上尉、塔拉阿特中尉一起在议长苏尔坦帕夏家里为会议做警卫工作，当时埃及所有的大人物都聚在这里，有议会的议员们、公司高管们、爱资哈尔清真寺的长老们、教堂的牧师们、农村的乡绅们，甚至还有赫迪威王宫里的王子公孙们。我当时离得很近，看见了那位农民出身的军官，他相貌堂堂，身材高大，站在那里，拔剑时满脸通红，脸上的肌肉在颤动。

　　当时赫迪威远在亚历山大，同意了英国人的通牒，要把奥拉比流放国外，取缔革命政府。奥拉比在演讲中说他没有退路只有罢黜赫迪威，在场者为他鼓掌。塔拉阿特掏出手枪想要鸣枪向奥拉比致敬，被赛义德呵斥住了，把他举枪的手拦了下来。奥拉比说："想跟我们走的，站起来！"大部分人都站了起来，但是苏尔坦帕夏和一些显贵们坐着没动。当时，我就闻到了即将发生的背叛的味道，穆罕默德·欧贝德也觉察到了气氛不对，便挥着剑，义愤填膺地说：
"我杀了他，帕夏，最多他们把我的命拿去就是！"奥拉比
也气愤地说："让这个疯子闭嘴！"

可是，帕夏啊，参加会议的所有人中只有这个疯子一
人在抗英战斗中死去，而苏尔坦帕夏却加入了侵略者军队
的行列。瓦斯菲，也许当时你父亲也在其中！

也正是这个穆罕默德·欧贝德，我却曾经将他和他的
追随者描述为"暴徒"！

得了，没必要在瓦斯菲和其他人面前显摆了！这迟到
的勇气已经没有用了！

我派易卜拉欣军士长回一趟家，告诉凯瑟琳我不回家
吃中饭了，我要在局里一直待到晚上。其实不回家毫无缘
由，待在局里也是无所事事。

晚上回到家里，没有看见法尤娜。只见凯瑟琳把纸张、
书籍铺了一桌子，借着两盏大汽灯在阅读。最近她常常这
样，借此抗议我们没有书房。我什么也不说，但感觉到一
场新的灾难正等着我们。石击事件后，我们已发展到了完
全漠视对方存在的地步，漠视也算是友好的方式，怎么之
前没有发现这么舒适的方式呢？

当时她正全神贯注地在看书，对我走过场式的问候也
报以漫不经心的应答。我问她姐姐呢？她说她很累，没吃
晚饭就睡了，说完又钻到书本里去了，眼睛直盯着画满绘
图和刻纹的大书页面上，她正把书上的这些东西誊抄到另
一些纸片上。我看了她一会儿，然后说了声我准备进屋睡

了。

“也不吃晚饭了？”

“不饿。”

“我做完就过来。”

“你尽管做吧。”

我很快爬上床，可是睡眠再次爽约。我什么也没想，可就是睁着大眼，感觉不到丝毫睡意，今晚怕又要失眠了。就在这时忽然从远处传来一阵轻微的咳嗽，像一道闪电突然照亮了屋子，我紧张的躯体顿时松弛下来，感到一种奇怪的安宁自天而降——这是一种舒适的绝望和终极的妥协，没有逃路，别再做任何尝试，随遇而安吧。经历了不曾历练过的事是真主对你的恩泽，接受它吧。眼下你毫无欲求地爱着，甚至不想去触碰它。如此这样的了然并不显得那么重要，而其中的幸福感也谈不上有多少必要。她就在那儿，你爱上了她，对她的唯一希望就是她能活下去，这既是开端，又是终结，所以再别尝试了！

过了许久，我的眼睛还是合不上，耳朵却灵得很。听见凯瑟琳悄悄进了房间，没有弄出任何声响换上了睡衣，钻进了被窝。我翻了个身，她悄声说：

“把你弄醒了？”

“没有，我还没睡着。”

她悄声却抑制不住激动地说：

“马哈茂德，我发现了标识！”

说着，开始嘀咕起来，像是在自言自语：“我发现标识了，我发现标识了。”

我说："了不起。"然后翻过身，合上了眼睛。

又是一个漆黑的黎明。两个晚上没睡着了。

我看见门口的卫兵用毛围脖把头裹了起来，点上火，围着火堆在暖手。我站了一会儿，他们离开了火堆，立正站好，我告诉他们可以回去睡觉了，他们说：

"可是换班时间还没到呢。"

"没关系。"

他们敬了个礼，快速离去。

我没有像往常那样在警察局院子里看见瓦斯菲，萨勒马维下士替代他在练早操。准备上楼梯的时候，下士走到我跟前，我问他瓦斯菲上尉呢？他说黎明前他就带着一些士兵出去迎接从库尔达塞来的驼队了，答应上班之前尽快赶回来。很明显他们与驼队走岔了，因为，压队的士兵其实已经到了，他们交给萨勒马维下士几箱弹药和一些信件，信件放在我办公桌上了。

这么说，既没有派来新军官也没有增援新士兵来接受瓦斯菲的训练！

太糟糕了！

易卜拉欣在楼梯口迎接我，尽管拖着条瘸腿，但还是快速跑在我前面，打开门，随我进了屋，关上了门。

还没等我坐到办公桌前，易卜拉欣就十分激动地对我说："我跟您说过啥来着，长官？"

"你说过啥，易卜拉欣军士长？简洁点说，今天早上我很累。"

"关于萨比尔长老和瓦斯菲上尉，我跟您说过啥来着？"

没等我回答，他又说："昨天半夜他又像往常一样来找上尉了，上尉还没有出去，我听到了一些他们的谈话。"

他沉默了一会儿，用苦涩的口气接着说："上尉看上你这把交椅了，孩子，该死的长老在怂恿他！我提醒过你，他俩在筹划一些事。"

我大笑起来："就差官一职？就他这个年龄？为什么不呢？可以捷足先登啊，易卜拉欣！倘若我能说了算，我现在就任命他为差官，我回到……"

他生气地打断了我的话："他没那个命，也不是能坐上阁下交椅的人。"

为了安慰他，我说："所以你啥也别担心，而且萨比尔长老也没权利任命差官一职。现在你下去吧。"

他嘟嘟囔囔地出去了。我看了看放在办公桌上内政部来的信函，很了解信封里装着什么：收到弹药的收据，我必须在上面签字；工资清单；部里的新指示；升迁和调离，等等。

其中的大部分文件我都浏览了一下，然后保存到卷宗里。

我打开一个黄色的大信封，里面都是我意料中的事情，弹药清单中间有一样东西吸引住了我的眼球，这才发现除了若干挺新步枪、若干箱弹药筒以外，还有一箱炸药！炸药？

在沙漠里用得着这玩意吗？也许他们想把它从部里的仓库里清理出去，便把它送到沙漠来了，没准有人要买呢！

大信封外面，还有最近的一封来信，我打开一看，发现几行没有被任何数字间断的文字，视线回到信的抬头，才发现这是写给上尉瓦斯菲的信，他的名字写在信封上。我刚要把信收起来放回信封等他回来后交给他时，陡然看见我的名字多次出现在字里行间，这么说它也与我有关。

我读了两遍信，笑了。

这还有什么可惊奇的呢？连易卜拉欣都能预测到！

可是尽管我收到了内政部所有的统计和数据，就是不知道有个叫内勤局的部门，该局的局长签名只是两个字母"S.H."，我猜不出他是谁。他在信中感谢瓦斯菲上尉写给部里的详尽的报告，说内政部检察官大人非常欣赏上尉的认真仔细，祝贺他顺利赢得了当地族长们的好感和信任。检察官大人尤其感兴趣的是，报告中提到的差官与绿洲百姓关系恶化，当地人企图扛枪进攻警察局而差官竟敢冒险向城镇开炮，事后又不向部里汇报等。大人认为这些事件的性质很严重，犯了方向性错误，正如信中用英文所说的那样：

These are very serious developments in the wrong direction.①

他会高度关注这些事情招致的后果，同时要求上尉能与作为地方领导的差官阁下全力相处，按照部里的指示和法规听从他的命令，直到部里采取合适的措施。检察官大人还强调他对上尉先生的信任，希望上尉能继续保持与那位想要当镇长的东部族长老的联系，让他感到提拔有望，

---

① 这句话的英文意思是：这些事在错误的方向上越走越远。

但既不能给他明确的承诺，又不能破坏了他与西部族族长们的关系。最后，那位叫"S.H."的先生祝贺上尉获得了哈里菲先生的信任，后者要求他继续写一些类似的报告，汇报他所知道的有关族长、老百姓的事情和差官的动向，小心谨慎地保持这种私密的通讯往来。在信的末尾他又补充说他"已跟令尊大人帕夏联系过，大人身体很好，尽管放心。"

我把信放回信封里，放在办公桌上，又笑了起来。

我这是怎么了？为什么愤怒不起来？甚至压根就没有感觉？这是因果报应吗？也许是吧！

正在此时，我注意到马蹄声越来越近，最后进了警察局的院子，接着以超乎预测的速度响起了敲门声。瓦斯菲进来了。

他把易卜拉欣推到一边，进来关上门。他没有换制服，我第一次见到面前的他头戴沾满尘土的红毡帽，衣服上也满是沙粒。他敬了个礼，面色苍白，焦虑地问道：

"长官阁下，有……"

还没等他说完，我已经把打开的信封递了过去，说："这是给你的信，上尉先生，我打开过，因为这封信和内政部的公函放在了一起，但你可以认为我没有看过。现在出去吧。"

他犹豫不决地站着没动，手里翻转信封。我坚决地重复道："出去！"

他刚出去几分钟我又听见有人在使劲敲门，被允许进来后，我看见萨勒马维下士脸涨得通红地冲了进来：

"冤枉啊，长官阁下！"他用那颤抖的、常常让人以为几乎要哭的声调说道。

"平静些，下士，谁冤枉你了？"

"瓦斯菲上尉。他从您这儿下去后，在楼底下看见了我，毫无理由地扇了我一巴掌。"

我心想：有原因的，萨勒马维，肯定有人要挨耳光了！

但是，我反问道：

"你违反纪律了吗，下士？你惹他生气了？"

他努力控制住自己的愤怒说："没有，他看见我在楼梯口，就当着士兵的面扇了我一巴掌，啥也没说就走了。他当着士兵的面扇我呀，长官阁下。"

萨勒马维抬起低着的头，说："我要求讨个公道，长官阁下。我们贝都因人不接受这般屈辱。如果我要亲手讨回公道的话，他要付出沉重代价。"

"别重复这些话了，下士，别在我面前和身后重复这些，你受了委屈，我会调查此事，如果你说得属实，会还你个公道。"

可是一整天我都没看见瓦斯菲上尉，他派了一个士兵向我报告说他觉得有点累，请我准许他待在自己屋里。我立刻同意了。至少今天我的耳根不会遭罪，不用忍受训练的嘈杂声、上尉的命令口号、士兵连跑带跳时的叫喊声。

我离开了办公室，易卜拉欣陪在身边，流露出好奇的眼神，他急切想知道在我办公室里，我跟瓦斯菲、萨拉马维到底发生了什么。可是我没给他机会询问，我说："我们还有事，易卜拉欣。"

我叫来了军士长仓库管理员，我们三个一起去仓库，核查了内政部发送来的武器弹药，仓库管理员在收据上签了字，我拿上收据回到办公室，想把给内政部的回信写完。这项工作本来可以推延，但是我不想让自己没事干，我不能让脑子闲下来！

当我下午离开办公室时，军士长易卜拉欣说他感到有点疲惫，请求能休息半天。我观察了他的脸色，看起来真的不太舒服，便开玩笑地问他是不是嫉妒瓦斯菲了。

他厌恶地说："求真主保佑。"

当然，他下午可以想怎么休息就怎么休息，再说，我下午不会回来。

他靠近我，悄声说想跟我要一样东西。

我用询问的目光看着他，他低下头，还是轻声说道："我请求你发誓，长官阁下，如果我大限日到时，请把我埋回家乡，别把我丢弃在大漠中的他乡异地，我害怕死亡中的孤独超过活在尘世中的寂寞。"

看着他满脸的皱纹，我的心在抽搐。但就像啥也没听见一样，尽量保持不变的语气说："生命掌控在真主手里，老家伙，你的腿砸断以后，也曾经提出过这个请求，瞧，真主保佑，你现在强壮得像匹马，你一定会把我们全部掩埋后再走的。"

他淡淡地笑了一下，打断了我的话："真主保佑你，长官阁下！"

我目送他一瘸一拐地慢慢走了，喃喃自语道："我永远不会原谅自己的！"

走下办公室楼梯，忽然碰上了瓦斯菲上尉，他已经换掉了制服和红毡帽，身姿挺拔、十分优雅地站在那里，训令式地对士兵们大呼小叫，让他们列队敬礼。我在远处给士兵们回了个礼，一语不发地走了。调查瓦斯菲的事我推到了明天。

回家的路上，我发现天气跟早晨的状况相反，渐渐暖和起来了。

天际飘着几朵轻薄的云彩，黄昏的太阳温暖而静谧，让人禁不住想在这夕阳下就地放松一下。可是当我打开家门，却发现这一对姐妹一道坐在餐桌旁，桌上摊满了许多看似图表样的稿纸。

我吃惊地问："今天是要把法老当午餐吗？"

凯瑟琳却兴奋地呼喊着："你若同意，我们晚一会儿吃午饭。你今天提早到家了，可是我很高兴你现在回来。我想听听你的意见，我正准备给法尤娜读读我的新发现呢。"

法尤娜转过身看着我，微笑给苍白的脸蛋带来了一丝生机，她说："这不是很好吗？凯瑟琳终于找到了一直在寻找的事物。"

她手捂嘴巴，断断续续地咳了几声，继续说："我认为……我认为历史学家……会很关注她……"

我把目光移到凯瑟琳身上，困惑地问她：

"什么历史学家？他们重视什么？"

"标识，证据，昨晚上我跟你说过，可是你没注意。"凯瑟琳说。

我一直没说话，用疑问的目光看着她。她继续说："你还记得我们一起去乌姆·欧贝黛神庙的那天吗？"

"怎么不记得？"

"证据就在那儿，马哈茂德，"她激动地继续说，"可是当时我没注意亲手誊抄的文字。我以为那仅仅是对阿蒙神的一般性祈祷，愚蠢地把精力全部集中在寻找希腊文书写上，尽管这个神并非希腊人专有。他是阿蒙拉神之子，宇宙之神，太阳之神，埃及人如此疯狂地膜拜他。由于一些栏目已经难以辨认，所以我又去了一趟神庙好仔细辨认一下，还……"

我几乎喊叫着打断了她的话："劳驾，你在说什么，凯瑟琳？我什么也没听懂。"

她也喊了起来："怎会听不懂？我之前不是告诉过你，我在寻找证据证明亚历山大墓就在锡瓦吗？"

"从来没听你说过！你在寻找亚历山大之墓就在这里的证据？在沙漠里？在这倒霉的乌姆·欧贝黛的神庙里？假若之前就听你说过这些，那我早就会告诉你，你疯了。"

她带着胜利的微笑说："当然了！不仅你这么认为！很多其他的人也会这么说我疯了！不过，听着，劳驾，听完后再下结论不迟。"她开始读起来。一边专注地看着那些文字，一边目光扫视着我和法尤娜说："你俩看见了吗？"我的目光集中在法尤娜身上，最近这些日子她的脸色蜡黄。但我还是强迫自己去听凯瑟琳的朗读。她似乎是在背诵经文，每读一句，都看看我们，确证我们跟上了她的思路，在理解她：

"哦，隐匿了名字的神灵！睁开你的眼睛让光注入生命，合上你的眼睛让黑夜降临。你用公正来判决你的奴仆，你用白日来照亮他们的大地，夜晚时你却离去为了守护你西部王国中永恒的臣民。神灵啊，赐予我你的福祉，给予我你的力量。你这个战胜了地球和西部地平线上所有敌人的人，请接受来自你的奴仆桑哈利布的这个祈祷吧，他以你之名统治着你神圣的沙漠。他们把你的脚拽入水中，可是你回来了，为你的土地和你父亲的土地祈福。我为你祈祷，我仰慕你的荣耀，我是建造这座神庙——你法老兄弟的神庙——的奴仆，阿蒙之子。"

凯瑟琳不说话了，开始自豪地看着我们，用驯服的口气说：

"法老的名字不清楚，很多地方我不得不靠想象来完善模糊不清的书写栏目。比如说，表示水的标识很清楚，当我重返神庙时就确定下来了。可是一些背景情节，也就是关于回到他父亲的土地上等情况，我只好利用我的想象，因为文字部分完全被抹去了。再说，到底指谁战胜了地球上所有的敌人？除了亚历山大还可以向谁呈上如此的祷辞？"

她又沉默了。法尤娜说："就这些？"

凯瑟琳回答："是的。"

她把目光移到我身上，继续说："其他只有等环境允许去走访古罗马神庙的遗迹时再说了。我认为这个地方才是这篇祷辞所指的地方，那里会有墓碑，或者墓碑就在神庙边上的一个隐蔽的墓室里。埃及人在隐藏他们国王的墓室时是很有创意的，这一点你俩都知道，那样做是为了防盗墓贼。"

法尤娜突然刻薄地说："可是……可是你读到的这些证明不了任何事情，凯瑟琳！"

凯瑟琳抗议道"怎么证明不了？我费了这么多精力就是为了解释……"

法尤娜费劲地从断断续续的喘息间挤出几个词打断了她的话："这是一篇祷辞……或是颂辞，可以献给任何一个神灵……或献给任何一个古代君王，而在最关键的部分你说你借助了想象。这种批判精神不正是迈……"

没等她说完名字，我已明白了她指的是凯瑟琳的前夫。凯瑟琳固执地回答道：

"正是因为他缺乏想象力。时间能证明我的观点是正确的，证明亚历山大墓就在这里。"

法尤娜用极其微弱的声音说："也许……对不起，凯瑟琳……"

我一直没有作声，看见血色从法尤娜的脸颊上渐渐消失，她气喘吁吁，用手支撑着餐桌，身子摇晃着费力地站起来。我赶紧跑过去扶住她，不让她倒下。

凯瑟琳也尖叫一声，和我一起扶住姐姐，我们两人把她抬到床上。凯瑟琳用水润湿她的脸颊，把熏香凑在她的鼻子下。她呼吸微弱，但还是勉强睁了睁眼，想努力给妹妹一个微笑，接着又合上了。

我看着她平躺在床上的身体，看着她逐渐变紫的脸庞。

凯瑟琳平静地问道："她死了吗？"接着冲着我的脸喊叫起来，用拳头捶我的胸脯："不！不！你不许这么说！她以前多少次昏迷过去又苏醒过来。她这会儿就会醒来的！马上！是的，一定会的。"

我的视线一直没有离开那张沉睡的脸，她两眼紧闭的模样深深地刻在我的脑海里。

我说："太阳真的又暖和起来了……祖贝黛就能……我的意思是叶海亚长老的药就会起作用了……只是我不等了。"

"什么意思？你要去哪儿？你现在看到她这个状况就想把我独自抛下？你疯了？"

她叫喊着，我也喊着走出家门："我绝不等了。"

可她的喊叫声还在跟着我。

在警察局我又看见了瓦斯菲上尉。

当时我正在调整马鞍，把两个鞍袋挂在马的两侧。他朝我走来，没有问我要去哪儿，只是脸色阴沉、目光坚毅地站在我面前，说：

"长官阁下，我本想向您解释……"

"什么也不要解释了，我不想听任何解释，是生活本身出了乱子。"

"对不起，我没明白阁下的意思，生活出了什么乱子？"

"你自己会明白一切的，不，你早就明白了。"

我骑上马，随意撂下一句话："但是，尽管这样我还是奉劝你处理好你和萨勒马维的事情。"

他轻蔑地说："萨勒马维？他是谁呀？"

"他就是他。把我跟你说的话丢在脑后吧，你爱怎么干就怎么干，但是，别派他跟着我，也别派其他任何人。稍等一会儿，你让他和易卜拉欣军士长去我家一趟，也许夫人需要他俩。至于我，不需要任何人跟着，这是命令，上尉，你明白吗？"

"遵命，先生。"

我一夹马肚子，出了警察局的院子。经过家门口时没停留，马儿一路小跑走上了去艾古尔米村的道。借着黄昏的余晖，我穿过果园，像往常一样，看见一些扎杰莱人和孩子站在果园前面。我没有理会他们，径自朝一个地方走去，那里左拐后就是叶海亚长老的果园。好心的长老啊，你的劝告对我没起作用，你的药对法尤娜也没起任何作用。也许药起了点作用，但劝告肯定没用。怎么办，长老？所有的至理名言对需要内心安宁的人而言都毫无裨益。确实是生活本身出了问题，我没有选择我的生活，也没有选择来这个绿洲，没有选择让玛丽卡进入我家，更没有选择让法尤娜来到这大漠腹地。

一切都是为了活着，仅此而已。我来你这就是为了让你帮助我，可是你没有看见我。

忽然，我注意到驴叫声，面前出现一支骑着驴的扎杰莱人的队伍，他们故意挡住我的去路。马忽然腾跃前蹄后腿着地站住了，它嘶鸣着，用蹄子神经质地叩击着地面。

眼前的人个个默不作声，觑着我的眼神里充满了挑战，个个都以单调的动作摇晃着白色长裤管中露出的小腿。我轻轻拍了一下马脖子，愤然喊道："不！"

我等你们出手已经很久了，你们却什么也没做，这个时候可别耽误我的时间！我夹了一下马肚子喊道："别让我现在栽下来，朋友！"说话间马儿急驰，向那群扎杰莱人冲了过去。他们顿时乱成一团，跳到地上，驴子嘶鸣，相互碰撞，给马让开了一条道。马在人群中疾驰，跟四散的驴擦边而过，驴主人们骂骂咧咧地嘶喊着。

你们爱怎么就怎么吧，在这个本身就错了的世界里，没有什么事情是能做好的！

我一路策马疾驰，来到了神庙。石柱在落日余晖的映衬下清晰可辨，正是入口处这些石柱飞出的石块砸伤了易卜拉欣的腿，这会儿看来倒是巍峨挺拔。可是我不想看到那些让凯瑟琳神魂颠倒的刻在石柱上的刻纹，竟让她在猜解这些字符时，看着自己的姐姐在眼前死去也无动于衷。不，你不让谈死亡！可是这些刻纹真的值得你这么上心吗？值得这么犯傻以致看见死亡的幽灵盘踞四周也置若罔闻吗？

快走吧，不要浪费时间。太阳已经开始西沉坠入瓦斯菲咏诵的永恒的地平线下，我绝不能让她独自一人离去！

我跳上了马背。神庙周围鬼魅四伏，我看不见它们但能感觉得到。是法老的幽灵？枣椰树的幽灵？还是被谋杀者的幽灵？谁派它们来跟踪我的？是萨比尔和瓦斯菲？还是塔勒阿特？哈里菲？凯瑟琳？

耳朵里充满了叽叽喳喳、嘟嘟囔囔的私语，驴鸣声、马蹄声、歌声、鼓声，这个小小的封闭的世界的所有声音全部涌入耳道。不！在失去理智之前我一定要完成任务，我必须迅速地彻底做个清算。

我抓紧马脖子，它扭头用那双充满血丝的黑眼睛看着我，你想告诉我什么？还有时间吗？你可以带我去另一个地方试着重新开始吗？可是，我命里注定在劫难逃。如果疼痛、劳顿、背叛的刺痛以及屈辱都可以成为解脱的代价，那么我早就解脱了，所有人也同我一起解脱了。所以，你赶紧离我远点吧。我解下马两侧的鞍袋，打了一下马的臀部，催它离开，可是它磨磨蹭蹭，不愿挪动。我把它赶到枣椰林的边缘，扔在了路上。它一直站在那儿，喷着气，蹄子叩地。随它去吧，它躲得足够远就好。

回到神庙，我仔细端详了一阵，鞍袋在我肩上。是的，正是这个被英国人发现的荣耀让我们知道曾经的伟大和现在的渺小！

祖先们干得不错！而子孙现在只配被占领。

瓦斯菲对这一英国人的发现感到无比荣耀，那就让主子们仍做主子去吧！这个梦魇必须结束。我不相信叶海亚长老的话，他说玛丽卡喜欢这片该死的废墟，说她从中找到了美，为此爱上了它。

我不相信！玛丽卡和瓦斯菲不可能有共同的东西！

长老在浮想联翩。必须清除所有关于过往的幻影。

我从鞍袋里取出炸药棒，进了神庙。我把许多炸药棒埋在入口的通道处，这里支撑着整个殿堂。进到里面后我看见许多残余的柱子勾勒出门框和屋室，刻满了雕塑，死者的雕塑。

没问题，我带了足够多的炸药，有些可以直接放在墙下方，必须把神庙炸得一点不剩，所有关于祖先的故事必须结束，让子孙后代们从这些伟大的幻想和虚假的自满中觉醒吧。有一天他们会感谢我的！他们一定要感谢我！

我把导火线从柱子下方和殿堂处拉到神庙外面。

马儿还在原地待着，它愤怒地喷着气。这是它的蹄子叩地的声音还是其他的马蹄声？抑或是我的耳朵又产生了幻听？

管不了那么多了，必须迅速行动。我点上了导火索，起身等待着。火焰为什么蔓延得那么慢？快点烧吧，神圣的火焰，烧掉这神庙，结束这些所有的传说吧。

什么也没有发生。喧哗声、嘈杂声越来越近。快点！

终于爆炸了，雨点般的石块在空中飞溅，我盼望一场大火烧毁整个神庙。凯瑟琳，你怎么想？拿这些石块去建造个新的结实的楼梯正合适，去盖个房子也无妨。

或者让这里成为一处新的墓冢？你想干啥就干啥，可是你绝不可能再找到任何刻纹，我发誓不给你留下任何刻纹！

原谅我吧，玛丽卡，你比我勇敢；原谅我吧，法尤娜，因为我等不到天暖和起来；原谅我吧，易卜拉欣，这不，如我所愿，我走在了你前面。

可是石块只在我周围飞溅，却没有从上方砸下来。我为什么在外面等着？最后一刻我又胆怯了吗？不！我来了！快点跑进神庙去。

　　我跑啊跑，可是还没跑进神庙就摔倒了，摔倒前我看见神庙向我扑来，石块砸到了我的脑袋，我倒下了，睡着了。可是我又清醒过来，伸手去摸摸头和脖子，感到黏糊糊、热腾腾的血，触摸到了脖子上被石块砸开的碎骨，我试图用无力的手把它拽开，但是没有成功。没有任何疼痛感。忽然我体内有一束光在灼灼燃烧，是的，我现在能看见一切了！明白了在这个世界上我其实什么也抓不住，也领悟到那抓不住的事物是什么！我想抬起头，可是抬不起来。光渐渐熄灭下去，取而代之的是昏昏的沉睡。我听见一个低沉而颤抖的声音在呼唤我的名字，像是在哭泣。我闭上了眼睛说："谢谢……你，谢谢你……来得太晚了！"

后　记

　　为了创作这部时间发生在不同历史年代的小说，我从大量的书籍和文献资料中汲取养料。那些热衷于把真实和想象两相比较的读者有权阅读这些材料，与我分享有关方面的一些思考：

　　第一，已故考古学家艾哈迈德·法赫里博士的论著《锡瓦绿洲》是此项工作的入门读物。作者在书中提到长官马哈茂德·阿兹米与1898年乌姆·欧贝黛神庙发生的事件有关，这一记录引起了我的关注。我试图在小说中弄明白这个人物和发生的事件，因此该书让我受益匪浅。这本论著既有百科全书式的学者具备的精细，又不乏天赋艺术家的叙事风格，作者从19世纪锡瓦的历史氛围中获得灵感，尤其是部落内部战争和当地如何对待寡妇的两大风俗方面。

　　第二，19世纪的陈规陋习现在已消失殆尽。如今的锡瓦完全成为埃及的一个地区，那里所有孩子都说着各教育阶段都要学习的标准阿拉伯语，尽管他们内部交流时仍用当地的土语。锡瓦仍旧保持着独特的魅力，她曾让古希腊历史学家希罗多德和海内外诸多旅行家迷恋。在这片土地上，枣椰树和橄榄树密集成林，果园飘香，有淡水湖和咸水湖，还有被黄色包围着的绿色大地中喷涌而出的泉眼。金字塔式的沙理废墟至今庄严地矗立在城镇中央，1926 年的一场瓢泼大雨曾"把它湮没"。我把自己的声音融入热爱这个美丽绿洲的人们的声浪中，希望政府鉴于该地区独一无二的自然环境，为它的现代化建设和发展做出必要的努力。

第三，锡瓦仍是亚历山大大帝接受神启的地方，著名的神庙傲立至今。我在小说中描写这位著名的马其顿国王形象时，借助了不少历史书籍，其中最主要的应属罗马史学家科提乌斯的《亚历山大传》。书中作者关注到了这位国王人性的一面，而其他传记作家则对这位大帝的军事征战、建立的丰功伟业方面着墨较多。

第四，我还津津有味地读了《亚历山大大帝回忆录》。这是由当代希腊作家内斯特斯托尔创作的一部文学传记作品。全书由突尼斯著名作家塔希尔·吉格译成阿语，译者在正文的基础上添加了许多内容丰富的附录。

第五，关于亚历山大墓。我这代人都记得在报纸新闻上曾经报道过一则令人震惊的消息，报道了一位出生在亚历山大的名叫斯泰琉斯的希腊餐厅服务员的新发现。他认为自己已经探索到了位于先知丹尼尔清真寺下的亚历山大墓的线索，可惜其努力除了对清真寺地基造成了威胁外并无任何实质性进展。最后当局阻止了他的勘查工作。至今，在亚历山大仍有一支波兰考古队在继续勘寻。当然，人们也没有放弃对分布于三大洲上的其他可能的考古遗址进行勘查！理论上坚持墓穴在锡瓦的学者是一位名叫利娅纳·苏瓦尔兹的希腊女研究员，从1989年起她就在锡瓦着手考古勘探工作，发现了一些遗址。由于和埃及文物局发生了分歧，1996年初考古工作被迫停止。此后，利娅纳写了一部题为《亚历山大墓在锡瓦绿洲》的长篇专著，反驳文物局对她的指控，断言自己正走在现代史上最重要的一项考古发现的正道上。谁知道呢？

第六，关于奥拉比革命。我有两部基本参考书目：一部是阿卜杜·拉赫曼·拉菲义的《奥拉比革命和英国的占领》；另一部是艾尔弗雷德·布伦特著的《英国占领埃及秘史》。

最后但并非最不重要，我要特别感谢我的诗人朋友、伟大的作家纳赛尔·阿卜杜拉。写作此书过程中我跟他进行过多次有价值的探讨，受益良多。我还要感谢两位最挑剔的读者和评论家，即我的两个千金蒂娜和尤斯尔，她俩做了该做的事情，我只希望自己能从她俩敏锐的评论中多多受益。

最后还要啰唆一句，在小说的开端，我提到过没有找到任何有关真实人物马哈茂德·阿兹米长官生平的资料，也没有有关他的命运以及神庙事件的资料。可是，值得一提的是，有人说，神庙的石块确实被用在警察局的楼梯上以及绿洲长官宿舍楼的修缮上了。

巴哈·塔希尔

开罗

2006年10月